客从何处来

李汝龙 口述
赵嘉怡 撰稿

世界知识出版社

好人一生平安

我与李汝龙董事长的相识始于我的父亲。父亲曾是国企的技术工程师，也是党委书记。2000年前后，父亲所在企业效益不佳，父亲空有一身才华和抱负无处施展，想要挣脱开来闯荡一番自己的天地。恰在此时，遇到了董事长。见面当天，董事长拉着父亲的手说了一句："不容易啊，终于找到你了！"这句话后来被父亲反复提及，也成为我们父女与李家结缘的开始。

父亲在2003年进入公司，正逢南杰房地产投资开发有限公司成立不久，上海民达大厦的工程推进急需合适人选。董事长让父亲负责工程造价，同时，管理公司几十人。董事长的信任和公司业务的繁忙，让父亲身上的担子忽然重了起来。

有一次，父亲抱病去安徽出差。我送他到虹桥机场，却实在不忍心看他发着高烧独自出门。我劝父亲请假别去了，他又一如既往地说了那句话："董事长人那么好，怎么能给他添麻烦呢？"父亲登机后，我找到董事长的电话打过去，问能否看在父亲生病的分上，让他在抵达安徽之后稍微歇息几日。董事长当即告诉我不用担心。那天，父亲抵达机场不但有专车去接，还有专人带父亲去医院看病。仅这一点，就让我颇为感动。原来董事长这样的大老板，并不像电视剧里那样趾高气扬不近人情，他对下属的关怀和体贴，是出于人与人之间最基本的温情，并未因为身份或者地位而有所改变。这便是我与董事长的第一次交集。

我们初次见面，是不久以后在父亲的病房。父亲患了胆总管阻塞住院，董事长托人找了上海最好的医生做父亲的主治大夫，还专程来医院看望。见了本人，我才知道董事长没有一丁点儿华侨的派头和架子，独自一人来了医院，见了我就亲切地称呼我小闵，随和得好像邻居大爷，难怪父亲提起董事长总是赞不绝口。

2006年，父亲突然病情加重，弥留之际特意嘱咐我："董事长的事就是我们家里的事，你一定要尽心尽力地完成。我离开了你就去南杰上班，协助董事长处理工作，完成我未能完成的事业。"

彼时南杰一地鸡毛，投资人、代理公司、小业主、亲戚，各种关系和问题纠缠在一起，处理起来颇为棘手。但是父亲立了遗愿，我便只能硬着头皮往前。起初，仅仅是为了完成父亲的心愿，时日久了，渐渐理解了父亲为何让我来这里。

父亲在世时，董事长常常对他说一句话："闵工啊，我是最喜欢到你办公室来，又最怕来。"董事长身为上海侨商会常务副会长，加之长城龙的发展如日中天，身边自然不乏谄媚逢迎之人，各种投资、机遇、求助找上门来，让人眼花缭乱，真真假假难以分清。很多人的话自有目的，唯有父亲忠诚耿直只讲真话，董事长便喜欢来听听父亲的意见。只是忠言逆耳，真话又岂能那么好听？所以，董事长又害怕听到父亲的意见。饶是如此，董事长有事还是会几次三番来找父亲，父亲也就不厌其烦地讲着他的真话。董事长真诚坦荡，父亲刚直不阿，两人一唱一和，自然投机。

有一次，董事长在大厦楼下捡到60元人民币，就守在门口等了一个小时，实在没有人来找才拿着钱上楼。我们都颇为不解，那么忙碌的人，怎能为了60块钱耗上一个小时？董事长却说："这60块钱对我们是小事，可是对于丢了钱的人，万一就是极重要的呢？如果这是他的买药钱，或者是他几天的吃饭钱，若是找不到，岂不是耽误了他的大事？"多年以后，听说了董事长身无分文之时在法国街头捡到200法郎的事情，我才理解了他为何会那样做。淋过雨，才知道别人需要伞啊！

2009年的一天，董事长突然来找我，说："小闵啊，我要出趟远门，把手边的工作给你交代一下。"他口气平常，我却看到他手上多了一个只有医院才会给病人戴的手环，心有担忧却没敢追问。几天后，董事长又给我打了一个电话："小闵啊，本来不想告诉你，怕你听到消息挂心，但是我怕今天不说以后难以预测。我得癌症了，明天做手术，我希望手术的这段日子，你能去家里陪着李太，我不放心她一个人。"

那天夜里，我一宿没睡，想不通为何董事长这么好的人，也会生这样的重病。第二天，天还没亮，我就从家里出发了，5点多到了医院。董事长穿着病号服坐在床上，正埋头写一封信。我安静地坐在旁边等着，几次想说点儿什么，却又怕自己的话太过苍白无力，毕竟面对生死的是董事长自己，旁人就算再感同身受，也无法替他承担。时间一点点过去，董事长写着，我坐着，我们静默地挨着时光。6点多，董事长的小儿子和外甥都进来了。董事长抬头看了他们一眼，却低头把信折起来交给了我，说："小闵，你放好。如果手术顺利，你就把这封信还给我；如果有意外，你就交给李太。"

我的眼泪差点儿掉下来，董事长的儿子和外甥就在面前，妻子李太正在赶回上海的飞机上，我跟他非亲非故，他却把信交给我这个外人，我何德何能被如此信任？我接过信走出病房，径直下楼买了一个纸袋，把信封了起来。

董事长做手术的那个星期，我住在他家里陪着李太。看李太日日为董事长诵经祈福，听她不断念叨，说阿龙这一生太苦了，只希望他能闯过这个难关，好好安享晚年。我也在心里默默祈祷，愿董事长好人一生平安。

老天有眼，董事长手术顺利。出院回家的时候，我把那封信连着信封一起还了回去。妈妈曾问我，你有没有偷偷打开看过呢？我说没有，连打开的心思都没有，因为我不能辜负那份沉甸甸的信任。

很多年以后，我无意中听到董事长的妹夫问他：“姐夫啊，当时你儿子和外甥都在身边，为什么没有把信给他们，却给了外人小闵？”董事长回答：“小闵父女两代人的真诚，值得我把信交给她。”那一刻，我潸然泪下。“人生贵相知，何必金与钱？”我们父女与董事长，今生能有这场相识相知，足矣！

闵慧芬（南杰房地产投资开发有限公司经营部经理）

我眼里的李汝龙

刘李两家结缘的渊源，还要从我们的祖辈说起。

我是刘基第24代子孙。20世纪初，爷爷是穗丰的富户，家里有40多亩地，还雇用了工人，日子过得不错。那时候，温州一年种两季稻，可是因为年年刮台风，每季稻子还没成熟，农户就已经断粮。爷爷不知道从哪里找来一批早谷（不到两个月就能成熟收割的水稻）分发给大家去种，帮很多人解决了饥荒，保住了性命。

到了20世纪50年代划分成分，有人要把我爷爷划为地主，汝龙奶奶站出来反对。她说，很多人都因为我爷爷而活命，人应该知道感恩，就冲着这一点，也不能把我爷爷划为地主。就因为汝龙奶奶这一句话，最终，爷爷得了一个富农的身份，这为我们刘家免去很多灾祸。

于是，我们刘家一直对李家心存感激。没承想，这份情谊从祖辈延续到我们这里。

汝龙与我，是真正相识于微时。

幼时，他居住的李家米厂位于村南，我家位于村北，两家相隔数百米，故而交往并不密切。直到后来修房，他家在后，我家在前，两堵墙仅仅隔了6米，我们的关系才慢慢近了一些。

汝龙父亲过世得早，他母亲独自抚养6个孩子，很是不易。他修房的时候，也是快要成家的时候，我只知道他穷，但是不知道有那么穷。村里修房的人不少，别人是呼啦啦起高楼，一会儿工夫就修完了，他却跟燕子垒窝一样，今天来了一车砖，他就建一堵墙，明天来了几根木头，他就搭几根梁。眼见着周围的院落一个个都立起来了，他的房子却总是修不好。

村民们背后说起这事，老有人不相信他能修出房子，他却不信邪，总是能修多少就修多少，硬是在没有一分钱的窘境之下，修出了自己的房子，还顺利结婚成家。单从这一点，我就觉得这个人不一般。他好像从不在意旁人的说法和眼光，只埋头做自己认定的事情。

在穗丰村，汝龙不是学问最高的，但是架不住他勤快好学。他跟着村里的老先生学来一手好书法，又钻研维修机械设备。当初，他在排灌站做技术员，经他的手修好了附近无数的拖拉机、抽水机。

汝龙中年时到了法国，没有身份，不会语言，也没有什么积蓄，跟周围其他华人相比，几乎毫无优势。可是谁也没有想到，他能在一个月内学会用碎皮做包，半年后就开始雇人帮忙，一年内他们夫妇二人就赚了几十万法郎，其收入远远超过比他早来几年的华人。

无论多大年龄，人在哪里，汝龙好像天生带着一股突破一切的勇气和能力；不管面对什么样儿的困难，都不曾怨天尤人，只是想办法解决问题。在我看来，他能拥有现在的一切，并不是因为运气，仅仅是比常人更勤奋、更好学、更愿意思考而已。

这辈子我几乎没见过汝龙服软，只有那次在巴黎跟我会面，一见面他就哭。我知道那是因为他在西班牙被骗了钱；接两个孩子到欧洲，不但花光了所有积蓄，还欠下债务；加之没有居留权，也找不到工作，是真的走投无路了。都说男儿有泪不轻弹，在我眼里，汝龙是个顶天立地的汉子，要不是被生活逼到绝路，他绝不会掉泪。我理解他的心情，他年轻时的穷困我看得最真切，好不容易走出来过上了好日子，人到中年却再度负债累累，而且还是在异国他乡，一家人的期望和负担都压在他的肩头，他是真的有苦无处说啊！

他哭着告诉我想要回国。我劝他说："如果你是孤身一人在海外，我会劝你现在回去，不要再受苦。可是现在，你一家人在这里，这已经是一笔无形的财富。只要你再忍一忍，找找出路，凭借你的能力，一定能熬出头。”

就因为这句话，汝龙记了我一辈子。在很长的日子里，我自认并未给过他什么帮助，可是每次见面，他都提起这件事，说因为我的这句话，改变了他的人生轨迹。这总是让我想起我们的祖辈，光阴流转，岁月变幻，可是善意和感恩绵延未断，亦是不易。

当汝龙决定离开巴黎去西班牙发展的时候，很多人劝他不要去，他却坚持前往。我想，他一定是看到了其中的商机。

当时，巴黎的华人市场已经非常成熟，同行竞争难免激烈；意大利市场以纺织业为主，不适合做箱包；北欧华人数量不多，做小生意还行，做批发贸易并不适合。但是西班牙不一样，其人口数量和法国差不多，20 世纪六七十年代以后，迅速涌现诸多快时尚品牌，比如 ZARA、Mango 等；而且，20 世纪 90 年代的西班牙，经济正处在快速发展时期，此时入局非常合适。

事实证明，汝龙没有看错。虽然没有钱，没有资源，没有熟人，不会语言，他却每一次都能找准时机。他从一块块碎皮开始，先是有了自己的箱包公司，后来又在广州开起了工厂，也建立了马德里最大的华人批发市场，做起了贸易。要是换个人，很难有他眼下的成绩。要是没有他，西班牙的市场也未必有现在的繁荣壮大。他建立的市场，为当地众多华人提供了就业甚至致富的机会；反过来，那些因他的市场而致富的人，也继续支持他的产业，给他带来了利益。

如今功成身退，汝龙在公益上也从不落后，在家乡穗丰捐资盖教学楼，修桥铺路，建立华侨博物馆，他总是希望依靠自己的力量帮助更多人。可能这也是他事业成功的原因之一吧。因为心里有别人，别人心里自然也就有了他。

从穗丰到巴黎，我是距离汝龙最近的人之一。他的一生有着常人少有的大起大落，他的日子自然也过得比旁人更为坎坷波折，但不管什么时候跌倒，他都能爬起来继续往前走。是他让我看到，真正塑造人格的并非天资和家世，而是所经历的苦难和挫折。在人世间行走，谁都会经历困境，但是面对困境的态度，才决定了人与人的不同。他的一生，便是最好的例证。

2017年，汝龙母亲过世。前后数年，我岳父母也相继过世。我们前后脚回乡扶柩。看着因老人故去而满院荒芜，我的内心尽是苍凉。人生如白驹过隙，过去穗丰村里的农家少年，漂泊海外几十年，如今已是两鬓斑白的垂暮老翁。人生短暂，能与汝龙彼此相识相知，也是人生一幸事矣！

有一次，有记者问："对你们来说，什么是故乡？"我说："嫁得再远的女儿，心一定系着故乡。走得再远的游子，家乡就是李白的那首诗啊！"汝龙接过话："窗前的明月再亮，低头的那一刻，心里思念的一定是故乡。"

也许，这就是家乡人、兄弟情！人生得一知己足矣，斯世当以同怀视之！

刘若申（法国法华工商联合会会长）

目 录

起始

1999年，秋天。

西班牙，马德里。

Lavapies街区的一间政府礼堂里，正在召开一场会议。台下坐着街区的华商、马德里的中文媒体、街区警察和街区居委会成员。台上，一个40多岁的华人正在慷慨激昂地发表演讲：

同胞们，最近我们面临着严峻的形势，针对华人的抢劫情况越来越严重，很多同胞不仅损失了钱财，身体也受到了伤害。为了对抗劫匪，大家也想尽了各种办法，但是都收效甚微。

在座的华人都是漂洋过海远离家乡，来这里讨生活的，大家赚的都是辛苦钱，就这样白白被劫匪抢去，谁也不甘心。俗话说："皮之不存，毛将焉附？"如果整个街区的治安存在问题，那受损害的是每一家华人商铺，甚至整个街区的民众，大家千万不能只是追求自己的生意却忽略了整体的利益。

现在的形势非常严峻，希望我们每个中国人都能贡献一分力量，并且积极配合当地警察和街区的工作，大家一起团结起来维护华人的合法权益。只有集结众人的力量，才能更好地对抗伤害我们的强盗。

末了，演讲者大手一挥，说道："想要大家都生存好，我们华人必须团结，一起把强盗消灭掉！"

台下响起雷鸣般的掌声，大家都被演讲者激昂的斗志所感染。媒体记者忙着拍照摄像，记录这难得的瞬间。华商们群情激昂，誓为保卫街区贡献一分力量。警察和街区居委会也表示，以后华人要是有事，及时跟他们沟通，大家共同为华商权益和街区治安努力。

站在台上演讲的那个秋天，距离我出国刚好十年。

这也是我人生中最为动荡的十年。

1990 年，我还是浙江省温州市仙岩公社的一名企业主。1999 年，我是西班牙长城龙公司的董事长，创立的长城龙箱包公司是西班牙最大的经销商之一，也是站在台上号召大家团结起来一起对抗强盗的华人代表。演讲的那一刻，是我人生中对自己最满意的时刻，因为我终于在强大自身之外，还有能力为他人贡献一分力量。

只是那时我尚不明白，为何我过往的命运如此起伏跌宕，我也无法看到，未来又将经历哪些波折坎坷。但是现在我知道了，其实人的命运，就是所有选择的总和。而这些选择，离不开身边的人、周围的境，还有那些看似微乎其微，却无法忽略的事情……

在我的故事正式开始之前，我想先讲讲我的父亲。

父亲名叫李祥麒，出生在浙江省温州市瑞安县仙岩公社穗丰村。（2001 年，仙岩公社更名为仙岩镇，由瑞安县划归瓯海区。）

穗丰，取五谷丰登之意。穗丰地处大罗山之脚、温瑞塘河中心地带，北通温州，南接瑞安，旧时属于东越古国，如今是瓯海区的南大门。穗丰村里姓氏众多，大姓是刘姓。据刘氏祠堂中《刘氏家谱》记载："刘基（刘伯温）次子刘璟的第二个儿子刘骁，为避燕王灭族之祸，于癸未年（1403 年）冬天，携夫人徐氏从文成南田迁徙到穗丰，迄今已有六百多年历史。"如今在穗丰村的村民，大多是刘氏第 24 到 26 代后人，占村中人口的三分之二。除此之外，这里还居住着少数民族丁氏回族，其始祖为元朝将领，后人为逃避元末之乱，跋涉南下，滞留穗丰，村里至今还保留着丁氏的议事堂。另一大姓是徐氏，据说其始祖来自西南，明初到杭州路经穗丰，见这里山清水秀，景色宜人，便就此定居下来。而我们李氏，属于穗丰村的小姓族群。据父辈说，最初是从福建漳州迁徙至此。不过，怎么来的不重要，怎么活下去才更重要。

我的父亲就在这穗丰村里找到了谋生的技能。

穗丰地形以山脉和水域居多，农作物以水稻为主。水稻收割后要经过打米机处理，将稻谷去壳变成糙米，再经过机器加工才成为可供食用的大米。20 世纪 30 年代的中国，民生凋敝，战乱不止。地处浙南小山村的穗丰人，想要将收割后的稻谷变成碗里的吃食，常常摇橹划船数公里，载上晒干的稻谷到附近的米厂，搭上数天时间，才能换来一家人的口粮。

父亲看到了乡人的不便，也发现了其中的商机。不知道他从哪里弄来一台打米机，开起了米厂。米厂的营收并不高，但是好歹能维持一家人的生计。最重要的是，父亲在开办米厂期间，学会了维修机器。他发现了自己的天赋，也爱上机械这个行当。

可是，在战火纷飞的年代，想要过上安稳的日子并不容易。米厂开办不久，为抗战而发起的征兵就席卷了西南大地。与传统的募兵制不同，募兵制是花钱募集士兵，有军饷有口粮，但征兵是强行征集，抓到谁谁就是冤大头。既无费用供给家人，更无军饷发放。而且，当时国民政府腐败至极，对军粮层层克扣，虐待士兵，导致人心惶惶，老百姓总是能逃就逃。如果迫不得已被抓了壮丁，心思活泛一点儿的，胆子大一点儿的，也总是想尽办法逃回来。

父亲是怎么被抓的壮丁，又是怎么从路上逃回来的，如今已经没有人知道细节。人们只是看到逃回故乡的父亲卖了祖宅，从此，一家老小就住在米厂里。

我就出生在这座米厂。米厂背靠杨府山，面对着温瑞塘河。从外观看来，这座二层小楼跟穗丰常见的民宅并无区别，只是内部经过改装，上层安装了打米的机器，下层供一家老小起居。我出生时，上面有一个哥哥、一个姐姐，后来父母又生了两个弟弟、一个妹妹。我在家里排行老三，因为在穗丰当地，女孩子不算在排行之列，所以，当地人都叫我“李家老二”。

卖了祖宅的父亲没有继续开米厂。为了养家，他卖过海鲜，做过苦力，但是不管干什么，都没有丢了因接触米厂机器而练就的维修本事。也正是这本事，改变了他的人生轨迹。

1949 年到 1952 年，新中国正处在国民经济恢复时期，国家大兴农业工业建设，亟须培养一批优秀的技术人员。当地政府下达命令，要在浙南地区选择一个人去杭州铁工厂学习，因种种机缘，父亲成为最合适的人选。学了技术的父亲回到温州，身份也发生了巨大的转换。等到我出生的 1953 年，父亲早已不是那个逃过命的壮丁、开过米厂的老板，也不是靠贩卖海鲜养家糊口的小商贩。彼时，他是温州乃至浙南最有名的农业机械技术员。

从记事起，父亲就是我眼里无所不会的能人。一台机器运过来，只要听到齿轮旋转的声音，就能判断出机器哪里出了问题；能把煤气发动机改造成柴油发动机；还能用双手把设备打磨出机器都达不到的精度。每天一开门，就有人等着请去修理机器，人赶不过去的，机器就运到家门口。奖状堆满屋子，学生遍布温州各地。只要出了李家大门，不管走到哪里，人们都会对我们一家人以礼相待。

我们兄弟姐妹 6 人，父亲最宠爱的却一直是我。也许是因为我调皮天性里的聪明基因，也许是因为我在顽劣之外，对所有新鲜事物的好奇与父亲的个性一致。所以，不管去哪里，父亲都喜欢带着我。即便知道我可能闯祸，也并不会因此而阻止我去见识更大的世界。

当我一路颠沛流离，离开穗丰，离开中国，在海外建立自己的基业，再度回到生我养我的穗丰村，我才发现，这世间的事，看似毫无关联，实则环环相扣；看似充满偶遇巧合，实则因果循环相续不断。父亲的命运，早在无声无息之间，影响了我一生的命运。

而我的命运，又会影响谁的命运，我尚不知晓……

第一章　稚子嬉戏

（1953—1967）

叮叮当啰来

叮叮当啰来

山脚门外啰来啰啰来

孤老堂

松台山上仙人井啰来

妙果寺里猪头钟呵咋

——温州童谣《叮叮当》

鼓词里的童年

李家坐落在穗丰村南头，背后是杨府山，门前就是温瑞塘河。山上的草何时绿，河里的水何时涨，村口的路拓宽了多少，地里种着什么庄稼，童年的我从来不知道，也没关心过，因为我还有更重要的事去做，那就是为自己找乐子。在那个家家物质匮乏人人贫穷的年代，三餐之外，找乐子逗闷子是调剂生活的必需，而孩子的乐趣来得总是比成人容易一些。

我找乐子的方式有很多。夏天在塘河游泳，游累了攀着过路的轮船，顺着船尾的缆绳一蹿就到了船上。攀船是一门技术活儿，胆小的孩子不敢做，因为力道小了会被卷到船底。可是我每次都能恰到好处，既能确保安全，又能节省力气。冬天的日子更好打发，天冷了去水稻田里凿块冰，再拿个稻秆儿对着冰块一口口吹气，吹出一个洞，就跟吊灯笼似的拿绳子把冰块吊起来，看着它在阳光下反射五颜六色的光彩。逢年过节，更是乐趣无穷。穗丰村每年正月二十二全村会市，家家户户设宴请客，张灯结彩热闹非凡。小孩子们穿上一年才会有一次的新衣，跟着队伍走街串巷，吃上一路的双炊糕、马蹄松、灯盏糕、麻糍、甘蔗，痛痛快快解了平日的馋。如果能再听上几场温州鼓词，那这个年就等于赚到了。

温州鼓词发源于瑞安，所以也叫瑞安鼓词，我们平日里都称其为“唱词”或者“门头敲”。传说温州鼓词的祖师爷是唐明皇的叔叔，从小聪明，善文能诗，深谙音律。后因病失明，便教盲人唱鼓词以自娱，于是民间便有了鼓词。真正的温州鼓词一定要用瑞安话唱出来才有味道，表演者或念或唱，琴鼓交奏。抑扬顿挫间，英雄儿女的忠肝义胆，人生在世的离合悲欢，都被一一道来。

温州鼓词内容丰富，各种民间神话传说、历史人物，都能成为鼓词的唱段。《七侠五义》《封神榜》《隋唐英雄传》《西游记》《岳飞传》《水浒》，这些都是我和伙伴们最喜欢的片段。温州鼓词的存在，一方面丰富了当地人的文化生活，另一方面，也承担了民风教化的作用。尤其是鼓词所倡导的忠贞报国、除暴安良、乐善好施、忠孝廉耻等传统文化的精髓，通过鼓词艺人的传唱，对生活在温州市井闾巷的布衣商绅、耕作在山野田园的农夫村姑、游走嬉闹在街头巷尾的黄发垂髫，都产生了非常深刻的影响，至少我就是被深深影响的那一个。

除温州鼓词之外，我也喜欢阅读，透过文字去感受另外的世界。书籍打开了我看世界的窗户。虽然身处江浙一隅，我却透过鼓词和书籍，知道了水泊梁山，认识了瓦岗寨的英雄好汉，也爱上了孙悟空的惩恶扬善。我才知道原来在琐碎平常的生活之外，还存在另一个世界。这个世界里的人，不是为了一日三餐和私利苟且活着，他们有更宏大的目标、更自由的向往。书里的世界总是让我感叹自己生错了年代。如果再早个几百年，以我的聪慧机智，一定能成为瓦岗寨里的英雄，或者是抗日战场上奋勇杀敌的良将。可惜生在和平年代，我居然错失了如此重大的机遇！这一度成为我童年生活最大的遗憾。

不过，做不成绿林好汉，时不时地惩罚一下周围那些不听话的“刺儿头”，倒也不失为我童年最大的乐趣之一。

放学后，我常常帮着家里放羊或者放鸭子，久了我就发现，动物跟人一样，人群里总有那么几个坏人，牲口群里也免不了总有一些坏坏的“刺儿头”。比如，有只羊吃草时喜欢把别的羊抵到一边，吃独食，或者在赶它们回家时，它总是不听话，喜欢乱跑。为了教训这样的“刺儿头”，我就隔三岔五把它单独拎出来用鞭子抽打，同时还进行口头警告，为的是让它接受教训，不再捣乱。鸭群里也有一只鸭子，总是喜欢撕咬同伴，说教不听，我就拿橡皮筋把它的嘴巴绑起来，看它还拿什么咬。

被我惩罚的动物，只需要满足一个特点——坏。但是被我惩罚的人，必须满足如下几个条件：第一，不老实；第二，喜欢欺负老实人；第三，不守规矩；第四，总是干扰、影响别人。班里有个男生，就因为屡屡犯了以上几条错误，被我狠狠教训过，而我教训他的方法也是别出心裁。

施工队的沥青刚刚搅拌好的时候还是软塌塌、热乎乎的，可是凝固后就变得异常坚硬。我觉得这个很有意思，于是就拿一支铅笔在沥青堆上滚一圈，再把笔端的沥青捻成一个圆球。等到沥青完全凝固，这支笔就成为我的武器。看他上课不老实，“啷”，在他头上敲一下；看他下课欺负同学，“啷”，再敲一下；看他不遵守学校纪律，“啷”，又是一下……他干多少坏事，我就能敲多少下。最严重的时候，把他敲到满头包，他不敢跟我来硬的，只好哭哭啼啼去找他妈，他妈又气势汹汹带着他来找我父亲。

父亲向来奉行严格的教子之道，对我更是加倍严厉。父亲一辈子没读过什么书，教子理念却与古人的《戒子通录》出奇一致，奉行为父者理应做到“子幼必待以严，子壮无薄其爱”。当父亲将这句古训落实到行动上，就一个字——打。

因为屡屡犯错，我便免不了常常挨打。父亲打我，有时候是随手抄起手边的家伙就打，有时候是把我脱光了衣服吊起来打。还有一次在气头上，把还不会游泳的我一下子扔进面前的河里，任我在水里挣扎扑腾，后来是大哥下水才把我救上岸。

父亲还有一个习惯，打我之时，容不得任何人插嘴。这个时候，母亲是近不了身的。我大伯和隔壁邻居的大婶看不下去，都想卖个脸面来劝劝父亲。可是，口还没张开，就已经被父亲劈头盖脸的恶骂赶出家门。大致意思，不外乎老子打儿子天经地义，不打不成才，碍不着别人什么事。结果，对方的脸面不但没用到，还白白惹一顿骂，更加失了脸面。最严重的一次，大伯来劝，结果被父亲骂出家门，大伯吓得好几天都没敢回家。久而久之，父亲教子的名声在外，我挨打时便再也没有人敢前来了，只有生生挨着。

时至今日，每每回想起挨打的经历，我的心里竟然都是幸福，而不是愤懑与嗔恨。在父亲一次次的棍棒、呵斥之下，我只是感受到了亲情，感受到了爱，还有那失去就不可再得的温馨。但是，棍棒之下也许出孝子，却未必改得了孩童的天性。所谓“堵不如疏，疏不如引”，对孩子的教育，循循善诱远远胜过棍棒相加。因此，后来在教子的过程中，如果不是迫不得已，我不会动手。但是只要动手，下手也不会比父亲打我时轻，不知道这是不是所谓的“爱之深，责之切”。

常人都以为，在父亲一次次的捶打之下，我的淘气应该有所收敛。但怪就怪在，不但没有减少，还变本加厉。

那时候，电铃还未普及开。每次上课时间到了，老师就会拿着摇铃在校园里走一圈，学生们总是等到铃声响起，才一窝蜂地涌进教室。

每当想要捣乱的时候，我就会密切观察老师的举动。一旦看到老师拿着摇铃走出办公室，我就会预先把守在教室门口，两个胳膊一抡，左手把着左门框，右手攥着右门框，像门神一样挡在门口不让人进来。仗着天生力气大，我在门口一站，还真有“一夫当关，万夫莫开”的架势。等到铃声响起，全班人一窝蜂涌来，后面的人挤前面的人，前面的人推后面的人，叽叽喳喳推推搡搡乱作一团，我却看得好不热闹。一旦我瞥见老师出现，就会猛一撒手，溜回自己的座位。这时候，一班毫无防备的同学就跟下饺子一样，呼啦啦全都倒在地上，我在座位上拍手称快，笑得前仰后合。想必孙悟空大闹天宫后的畅快，应该也不过如此吧！

为此，我又少不了挨老师的打，手被戒尺打得肿起来老高。但是，手上的淤青还没下去，脑袋里的鬼点子却又冒上来。想来也真是奇怪，脑子分明是自己的脑子，可是那鬼主意却似乎不归我管，都不用费劲儿想，它就能自个儿出来，就像春天里疯长的野草，一茬接一茬。

学校里有个老师，特别严格还脾气不好，上课总骂人，同学们都对他又恨又怕，却没有人敢做点儿什么。一天放学后，我路过一片水稻田，突然想起这是老师回家的必经之路。二话不说，我脱了鞋猫着腰，躲进了水稻田里。眼看着老师渐渐走近了，我扯开嗓子就开始叫骂，从老师本人到他的祖宗十八代都被我一一问候了。老师气得胡子眉毛乱跳，我却在水稻田里笑得直不起腰。最过瘾的是因为我人小，躲在水稻田里，站在外面的人根本就看不到是谁在骂，是真的只闻其声不见其人，但那骂却是结结实实地挨了。

后来长大了，想想老师不过就是严格一些，那也是为我们好，脾气不好也是被学生闹的，犯得着把人家的祖宗也给问候了？只是那时候年幼无知，哪里又会想到这些呢？若干年以后，我在老家的一个饭局上，却意外碰到了老师，终于将那已经酝酿多年的歉意一股脑儿表达出来，老师倒也欣然接纳，只当作我儿时的顽劣而已。不久，老师就撒手人寰。悲伤之余，我亦深深庆幸自己还赶上了一个完成心愿的机会，否则，歉疚怕是要在有生之年一直折磨自己了。

人在年轻的时候，总觉得日子还很长，时间还很多，很多事都可以留到以后去做。等到年纪渐渐大了才发现，哪有那么多以后，有的不过是一个个当下。要是当下都错过了，又哪里还有以后？所以，人活一世，有话还是尽早说，恩怨还是尽早了，可千万不要等到以后没机会了再悔恨遗憾，不值当。

成为工人

1966年，我12岁，小学毕业。

就在同一年，一场长达十年的“文化大革命”在中国大地缓缓拉开序幕。我突然发现，原本平静的生活慢慢开始变样儿了。人们好像都疯了，工人突然不生产了，学校不上课了，农民不劳作了，大家都去造反，闹学堂，破“四旧”，还有人半夜起来做语录操、跳忠字舞，这是此前从来不曾见到的景象。可我又觉得好像都正常，因为所有人都这样。既然都处于同一种模式，就应该是正常吧？正常还是不正常，我一时不知如何界定。

不过，相比这宏大的命题，更重要也更迫切的，是活生生摆在我面前的选择，那也是我人生当中第一个重要抉择：是继续上学读初中？还是去农机厂学手艺，成为一名技术工人？

那时候，我还不知道选择的重要性，也不知道其实人生的每一段命运，都跟自己做出的选择息息相关。我只知道野性难驯的自己并不适合继续待在学校，尤其是在当时那样的大环境下。如果继续去学校，未必可以真正学到东西；去农机厂，倒是可以学到一门实打实的手艺。毕竟，不管时代如何变化，若能像父亲一样有一技之长，便也始终不缺生活的底气。

学手艺的第一站，是汀田镇大典下机械厂，距离穗丰村有8公里路程。因为来回都靠走路，所以，我总是隔好几天才回一次家，这也算是我人生中第一次离家独自生活。“文革”期间，很多寺庙、道观、祠堂因为破“四旧”，都被占用做其他用途，机械厂就在一个娘娘宫里。工人大多是本地人，晚上都回家睡觉，只有我因为回去不方便，就一个人住在娘娘宫的偏殿里。有人说娘娘宫里有妖怪狐狸精，半夜会出来吓人，我却从来没有怕过，当然也没有遇到过。至今我都很难解释，自己那种天不怕地不怕的劲儿是从哪里来的。从小我就不惧怕到任何陌生的地方，跟任何陌生人相处。就算有时候在新的境遇难免遇到新的敌人，但那又怎样？如果生活中没了问题，哪里还有乐趣可言！

到大典下机械厂不久，我遇到了“起疙瘩”。“起疙瘩”是机械厂一个野孩子的外号，用温州话讲是“迈刚道”，意思是让人极度厌烦，看到都会起鸡皮疙瘩。“起疙瘩”喜欢跟人打架，原因可以有很多种，但是他跟我约架，仅仅是看我不顺眼。

有一天，“起疙瘩”气势汹汹地问我：“我看不惯你，要跟你打架！约不约？”“好啊，约就约！”我答应得倒是爽快，却压根儿没想过两人之间的差距。我只知道事情来了就得接着，怕和躲是没用的。

事虽然接了，可是这架怎么打，还得想法子。于是，我开始分析两人之间的差距：“起疙瘩”15 岁，我只有 12 岁，论个头，对方比自己高；论力气，对方比自己大；论气势，“起疙瘩”名声在外已经许久，而自己还是个初来乍到的小毛孩。怎么才能打赢他呢？

突然，我想到了父亲的一位学徒退伍回来不久，有一双部队发的大头皮鞋。那是一种用牛皮制作的行军鞋，比普通的布鞋、皮鞋都大上很多，厚重，坚硬，防寒保暖。虽然不适合平常走路，但打架时用来攻击对方，却是再合适不过了。

约架的日子到了，“起疙瘩”早早就来到了约定地点，观战的伙伴们也都摆好了架势等着看热闹。当我一个 12 岁的小孩穿着 43 码的大头皮鞋，踢踢踏踏到了，没有人知道这身滑稽的装束是为了什么。我也不说话，心想，等着吧，好戏还在后头呢！

“起疙瘩”斜睨着看我，很不屑地说：“开始吧！”

“好啊！”话音未落，我的大头皮鞋就已经踢到了他小腿的迎面骨上。

他应声倒地，胜负一目了然，打斗就此结束。

对格斗有基本了解的人都知道，胫骨（迎面骨）是整个腿部最不禁打的部位，因为硬，所以最怕碰到比它更硬的东西来攻击它。就连以胫骨扫踢闻名的泰拳选手，在格斗中也要保证自己的胫骨不受攻击。我并不了解这些格斗知识，只是知道大头皮鞋和小腿相遇，只要自己出手够快，就一定能赢对方。至于力道的把控，以一个12岁孩子的力气，定然不会伤筋断骨，可是大头皮鞋的硬度，一脚下去，又刚好让对方疼到在短时间内难以起身。

等着看热闹的人还没反应过来，战斗就结束了。来晚的人只看到抱着腿蜷缩在地上的“起疙瘩”，都没来得及看到我是怎么打败他的。

“你这个人太凶残，我再也不跟你打架了！”“起疙瘩”愤恨地说。

“这就对了！”我对自己的表现很是满意。

若干年后，我在商海里与各种各样的对手过招儿，我发现，其实道理都一样。不管是跟乡野的孩子打架，还是跟商场的对手周旋，且不论双方的实力差距有多大，只要你比对方更有策略，反应更迅速，甚至更有气势，就可以不战而胜。

与“起疙瘩”一战，让我迅速在机械厂的孩子中间树立了威信，愿意跟我一起玩的朋友越来越多。

在大典下机械厂没待多久，塘下区为了解决当地工商联骨干人员子弟的工作，新办了一个工厂，叫作仙岩五金厂，这是我学技术的第二站。

仙岩五金厂设在仙岩寺，这是一座始建于唐贞观年间的千年古刹，宋真宗年间，特别敕赐一块“圣寿禅寺”的大牌匾，故而更名为圣寿禅寺，也成为名震东瓯的重要道场。只是我进入仙岩寺的时候，寺庙已经被收缴做了工厂。佛像被砸，法器文物被毁，僧尼被迫改装蓄发。除了庙门口的佛陀池，还有寺庙独有的黄色墙壁，隐约宣示着这曾是一座寺庙，其他地方已经完全看不出痕迹了。

沿着仙岩寺背后的小路一直往里走，就能见到梅雨潭。朱自清曾在这里写下著名的散文《绿》。正是这篇文章，使得梅雨潭闻名于世，也让藏在深山里的仙岩寺逐渐为人所知。对我而言，吸引我的并不是朱自清笔下梅雨潭的清幽雅致，而是那潭水的清凉。一到梅雨潭绿得最喧闹灿烂的夏天，做完一天工的我和伙伴们就会一猛子扎进潭里，把周身的汗水和疲惫都洗个干净，痛快！

仙岩寺让我始终难以忘怀的，还有在那里如饥似渴阅读的时光。那时候不知道从哪里找到的书，《钢铁是怎样炼成的》《把一切献给党》《青春之歌》《林海雪原》《铁道游击队》《新儿女英雄传》《苦菜花》《红岩》，诸如此类的红色小说我悉数读了个遍。除了小说，我还看各种技术书籍，只要有字的我都拿来翻看。实在没书了就看报，反正不能离开阅读。我这辈子在学校的时间虽然短暂，但是阅读伴随了自己一生。过早地离开校园，并不影响我对知识的渴求和探索，反倒激发了我持续学习的兴趣和愿望。我想，人是需要终身学习的，倒不是为了追赶时代，更多的是为了不断了解和认识自己，让人生的每一段路不至于那么孤独与荒芜。

白天做工学习，傍晚吃过饭，我就跟小伙伴趴到寺庙大门口的两个石头门当上纳凉，任那千年顽石的丝丝凉意沁入胸膛，心也会跟着一点点静下来。耳边连绵不绝的蝉鸣声，就像是外面闹闹嚷嚷的世界，它自去折腾它的聒噪，我却能在深山古寺里享受我的清凉。

温州西山一带有一首流传甚广的童谣《叮叮当》，唱的就是温州的风土民情，也像极了我的童年。节奏轻快，旋律悠扬，那底色始终是一抹明黄，耀眼、温暖又敞亮。即便 12 岁就离开校园做工，也并没有让我的快乐减少，甚至随着手艺的娴熟，我越来越认定自己的选择没错，只要认真学好技术，就能追赶上父亲，成为他未来的骄傲。

只是我还不知道，那看似平静的生活，已经悄悄发生变化……

第二章　父死子悲

（1967—1970）

每次到了夜深人静的时候
我总是睡不着
我怀疑是不是只有我的明天没有变得更好
未来会怎样
究竟有谁会知道
……

——《我是一只小小鸟》

乱世变故

1966年暮春的一个深夜，我在仙岩寺的方丈楼里睡得正香。半夜，一阵怪叫声在窗外响起，似人似鬼，将我从睡梦中惊醒。我翻身起床大喊：“什么东西，你给我出来！”只听那个声音连着喊了几声：“我是李祥麒！”之后就消失不见了。我们孩童之间常常玩些这样的把戏，总是拿着父辈的名字开玩笑。况且那几天，河口塘两个造反派之间的武斗刚刚结束，大家在工厂躲了好几天，怕也闲得发慌。我只当是哪个调皮鬼半夜捣蛋，翻个身重新躺下，接着睡了。

第二天一大早，我听说武斗中河口塘附近的村落死伤有十多人，因为不放心家里，打算回去看看。从仙岩寺到家有三四公里的路程，我要先经过河口塘村才能到达穗丰村，少不了要听上一路的“过奥道”。“过奥道”是温州话，意思是闲聊，跟北京话“侃大山”、四川话“摆龙门阵”说的都是同一个意思。茶余饭后的“过奥道”，是传递乡村小道消息最快的途径，婚丧嫁娶大事小情都躲不开议论。

走在河口塘村的路上，我无意中从“过奥道”的人群中听到穗丰村有人过世了，那是父亲的名字。我并未在意，不仅因为父亲身体一向都很好，不可能走得如此突然，也因为我并不相信死亡会过早发生在自己的亲人身上。但是，一路走去，我又听到更多传闻。我开始心慌了，想起半夜那个怪异的叫声，便不再理会任何人，只是埋头赶路。

当我的双脚踏进李家大门，看到的是永远沉睡的父亲。父亲半夜突发心脏病，来不及给我们留下只言片语，就这样消失在人世间。

那一年，父亲 53 岁，我 13 岁。那是我第一次直面亲人的死亡。

死亡，会让一切都发生改变。那个每天都见面的人，说没就没了，那些以为会一直持续的日子，说变就变了。那些我不曾思考过的问题，因为父亲的离世一下就涌到了眼前。我第一次发现，死亡突然而至的时候，最痛苦的并不是离开的人，而是活着的人。逝者已逝，自有归宿，而活着的人，却不得不咬紧牙关咽下失去亲人的痛苦，继续面对那残酷却无法逃避的现实。

父亲去世后，17 岁的大哥顶替了父亲的职位。20 世纪 50 年代至 80 年代，中国很多集体企业或者机关单位的父母退休、退职后，其子女可以办理入职手续，顶替父母进入原单位上班，这被称为子女顶替制度。大哥能顶替父亲的职位固然是好事，待遇却天差地别。父亲是仙岩综合商店的一手创办人，也是负责人，又是高级技术工程师，一个月工资能拿到 68 块钱。这份工资虽不能让李家的日子有多富裕，解决一家人的温饱却从不是问题。大哥顶班以后，既没有经验也没有职称，一个月工资只能领到 28 块钱，远远不足以养活一家老小。我虽然在仙岩五金厂上班，工厂却因效益不好常年发不出工资，偶尔领到一回钱，感觉简直不亚于过年。那时候，最小的弟弟只有 6 岁，母亲也没有任何谋生技能。作为次子，我肩上的担子一下子重了起来。

父亲在世时，我还不知道何谓人情冷暖，更不知道贫穷会带来什么。父亲过世后，我才渐渐发现了金钱的价值，明白了何谓世态炎凉。

一天，我正在厂里捣鼓一架机器，一阵尖锐的喊叫声打破了工厂的平静。

“李汝龙在哪里？给老娘死出来！”工厂一阵骚动，很多人往大门方向跑去，我也循着声音赶过去。

仙岩寺大殿门口的正中央，站着一个30多岁的农村妇女，只见她双手叉腰、跳着脚在院里叫骂。一看到我出现，她像是战斗的公鸡终于发现了对手，立刻展开攻势。

“你个穷鬼，拿我儿子的裤头穿，还要不要脸？”我这才知道，原来她是工友阿明的妈妈。阿明跟我同龄，都在五金厂上班。几天前，我发现自己仅有的一条内裤破了，因为没钱买新的，就跟阿明借了一条粗布内裤，想等发工资了去买一条新内裤，再把阿明的内裤还回去。

我不清楚阿明的妈妈怎么知道了这件事，为此，她不惜从家跑上5公里的路来到五金厂，只是为了对我破口大骂。

“你个穷鬼，穿不起内裤可以不穿，居然连内裤都借，赶紧给我脱下来……”她的叫骂声不绝于耳，周围满是看热闹的人群。13岁的我，从未经历过这样的场面，更不晓得该如何应对，只能忍着泪水听她用最尖酸刻薄的语言咒骂。

生活像是被画上了一道分界线，从前的安宁自在，因父亲的离开变成了痛苦屈辱。因贫穷而饥饿的肚皮，因贫穷而丧失的尊严，因贫穷而无法反抗的怯懦，一股脑儿地来到眼前。13岁的我，第一次意识到金钱的重要，第一次那么迫切地想要摆脱贫穷的枷锁。

几天后，附近生产队的一台打谷机坏了，找我帮他们修理。那天我赚了两块钱，当天晚上就用九毛钱买了一条新内裤。

“林家三虎”

1968年年底，仙岩五金厂贴出了永久关闭的通知。父亲在世时，是仙岩五金厂的技术指导，父亲去世后，工厂的各种问题都没有人能解决。

加上愈演愈烈的“文化大革命”的冲击，工厂实在难以为继，只好宣布关闭，工人各自去谋生路。辛辛苦苦学来的技术没了用武之地，五金厂拖欠两年的工资也没个说法和着落。摆在我面前的路只有一条：回家种地。

那时，中国农村实行“人民公社”的制度（俗称“吃大锅饭”）。所有社员集体劳动，生产队根据个人的劳动量来记工分，然后再根据“多劳多得，少劳少得，不劳不得”的原则来分配每家的粮食。工分是衡量劳动量多寡的唯一标准，干得多工分就多，工分多分到的口粮就多。为了一家人不饿肚子，虽然我对干农活儿还很生疏，但还是拼尽全力去劳作，我想靠自己的力气为母亲和弟弟妹妹多挣几口吃食。

只是年少的我不会料到，父亲的去世，无时无刻不在影响我们一家人的生活。

一天傍晚，收工时我像往常一样去报自己的劳动量。那天，我挑了100公斤粮食，得到的工分是4.2分，别人同样挑了100公斤粮食，可是得到的工分是9分。负责记工分的人姓林，因为排行老三，大家都叫他林家老三。林家老三还有两个哥哥，兄弟三人平日里称霸一方，因为喜欢欺负老实人，背地里得了个“林家三虎”的绰号。

“林家三虎”是我三婶的堂兄弟，虽然平日里来往甚少，但是依着辈分，我应该称呼他们为舅舅。就是这样一个舅舅，却不止一次地刁难我，要么说我干的活儿不符合标准，要么故意让我干比别人更多的活儿。少记工分的事之前已经屡屡发生，我都选择了忍让，只是那一次，我实在忍不住理论了一句。结果，他非但不听，还一把卡着我的脖子，把我的头摁在水稻田里，抓起来，又摁下去，再抓起来，再摁下去……

一个人受到屈辱，却没有力量反抗，人生中还有比这更痛苦的吗？虽然我只是个孩子，可是我感受到的愤怒和委屈并不比成年人少。又恰恰因为我只是个孩子，却只能承受痛苦而没有力量反击。

“差不多就行了”，周围有人实在看不下去说了一句，我才被放开。这句话我一直记在心里。后来，说这话的人去卖肉了，我便总是去他那里买肉。自己经济条件好一点，就多给对方一些钱。我不说什么，对方也不多说，彼此都心照不宣。

日子循着它固有的步调往前走着，克扣工分的事情依旧时有发生，只是我渐渐学会了忍耐，再也不轻易去争辩。随着年岁渐长，折磨我的不再仅仅是贫穷、饥饿和屈辱，还有看不到前路的迷茫。

一个收工后的傍晚，我一个人在路上走，肩上扛着锄头，脑子里思忖着未来。父亲过世已经两年多了，我也从一个前景光明的技术学徒成了面朝黄土背朝天的农民，未来的路如何去走我完全不知道，可是我很清楚，眼下的路一定不是自己想走的路。天地之大，哪里是我李汝龙的容身之处呢?

因为思考得太过专注，连脚趾头被石头撞破了也不知道，等到感觉痛的时候，低头才发现右脚的大脚趾已经裂开一个口子，肉都往外翻出来了。回头看，一路上留下斑斑血迹。我也只是低头看一眼，便继续往前走，没有停下来查看伤口，也没有想要包扎一下。倒不是不觉得疼，只是心里的苦早已压过了肉体的痛。如果脚趾的疼痛能换来内心的平静，再疼一点儿又何妨? 如果血流干了就此倒下，也没有什么可留恋。有个念头闪过心间：若是眼下的路无法改变，我的一生都要如此度过，那不如去死。

早在五金厂工作的时候，我就知道氰化钠遇水会产生一种名为氰化氢的剧毒。第二次世界大战期间，纳粹德国就常把氰化氢作为杀人毒气使用。如果在别的地方，要搞到氰化钠不容易，但是我工作过的五金厂为了炼钢，长期储存有氰化钠。我自己家里也有一些，为了避免被雨水淋湿，我用密封袋装了藏在房梁的夹缝里。除了我，没有人知道它的存在。一旦我下定决心拿出那些氰化钠，从此，就可以与这人世间的纷纷扰扰告别。

没有人知道，在那个闹哄哄的年代里，无数人都在为了如何活下去而挣扎努力，我偏偏为了死而费尽心机。既然生不由自己，怎么死，什么时候死，好歹该自己说了算。我在寻找一个死的最佳时机。

让死亡停下脚步的，是我的母亲。

我的母亲

我的母亲陈阿娟是中国传统农村妇女的典型。她一生不曾读过《女诫》《内训》以及四书五经，却严格奉行古训对于女子的要求：敬顺贞洁、慈而不懈、躬行孝道、敦睦九族……父亲在世的时候，母亲遵从以夫为天，家里一切大事小情都由丈夫拿主意，她的任务就是勤俭持家、敬奉公婆、哺育子女。

与父亲严格的教子之道不同，母亲一辈子没打过自己的孩子。幼时的我闯了祸，别人的家长找过来，她总是跟人赔礼道歉，承诺要把儿子揍一顿。可是等到对方走了，也只是拉下脸教训我几句，连一根手指也舍不得动我。母亲一辈子也从来没有夸过自己的孩子，不管我多大年龄，人在哪里，生意做到什么样子，只要到她身边，永远都是听她唠叨重复，让我不要学坏，要改改臭脾气，要记得添衣加被照顾自己。

父亲过世，母亲也哭天抢地过，之后却收起所有的悲伤苦楚，以一己之力默默撑起一个家。她用女性的柔韧和隐忍，将该拿的拿起，该放的放下。她所有的努力只有一个目的，就是让自己的孩子好好活着。

日子最苦的时候，为了填饱一家人的肚子，母亲拿着米桶挨家挨户去向邻居借米，用一种近似乞讨的方式来养活自己的孩子。运气好的时候，除了能借来米，还能赊来一些豆芽，她便蒸了给我们做下饭菜。很久以后我才知道，母亲之所以选择蒸豆芽，是因为此种做法既不需要其他佐料，还可以保持最多量的豆芽，这样才能让每个人都不那么饿。运气不好的时候，借来的米只够熬稀粥。说是粥，实际上盛出一碗能照出自己的影子。母亲拿一些石头磨成的小圆珠，用盐巴炒了，所有人喝一口稀粥，舔一口石珠当作下饭菜。因为都是水，吃完了要赶紧去睡觉，不然上个厕所就又饿了。

没有衣服穿，母亲就把父亲遗留的旧衣改小了给我们穿；没有床垫，一家人就挤在稻草上相互取暖。买油买盐的钱更是不会有的，如果家里的鸡下蛋了，鸡蛋是要拿去换酱油或者醋的。直到现在我都记得，母亲给了我一个鸡蛋去换酱油，自己握着鸡蛋小心翼翼走了一路，既垂涎鸡蛋的美味，又害怕摔坏了鸡蛋换不回酱油让母亲失望。那种复杂的感觉若不曾亲历，是极难体会的。

忙着照顾一家人的母亲，生活抹去了她对父亲的思念和悲伤。据我所知，我们兄弟姐妹，除了已经出嫁的大姐，再没有人倾听或者抚慰过母亲内心的伤痛。而母亲为养活自己的孩子奔波的时候，也无暇顾及我们的情感和心绪。即便我有了死的念头，并且在为了如何死去而做着计划，母亲都未曾察觉。

清明节，我跟着母亲去上坟。在父亲的坟头之外，我又看到了那两个小土包。那是大哥出生以前，父母就已经有过的两个孩子，都不幸夭折了。我从来没听父母提起过这两个早夭的孩子，只是每年上坟，那两个鼓起的土包会提醒一家人，还有两个生命，虽然没有参与李家人现在的生活，却与李家血脉相融难以割舍。母亲说，去给你死去的哥哥和姐姐坟头添一锨土吧！我照做了。不知道母亲看着这些不断增加的坟头会有什么感受，我不想问也不敢问。只是，在上完坟的那个夜里，我突然不想死了。

这一家人，还有谁的苦能比得过母亲？那些我吃过的苦，母亲都吃过；我经历的痛，母亲比我更痛。母亲可以忍，我又有什么不能忍呢？已经失去了两个孩子的母亲，她的心已然千疮百孔，我又怎能用自己的死，在那些旧坟之外再添一座新坟？那样的自己，还有身为人子的责任吗？是父亲期待看到的儿子吗？是自己希望成为的样子吗？

毛主席说，人固有一死，或重于泰山，或轻于鸿毛。这轻重之别，就在于死的缘由吧，不同的死因，赋予了死亡不同的意义。大道坦途却浑浑噩噩，从来不想天生我何用，未尝不是苟且偷生。而在生不如死的境遇选择勇敢地活着，未必不是真的英雄。活着，也许比死了艰难，却比死了重要。

在深刻思考了死亡的命题之后，活着，对我而言虽不至于充满了期待，但是至少意味着还有新的希望。为了母亲，我决定好好活下去。

（2017年腊月廿五日，母亲与世长辞，享年93岁。次年，我为母亲写下了周年祭文。）

母亲周年祭

时间过得真快，母亲，您离开我们一周年了，您的音容笑貌还是常常浮现在我的面前。在您走后的日子里，我无时不在想念您，追忆您平凡而伟大的一生。您一生俭朴、勤劳、贤惠，您把一生的心血全部倾注在我们子女身上。父亲过世得早，他的突然离去留下的是一穷二白的家，当时小弟只有六岁，我也只有十三岁。是您用辛勤劳苦和泪水撑起了这贫困的家，把我们兄弟姐妹五人拉扯大的（当时大姐也出嫁了）。

在我记忆里，当时家境极度贫困。时至今天，涌现在我眼前的是那时衣不遮体，没钱去买布料，您会把父亲遗留下来的旧衣服一针一线地修补好，作为我们冬天的保暖衣服。每到饥肠辘辘，没米下锅时，您经常抱着米桶去左邻右舍那里，借点儿大米回来让我们充饥。我当时虽然年少，不是很懂事，但我知道您抱着米桶到别人家门口时，别人不会给您好脸色，被歧视、遭冷眼是常事。您还经常去后邻赊点儿黄豆芽放在煮饭的锅里蒸熟，没有一点儿油水，就放点儿盐，给我们每人分几根。您为了养活我们，每次去借、去赊，您总是厚着脸皮，甚至连基本的尊严都放弃了。当然，还有很多很多贫困艰辛的场景，这是我永远永远抹不去的记忆。

在我记忆里，自从我结婚后每次去看您，您总是不厌其烦地唠叨交代我："阿龙，你脾气不好，你应该好好对你媳妇阿琴。她嫁给你，她真的不容易啊！你是上无片瓦，下无寸土，什么都没有，唯一只有一个人，她真的很辛苦的，你今后一定要对她好。"当我有了孩子，您也是交代我对孩子好，爱护他们，要我切记切记!!!（放心吧，我会记住的。）

母亲，您一生善良，一生艰苦，一生付出，一生坚强的精神也将永远停驻在我们心中，我们也将永远怀念您。由于我出国在外生活，当您年老时我很少在您身边伺候，这是我心里一直的愧疚。

母亲，您是平凡而伟大的。如有来生，我还愿做您的儿子，因为您是天下最善良、最好的母亲！

您的儿子　李汝龙跪祭

2018年腊月廿五日于西班牙马德里

林家兄弟

1970年的夏天，仙岩山上的山茶花长得正盛，梅雨潭的瀑布不眠不休地释放着它的勃勃生机。此时，我在生产队种地已经有一年多的时间。仙岩公社的排灌站突然调走一个知青，没有人想到，正是这个知青的离开，无意中成全了我，也成为改变我生命的一个重要节点。

排灌站是在邻近河道的地方修建，用电机或柴油机把河道的水抽到干渠中灌溉农田，属于农村基础水利设施。南方以种植水稻为主，缺水稻子就不能生长，所以，在江南地区，排灌站的地位显得尤其重要。而在人民公社时代，排灌站又同时兼有灌溉与维修一切农用机械的功能。公社的拖拉机、收割机等各种机械设备，出了问题都要送到排灌站去维修。离开的知青原本是排灌站的车工（车床、机械设备操作工人），他走之后，排灌站需要找一个新的车工。

举国上下闹革命，要在小小的仙岩公社找到一个操作过机械设备、懂维修的技工并非易事。我因为具备从前在大典下农机厂和仙岩五金厂工作的经验，立刻就进入候选人之列。机缘凑巧，排灌站的负责人是父亲生前的学生，我的手艺和为人对方很熟悉。最终，我成了车工的最佳人选。

在排灌站，我遇到了林家兄弟。只是这对林家兄弟，并非“林家三虎”，而是另有其人。

说起林家兄弟与自己的恩怨，就不得不再次提起父亲。当年杭州铁工厂要在温州选一个人去学习，父亲和林家老大都在候选人之列。两人技术相当，年龄也相差无几，关键时刻两人却因为阶级成分的不同，命运也走向了不同。

20 世纪 50 年代初期，政府依据土地占有、是否劳动、有无剥削这三大标准，将广大群众划为地主、富农、中农、贫农、雇农等不同的阶级。阶级成分不同，所享有的机会、权益也就不同，成分决定了很多人的命运。林家老大的成分是地主，而父亲的成分是中农。在那个凡事都要上纲上线的年代，中农成分要比地主成分拥有更多机会和权益。最终，命运的天平偏向了父亲。父亲获得了学习名额，后来还成了享誉温州地区的农业机械指导员。而林家老大成了一个普通的技术工人。为此，林家兄弟将这命运的安排怪罪在父亲身上并怀恨在心。及至我进入排灌站，他们又迁怒于我，颇有父债子还的味道。

维修机器用坏设备是常有的事，若搁在别人身上都无碍，但如果是我，结果就完全不同了。哪怕一个小小的钻头被我用坏了，在信息那么不发达的年代，半小时之内也会传到仙岩公社的党委书记耳中。甚至因为林家兄弟的存在，我在“过奥道”的人群里，也颇有几分盛名。

一天，我正走在仙岩公社的街头，远处有一群人在闲聊，我无意中听到了自己的名字。

“总是听说排灌站的李汝龙，这个人到底怎么样？”有好奇者问。

“戴锁罗。”被问者不假思索就给出了答案。

“戴锁罗”是温州话，意思是垃圾，一无是处的人。用“戴锁罗”来形容一个人，是对这个人最大的否定。在此之前，我从没想到这个词会用在我李汝龙的身上。

我扭过头去看，发现说我“戴锁罗”的人并不认识我，仅仅是因为他的妻子是我在排灌站的工友，他便如此肯定地给我扣上“戴锁罗”的帽子。

看来，只要在这人世间活着，不管你做什么，做得好还是做得坏，总躲不开别人的评价。既然掌控不了别人的嘴巴，那就只能掌控自己的行为。从此，“戴锁罗”成为激励我的又一个动力，我要让别人看到：不好意思，“戴锁罗”这个词，跟我李汝龙边儿都沾不到。

林家兄弟的刁难还在继续，不管他们如何对我，我都能咬着牙忍受。只是我没有料到，他们连我去世的父亲都不放过。

一天，所有人在工厂检查一台需要修理的发动机，恰好这台机器是父亲在世时指导修理的。维修原因是机体开裂，彼时条件有限，最好的处理方式就是拿材料箍住裂缝，让机器继续运转。父亲完全是按照当时的标准和条件做的维修，只是因为年头太久机体再次开裂。可是话到了林家兄弟的口中，听起来就变味儿了：

“他妈的，也不知道这个机器是哪个狗娘养的杂种维修的。”

“就是，技术不行修不好，现在出了问题还要老子来修……”

林家兄弟当然知道机器是父亲维修的，所以，这些话到底是说给谁听，了了分明。

他们后面还说了什么我已经无法听进去，只这几句话，就已经剜在我的心上。原来嫉恨可以杀人诛心，还能兵不血刃。我当然可以跳起来跟他们大干一场，但是，父亲的离世，让我过早面对了生活的真相，也发现了世间规则的残酷。小到一只蝼蚁一个人，大到一个民族一个国家，想要不受他人的迫害和屈辱，唯一的选择就是强大自己，否则，将永远无法拥有突破困境的能力。父亲去世后我所经历的一切，让我学会的最大一件事就是忍耐，尤其是当自己能力还不够的时候，忍耐便是唯一的武器。忍耐就像埋在土里的竹子，在破土发芽之前，必得经历无尽的黑暗和酝酿。

我装作没有听到兄弟二人的谩骂，低头默默修着机器，却在心里暗暗发誓："我一定要学好技术超越你们。总有一天，你们会因为我的技术抬不起头来！"

第三章　最佳报复

（1970—1975）

做个好汉子每天要自强
热血男子热胜红日光
让海天为我聚能量
去开辟天地为我理想去闯
又看碧空广阔浩气扬
既是男儿当自强

——《男儿当自强》

最优秀的技术工人

1975 年的一天，穗丰村的一台发动机难住了附近的技术人员。

这台发动机已经坏了好几天，周边所有的技术人员都被请过来，机器被拆开又装上，装上又拆开，问题找不出，就是启动不了。这架机器像是一个疑难杂症患者，躺在病床上等着有人来救它。大家都束手无策的时候，有人叫我去看看。

围着发动机转了一圈，我告诉发动机手："把机器发动一下，让我看看吧！"他摇了几下把手，几声闷响，机器并没有发出本该有的轰鸣声，然后就再度归于沉寂。听声音，我已经大概知道问题在哪里。了解了之前修理的情况，我说："把发动机盖头拆下来送到仙岩排灌站吧，我拿去修。"

"你确定知道问题了？""很多老师傅可都没发现问题啊！你看一下就能知道？""那你说要怎么修？"周围此起彼伏尽是怀疑的声音。我没有搭腔，此时说再多也是无益，不如到时候让事实说话。

根据我的经验，柴油发动机启动不了，原因基本不超过三个：第一，燃油供给系统出现故障；第二，燃烧室气压不足；第三，润滑系统出现问题。听声音，我已经判断出这台发动机的问题在气压上，汽缸内的压力峰值没有达到燃烧要求的 40 到 50 个气压。柴油发动机要启动，其中一个关键因素就是吸入的空气要形成强烈的旋流，在压缩终点要有比柴油自燃点高出 200℃—400℃的温度，也就是达到 500℃—700℃。如果排气门磨损、积碳、气门间隙调整不正确等造成气门关闭不严而漏气，或者活塞环及活塞与缸套之间的磨损间隙过大，导致燃烧室内压力不足、压缩温度达不到要求，柴油便无法正常燃烧，发动机也就启动不了。

解决这台发动机的问题，只需将盖头的燃烧室体积缩小，就能让压力达到要求从而启动机器。我把发动机盖头上放喷油嘴的孔钻得更深一点儿，好让喷油嘴能放得更深一点儿，这样燃烧室的体积就会变小。看上去是一个小小的操作，背后却是对整个发动机原理的深入了解。第二天，被我修完的盖头安上去，发动机轰然启动，所有人都惊讶了。

1975 年，进入排灌站第五年，我踏着父亲走过的路，成长为他的样子。此时的我，不仅是排灌站唯一可以解决一切重难点问题的核心人物，也成了仙岩公社响当当的技术员。

这五年，我每天必做的一件事就是读书。那时候信息不发达，可以阅读的技术书籍也有限，我就设法跟人借。实在借不到，就省下吃饭的钱去买。饭可以一日不吃，书不能一日不读。如果当天没有读完给自己规定的量，我是不会睡觉的。遇到难以解决的复杂问题，为了找到解决方案，我可以翻看书籍好几夜不睡觉。我看书不仅是解决当下的难题，还去研究背后的整套理论体系，举一反三，解决办法自然也多了。

除了看书，我还喜欢抢着修机器。

排灌站承担的功能比较多，机器坏了是常有的事。别人看到需要维修的机器都躲得远远的，我却总是抢着去修，因为修一次就多一次练手的机会，修理得多自然进步得快。我修机器，不是着急查看坏掉的零部件，而是先绕着机器转上一圈，上上下下里里外外整体检查一遍，基本确定问题在哪儿了，才下手开始修。这样就能从整体上解决问题，而不被眼前看到的问题干扰，所以，干活儿效率也总是事半功倍。

我不知道自己是不是遗传了父亲的基因，但是我观察力比别人强、脑子比别人活泛确是事实。在我有限的记忆里，还能想起自己改良过的车床工夹具。

传统的工夹具用来做零件，先后需要 5 道工序，而且分别在 5 个机器上完成。这样，做一个配件往往需要 8—10 个小时，工作效率极为低下。我试着寻找改良方法，5 道工序有没有可能在同一个机器上完成？测量、验算、修正，每天下班后我就琢磨这新式工夹具的制造。周围尽是怀疑的声音，很多人都说你做不到的，不可能成功。可是，我一概不理，只是埋着头一点点做。我并不是盲目自信，而是根据从书上学到的知识，我相信自己可以，只是需要不断验证、调整而已。终于，经过好几个月的摸索，新的工夹具诞生了。我们拿它做试验，车一个大阀门的阀体只需要 45 分钟，效率比原来整整提升了 10 倍。

另外一件事是我改良了牛头刨。制造车床的车身，最好的工具是龙门刨，因为龙门刨可以一次性完成车身加工，不需要人工协作，且不会做错或者做坏，但是龙门刨售价太高，很少有工厂买得起。那时候排灌站只有牛头刨，牛头刨的功效与龙门刨一致，只是可以承载的车身长度有限。一个二三米的车身，龙门刨一次完成，牛头刨却需要一段一段加工，需要人工协作，还不能确保接头处平滑，因此，加工一个车身颇为费事。

排灌站领导希望我能完成牛头刨的改良，我二话没说应了下来。为此，我搬着铺盖卷儿住在了排灌站。技术攻坚阶段，我三天三夜没睡觉，不停地改良、试验，再改良、再试验。最终，把原本只能加工 70 厘米车身的牛头刨，改良到了可以加工 2.3 米的车身，效果不比龙门刨差。从领导到工友，大家都对我竖起大拇指。相比外界的赞扬，我更在乎的是能力提升带给自己的成就感和踏实感，这让我更有兴趣钻研技术，也更有信心面对未来的日子。

其实，人和人的差距并不是谁比谁更聪明，而是有没有用心。我所做的那些事，身边很多人都能做，他们没有做到并不是因为能力的限制，而是缺乏观察和思考。所以，这世间的事，只要用心就总能做到。

在排灌站，我始终念念不忘的，还有生命里很重要的一位恩师。

恩师毕业于南京航空学院（现为南京航空航天大学），原本是高等院校的优秀人才，本该享受国家分配工作的待遇。可是造化弄人，他的哥哥跟着国民党去了台湾，这便影响了一家人的阶级成分。加之航空航天技术涉及国家机密，所以，毕业以后国家并未给他分配工作。倒是因为技术着实优秀，常常被各大机械厂请去解决技术难题。也是因为彼此的缘分，他被请到瑞安马钢厂当技术人员的时候，恰好是我如饥似渴想要提升技术能力的当口。因为两人的单位距离不远，我便总是跟着他学艺，他也收我当了学生。

他可能也没想到，在仙岩这么一个小地方，又是在一个人人忙着闹革命的年代，居然还有这么用心的学生，两耳不闻窗外事，一心只想着学技术。我们师徒二人惺惺相惜，从技术理论到实践经验，老师悉数教给了我，我也潜心修习。后来，老师移居美国，我们的联络也渐渐断了。虽然已经从少年到了古稀之年，可是逢年过节，我还总是想起老师，挂念着老人家的生活，不知道他现在过得如何。

最好的报复

1975 年，我在排灌站渐渐站稳脚跟后，大哥参军回来了。参军前，大哥一直在父亲工作过的仙岩综合商店就职。参军后，便将组织关系全都转到了部队。不承想，两年服役期满，仙岩综合商店的岗位已有人顶替，大哥再也回不去了。回不到原单位，意味着没有工作，没有工作，生存就成了问题。

大哥找单位找领导，大家都说没办法。我也凭借自己在排灌站的一点儿基础，帮大哥找组织跑关系，能使的劲儿都使出来了，大哥还是入职无望。

一天早上去排灌站上班，洪兴伯跟我一边走路一边聊天，他既是我排灌站的工友，也是教我写书法的老师。洪兴伯絮絮叨叨说着张家长李家短的闲事，我却没听进去几句，满脑子都是大哥怎么才能正常去上班。

就在路过仙岩综合商店的时候，我脑子一热，一个箭步就冲了进去。

20 世纪 70 年代的综合商店什么都卖，有布匹点心海鲜南货，也有锅碗瓢盆营养补品。仙岩综合商店还卖早点，包子、油条、馒头、稀粥，雾腾腾的热气里，夹杂着邻里之间的家常问候。这分明是一个祥和安宁的清晨，我却顾不上去体会这世俗烟火的温暖，只要哥哥的工作一天不解决，我就没有心情去享受一切。

“哗啦”，我左手掀翻早餐摊的蒸屉，雪白的包子、浑圆的馒头立即滚落满地。“咣当”，我右拳打在商店的玻璃柜台上，散落了满地的碎玻璃。前后不过两分钟，刚才还井然有序的商店，顷刻间就像是被敌人扫荡过，只有满地狼藉和惊慌失措的人群。

我环顾四周，轻声问道：“谁啊？是谁不让我哥哥来上班？”

商店里鸦雀无声，所有人都盯着我，店员面面相觑，没有一个人站出来。我看没人出头，继续轻描淡写地说道：“明天要是还有人不让我哥来上班，商店以后就不要开张了吧。”

之后，我转身出门，在门口看到目瞪口呆的洪兴伯，若无其事地跟他继续去排灌站上班。

那天到单位不久，我还跟平常一样埋头工作，综合商店的经理悄悄来到我身边，赔着笑脸说：“阿龙啊，明天就让你哥来综合商店上班，你不要再去综合商店闹了好不好啊？”

我头也没抬，嗯了一声，继续干着手边的活儿。

看他们走了，洪兴伯偷偷凑过来说：“阿龙啊，我们认识这么久，我今天才知道你这么不按常理出牌，却能把别人搞不定的事情搞定，有两下子！”

我笑笑没说话，其实进去之前我心里也没底。只是20世纪70年代的中国，“文革”尚未结束，在那个乱糟糟的年代，能用武力解决问题，也是因缘巧合歪打正着吧。要是放到现在，这样的方法肯定行不通，只是在什么山头唱什么歌罢了。我生性并不暴力，也从不倡导暴力，只是当有需要的时候，我从不惧怕展示暴力。

有一天，我正跟一帮兄弟喝酒。微醺之际，我对身边的人说，要是这时候看到当初欺负过我的林家老三，我一定狠狠揍他一顿，出出当年的恶气。也是赶巧，刚说完这句话，就看到“林家三虎”中的老二迎面走来。

我站起身，一脚踢开坐着的凳子，径直就来到林家老二面前。那时候我二十出头，身高一米七几，在南方已经算是高个头。年轻力壮，站在林家老二面前，单单气势就已经压他一头。

林家老二显然被吓到了，他一动不动站在原地。我伸出一只手，一把将他推到墙边，然后右手掐着他的脖子，左手指着他只说了一句话：“你要是不老实，动一下老子就揍死你！”我紧紧盯着他，透过他眼中的惊恐，我看到了自己的力量，他被吓得连大气都不敢喘。直到我身边的朋友过来替他求情，我才放手。松手的瞬间，林家老二落荒而逃。

林家老大也领教过我的厉害，起因是他的儿子跟我弟弟吵架。其实小孩子之间吵架本不算什么，大人无须在意。可我就是要让“林家三虎”知道，我李汝龙早已不是当初那个被摁在水稻田里的孩子。我决定带着弟弟去算账。

林家老大一定不知道，那些年我一直在练拳，没事就对着石头对着木头对着墙，伸出拳头“咣咣咣”就是一通打。我原本天生力气就比别人大，再加上不间断的练习，久而久之，倒真的练出了比常人更强的臂力、更硬的拳头。直到现在握起拳头，右手有个骨节都比较突出，就是因为当年练拳太多练伤了。

那天站在林家老大的门前，我没有敲门，而是伸出拳头，一拳就打破了老旧的砖墙，再一脚，砖墙立刻出现一个大洞。如果我再多踢上几脚，那座墙怕也要塌了。林家人一直躲在屋里没敢出来，我骂够了才带着弟弟回家。后来，林家老大特意央求我大哥说情：“让阿龙别再生气了吧，都是过去的事，彼此都放下吧！”

之后，我确实没再找“林家三虎”的麻烦。现在想来，感觉当年的自己好像太匪气、太霸道了，凭着自己年轻力壮，不怕欺负了，却也忽略了乡里之间的温情。可是仔细想想，如果我性格里没有这种“匪气”，也许就不会有后来的闯劲儿，不会在面对种种磨难之时，还一直有力量重新站起来。所以，性格真的无所谓好坏，只能看什么时候呈现哪一面吧。我认为张弛有度、进退自如，算得上是好性情。

我与“林家三虎”的恩怨算是速战速决放下了，但是跟排灌站里林家兄弟的恩怨，却是一点一滴随着我技术的不断进步而渐渐消弭的。就在我成为技术骨干、所有大小问题都能解决的时候，厂里新调来一位刘书记，他看到了我技术的精通和为人的努力，也看到了林家兄弟的技术和为人。排灌站原本也养不了什么闲人，技术人员有一个，够用就行了，刘书记也就找机会让他们离开了。我无须再去证明自己，事实已经证明了一切。

多年以后，我跟大哥闲聊。大哥自幼跟着浙南功夫名师李志山习武，一生不曾间断，对太极五行等内家拳术都颇有研究。

我问大哥：“那些武侠小说里写的水上漂、一指弹之类的神功都是真的吗？”

“我想是真的吧！”大哥回答。

“如果是真的，为什么现在没有人练出来？”我很好奇。

大哥缓缓答道：“有些东西，需要仇恨才可以做到。”

那一刻，万千思绪涌上心头，我突然明白了一个道理。

人们都在说“好风凭借力，送我上青云”，总以为凭借的是当下对自己有利的力量，比如他人的地位、金钱，或者运气、最佳的时局，依靠这种外力，从而完成自己的飞跃。我的经历却告诉自己，如果这个人真的有心成长，那他可以利用各种力量，甚至是对自己不利的因素来成就自己。比如困境，他人对自己的打击，还有因之而来的仇恨。他会利用仇恨，却不会困在仇恨里。他能将仇恨转化为自己向上的力量，像太极里面的借力打力，借的是对方的力气，成就的却是自己。

很多年以后，有人问我一个问题：“你理解的报复是什么样儿？”

我说：“最好的报复是成长自己，而不是伤害他人。”

第四章　执子之手

（1970 年）

没有天哪有地

没有地哪有家

没有家哪有你

没有你哪有我

——《酒干倘卖无》

初识

1970 年 7 月 1 日，是我第一天进入排灌站的日子，也是我第一次见到秀琴的日子。

作为新人第一天进厂，我要跟所有同事打招呼。当时，全工厂只有两个年轻女生，秀琴就是其中之一。第一次看到她，人虽然瘦小，但是眉清目秀，单单看着就很舒服。我感觉内心的某根神经被触动了，那是什么，说不清楚。

爱情小说我看得多，但是从不相信一见钟情的故事会发生在自己身上。在我们那个年代，恋爱一定是为了结婚组成家庭，所以，对于伴侣的选择，总以是否会过日子为标准。而这一点若不经过长久考验，是难以显现出来的。所以，一见钟情这种不太实际的情感，在我们那个年代是比较少见的。更何况以我当时的家境，我知道自己和秀琴之间的距离太大。她对我而言，可望而不可即。

20 世纪 70 年代的中国农村，年轻人在十八九岁结婚是司空见惯的。我 17 岁进厂，在旁人眼里，原本也到了谈婚论嫁的年龄，但是因为一心钻研技术没空去想，再加上自己的家庭状况，也不敢去想。等到二十二三岁成为技术骨干，已经属于大龄青年，结婚迫在眉睫。当我开始考虑结婚的时候，却发现身边人都像是被打上了记号，几乎所有人都有相处的对象了。但凡没有对象的，要么家里太穷，要么兄弟姐妹太多，要么年龄太大。这些不利条件，别人也就占一样，我偏偏都占全了。好在我技术优秀人也勤奋，所以，为我张罗介绍对象的不在少数。

被介绍来的女孩形形色色，有个女孩叫阿云，因为比我年长几岁，我拒绝了；还有个女孩叫阿珠，女孩子还没见到，我却意外地在菜市场偶遇了她妈妈买菜，唾沫横飞与人讨价还价，一毛钱的菜恨不得砍到一分钱拿走。单单那个架势，我就被吓到了，不敢想象这样的妈妈会调教出什么样儿的女儿。如果也跟她一个样儿，那日子肯定是没法过的。

虽然我这一生多次陷入困窘，却始终觉得做人要有格局，不能斤斤计较。越是斤斤计较的人，越难赚到大钱，生活上也必然会有很多不愉快。太多琐碎的小事会干扰情绪，哪里还有时间做事呢？后来又有人给我介绍瑞安县领导的女儿，可是一接触，也觉得不合适。时间久了，有人说我挑剔，有人说我不领别人的情。渐渐地，大家给我张罗对象的热情降下来了，由着我自己折腾。

阿梅是秀琴之前真正跟我交往过的女孩，她是裁缝，有手艺有长相，追她的人不在少数，她却偏偏钟情于我。那时候，她常常来家里帮我母亲干活儿，或者陪她聊天，因此深得母亲喜欢。母亲秉性善良，觉得我一穷二白，还有阿梅这样的女孩子愿意跟我过日子，我应该承下这份情意。确实，我着实挑不出阿梅的毛病，却也不觉得她是能走进心里的人。我不相信什么神怪传说、月老牵线之类的事情，但是对于夫妻之间的情感，我还是觉得冥冥之中自有缘分。至于那是什么样儿的缘分，我可能说不清楚，但是一定能感觉到。

我跟阿梅的关系还没有明确进展的时候，一个意外突然改变了事情的走向。一天，我正在排灌站工作，突然听到外面一阵骚动，所有人都往工厂门口跑，说要去看新鲜，还有人叫我赶紧去，说来人跟我有关。等我到门口的时候，人已经围了一堆。只见一个窈窕女子背对着工厂门口站着，一身洋装色彩艳丽，刚遮住胯的紧身短大衣，完美勾勒出腰部线条，下面搭配的套装紧身裤，又恰到好处地修饰了笔直修长的双腿。在那个到处都是工装服的年代，如此超前的打扮，如此鲜艳的色彩，实在难得一见，也难怪大家议论纷纷。看这背影，我觉得有几分熟悉，等到她一回头，妈呀，居然是阿梅。我心里只有一个声音：出洋相了。

这么张扬，这么夸张，这样的性格根本就不是我喜欢的类型。等后来知道她来工厂的原因，我心里更加不舒服。原来她明着说是来看我，暗里却是因为不知道从哪里听来的谣言，说我和秀琴之间关系暧昧，所以来看个究竟。说实话，当时我跟秀琴之间什么都没有，仅仅是普通工友。可是阿梅这一举动，让我确定我跟她真的不合适。

我性格刚烈，阿梅性格柔和。古人说："纯阳不长，纯阴不生。"按理说，刚烈本应用柔和来调适中和，可是我太过刚烈，脾气火爆且行动力极强，而阿梅却百依百顺，我所说的一切她都言听计从无有反驳。我想象不到，如果有一天我出格了，她是否具备管束我的能力？如果有一天我倒下了，她又是否有推动我往前走的动力？更何况她前往工厂的举动，也流露了对我的不信任。当时我们连手都还没有牵过，她却已经提前进入了女友甚至未婚妻的角色，的确为时尚早。这场意外让我看清，自己真正需要的爱人，并不是阿梅。此后不久，我就跟阿梅结束了关系。虽然母亲和周围的朋友都劝我，可是我心意已决，不想再继续。

跟阿梅分手两个多月以后，听说她因为心灰意冷草草结婚了，对方是一个下乡插队到韩田的知青。因为我妹妹也嫁到韩田，便总能陆陆续续听来一些阿梅的消息。起先是他们夫妻感情不好，后来听说阿梅经常如祥林嫂一般跟别人诉苦，说没能嫁给我是此生的遗憾。

最后一次见她，是 1997 年左右我从国外回老家。有人对我说阿梅过得很不好，我和一个好朋友一起去看望她。那次会面，我推心置腹地告诉阿梅，自己脾气很不好，并不如她想象中那么完美。如果当初在一起了，也免不了吵架，吵多了还是会离婚。她对我的放不下，更多的只是因为没有得到，与其活在幻想的美好中，不如活在踏踏实实的现实里，过好自己的日子。我并不确定阿梅听进去多少，我只知道，当我看到她的手机已经旧了，就托朋友买了一个新手机给她，后来朋友告诉我：阿梅拿着新手机说，她会保存一辈子。

如果时光倒流，我知道自己依然会做出跟当初一样的选择。缘分诚然没有对错，我和阿梅的相遇、分离也都是命运使然，并非谁刻意要去伤害谁。只是阿梅的痛终归因我而起，我的存在成了她心里过不去的坎儿，成了她心里一辈子不可痊愈的伤疤。虽然这并非我本意，只是人生啊，总是有那么多无可奈何。

追求秀琴

阿梅的一次突袭，反而让我开始注意起秀琴。渐渐地，我发现这个女孩确实不一样。

我进工厂的时候，秀琴在弹簧车间工作，当时她已经是这个车间的熟练工人，一个月有 30 多块钱的工资。对于追求稳定的女孩子来讲，这个职位就是个香饽饽，万万不能放手。可是秀琴偏不，放着熟练的工种不做，却调到技术车间。就算工资降到 12 块钱一个月，她也愿意，她说多学一门手艺，以后就多一条路。光是这件事，就让我觉得她这个人有想法、有魄力，是个不一般的女孩子。

以前有算命先生说，我两只手伸出来，十个手指头都是张开的，耙钱可以，但是聚财不行。所以，我这辈子需要一个会管钱的人在身边，秀琴就是这样一个会理财的贤内助。如果手里有一分钱，她总是有办法把这一分钱变成一块钱，再变成十块钱来用。而且，她还很关心家人，身上有一种大家闺秀的贵气。

放在现在，我也许能找出一些当时喜欢秀琴的理由，但是回到几十年前我们初识的时光，这些理由都是可以忽略的。真正喜欢一个人，其实很难说清楚。也许就是一个眼神、一个微笑、一个不知道何时突然生发的念头，于是，便有了那剪不断理还乱的情愫。爱情是一场你追我赶的游戏，你情我愿的爱情固然是美好且幸运的，但是，这世间更多的偏偏是你喜欢她，而她却并不在意你。

秀琴出生在河口塘村，跟穗丰村隔一公里路。她虽然说不上是大户人家的小姐，但家境殷实。秀琴的父亲曾是银行职员，后来成为塘下一家工厂的厂长。家里有五个姐妹、一个弟弟，一家人相互帮衬，日子终归是过在人前头的。可我却是赤条条一人，虽有兄弟姐妹，却无一人可以帮到自己。虽说有个家，属于自己的却是上无片瓦，下无寸土，遑论身上还背着父亲去世以后的债务。客观条件已经困难重重，秀琴对我，也并没有半点儿兴趣。

人这一生要吃很多苦，爱而不得莫过于最大的苦楚之一。而这爱而不得，也分几种。有一种是彼此相爱却不能在一起，至少双方还有颗心能相互依靠。有一种却是一厢情愿地付出，对方却不领情，自己满腔热血扑出去的热情，就像是对着旷野发出的喊声，连个回声都没有，就像是对着大海扔出去的石子，连个涟漪都不曾荡漾。秀琴明明近在咫尺，心里却隔着千山万水，交不了心。这种无休无止的痛，像影子一样追着自己，甩不开也躲不掉。每天都盼着上班能看到她的笑脸，等到真的见到了，却是她的不冷不热。不管我做什么，秀琴都只是把我当作工友。既然一直是自己在演着独角戏，我决定躲开这一切，我跟排灌站提出离职申请，重新找了一家工厂。

既然得不到，那就忘掉吧。

新的工厂在平阳，是浙江最南边的县城，距离穗丰有三四十公里路。工厂的规模、业务、前景，都无法跟仙岩排灌站相比，但是至少没有秀琴。我每天把自己扔给工作，只想着提高技术，不想其他，心也慢慢静了下来。一年多以后，就在我觉得一切都过去的时候，排灌站的领导又突然叫我回去工作。

成为夫妻

重新回来，虽然还是要面对秀琴，只是经历了坎坷，我反而放下了执着，更加坦然地面对这一切。没想到，转机出现了。

秀琴身边一直有人介绍对象，但是她都一一拒绝了，这又给了我新的机会和空间。排灌站每月 1 日和 15 日放假，厂里都是二十出头的年轻人，一到休息日，大家就呼朋引伴去周边游玩。我爱好广泛，喜欢唱歌，又会吹笛子、吹口琴，还跟着老先生学会写毛笔字，常常引得身边伙伴喝彩。我的目光却锁定在秀琴身上，只要有机会，我就叫她一起吃饭，下班送她回家。渐渐地，秀琴对我的态度也发生了变化，我们开始了名正言顺的交往。

但是，又一道难题摆在眼前——秀琴家里不同意。

秀琴的父亲精明能干，在当地有“两个半能人”（意思就是很能干）的称号。秀琴在家中排行老二，她大姐就是在父亲的主导之下找的女婿。过不了父亲这一关，女儿就休想嫁人。可是我却偏偏过不去，原因很简单——我太穷了。

像我的技术在排灌站人尽皆知一样，我的贫穷在穗丰村和邻近的河口塘村也是家喻户晓。大哥一年前成家，不久，大嫂提出分家。父亲过世已经六七年，家里仅有的收入来源就是大哥和我的工资。分家的结果是哥嫂出去另住，房子留给母亲和弟妹们，我离开家自己想办法，还背上 170 元的债务。从家里离开，我一路哭着走回排灌站。背在身上的债，看不到尽头的贫穷，多变的时局，迷茫的未来，使我的内心惶惶如丧家之犬，哀哀如过街之鼠。如果不是因为我还有排灌站的一张床，因为自己的技术一天天进步，以及心里对秀琴一点点萌生的爱意，往后的路，我不知究竟有多少盼头。

秀琴的父亲显然看到了这一切，谁愿意自己的女儿跟着一个穷小子受苦呢？跟秀琴谈恋爱的时候，排灌站宿舍的那张床是我的家。可是，如果秀琴嫁给我，我们住在哪里？我又拿什么来养活自己的妻子？秀琴父亲的阻挠和担忧不是没有道理。好在秀琴不在意，她不在意我的贫穷，她只认定我的技术，相信我的为人，愿意跟我一起过日子。还有什么比这个更可贵呢？秀琴的信任给了我动力，也让我更加努力地去提升自己，去证明她没有看错人。

只是，不管我在排灌站多么优秀，技术有多么厉害，秀琴的父亲始终不点头，我和秀琴的婚事也就一直拖着。真正让秀琴的父亲同意我们婚事的，居然是当时仙岩公社的钱书记。

因技术的缘故，钱书记对我多少有些了解。我拜托他去说亲，钱书记告诉秀琴的父亲：“阿龙人挺好的，不过是一匹野马。如果有人驾驭得好，这匹野马一定会很好。”谁也没有想到，就是这么一句话，改变了秀琴父亲的看法，他终于同意了我们的婚事。

如果问我这辈子做过的最正确的决定是什么，我会回答是跟秀琴结婚。如果没有秀琴，也不会有未来的我，不会有未来偌大的家业。秀琴打过一个比喻，如果我是一辆车，她和儿子们就是车子的发动机。确实如此，我的一生起起落落，当我辉煌的时候，秀琴提醒我不要得意忘形，当我跌倒的时候，秀琴鞭策我不要躺在地上任由命运摆布。不管我倒下去还是站起来，秀琴对我永远有要求。如果我是钱书记口中的那匹马，秀琴就是掌握缰绳的那个人。因为她驾驭有方，我这匹马才能驰骋千里。

因为秀琴，我从孤身一人到有了自己的家。从此，不再是飘零的浮萍，就算风雨再大，身边有人跟我一起面对。直到现在，秀琴的生日我都一直很重视；没钱的时候，哪怕煮一碗面条，卧两个鸡蛋，我都亲手煮给她吃。后来到了欧洲，接触到欧洲文化，知道了欧洲人对结婚纪念日、情人节都很重视，我就开始在每年的结婚纪念日和情人节，都给秀琴送一束花或者一份礼物。她对这个家庭付出太多了，所有我能做的是弥补，是尊重，更是感激。

第五章　四海兄弟

（1975年）

朋友一生一起走
那些日子不再有
一句话一辈子
一生情一杯酒

——《朋友》

举债造房

秀琴的父亲一点头，我立刻开始准备结婚事宜。第一件事，要造一所房子。我们当地有个说法：“想要造房子，得要三年没饭吃。”意思是造房子的开销很大，农民得先攒够三年的粮食，才够造一所房子。对我而言，别说三年的粮食，就是三天的也没有。但是，如今要结婚了，至少得有个自己的屋吧。秀琴不顾一切反对嫁给我，总不能让她跟着我挤一张单人床。我必须给她一个像样儿的家，不能委屈了她。

主意一打定，我开始行动。

都说要实事求是，我的理解是，做事之前先看看实际情况，有什么条件，具备哪些因缘。如果不看事实只是空想，再大的梦想也无法实现。如果条件分明具备，自己却没有看到，那也白白浪费了手里的好资源。

我眼下的条件是没地皮、没材料、没干活儿的人，最重要的是没钱。翻遍口袋，所有的家当就 1 毛 3 分钱。我坐在桌前思考盘算。

没地皮，我去申请。

没材料，我去赊、去借。

没干活儿的人，我有平日里的一帮好兄弟。

没钱，还有我这个人，人在钱就在。

除了这些，我还有下定决心造房子的勇气和决心。

看来情况没那么糟糕。

有了这样的分析，我坚定了自己赤手空拳造房子的计划。什么三年没饭吃，我就要靠 1 毛 3 分钱造出一间房。

第一步，找地皮。农村人造房，首先要找村委会申请宅基地。等村里把材料递交上去，再层层批复之后返回村里，才能划出一块地皮。申请宅基地要手续，还要时间，我修房子结婚十万火急，哪里等得了那么久？于是，我就去村里闲逛，逛到穗丰村东北边的时候，我看到有一块地空着。

我去周围打听："张阿叔，这块地现在有没有分给谁啊？""刘阿婆，知道这块地是谁的宅基地吗？"一圈问下来，大家都说还没划出去，是一块闲置的空地。我当下便指着这块地对周围的人说："从今天开始，这块地是我李汝龙的了，我要用它造房子，以后谁都不能动。"第二天，我拿着铁锹在那块地上拢起来一圈地埂，就算是跑马圈地给自己占位了。既没有向村里递交宅基地申请，也没有给谁汇报。只不过一天时间，我就给自己找到了造房子的地皮。

第二步是找材料。做一顿饭也许只需要三五样儿食材，造一所房子需要的材料可就多了，木头、石头、砖头、水泥、钢筋、玻璃、钉子、铁锹、水桶……都说巧妇难为无米之炊，修房造屋更是如此。啥材料都没有，高楼大厦如何平地而起？

数数兜里的 1 毛 3 分钱，我打算第一站去找大姐。既然要啥没啥，那就从有啥要啥开始吧。

花 1 毛 2 分钱买了 4 根新安江香烟，我叫上一个好哥们儿来到大姐家。大姐早在父亲过世前就已经出嫁，一直对我们弟弟妹妹疼爱有加，姐夫也忠厚善良，只要我们开口，总是能帮就帮。姐夫的经济条件还行，不久前他刚造好新房子。我想去找姐夫商量商量，看房子应该是个什么造法，顺便也看看能不能跟姐夫借点儿钱。

一根香烟给朋友，一根香烟自己抽，两根香烟递给姐夫，我们就那样拉着家常。一抬头，我看到他房顶上架着6条闲置的水皮（水皮是南方人的叫法，意思是房屋的檩木，也就是横梁，是整个房屋的基础）。

我问得直接："姐夫啊，你这个水皮放着也没用，能不能借给我造房子啊？"

姐夫回答得爽快："一家人何必说两家话，要用你就拿去用。只是这6条水皮也帮不了大忙，剩下的就得你自己想办法喽！"

造房子一般需要12条水皮，有了6条我就有了一半，剩下的也都能解决。初战告捷，我更加信心满满。

木头可以借，砖头却要自己买。一块砖头3分钱，造房需要几千块砖，真要拿钱买，那是一笔巨款。既然买不起，那就自己烧。村里有一座砖窑，我就去找负责人商量租过来，租金用烧出来的砖头抵债。

可是，烧砖要柴火，连着烧几天几夜就是一大批柴火，到哪里去弄这么多柴火？我把能想的亲戚都想了一遍，能借的钱都借过了，柴火实在难倒了我。

自从我和秀琴订婚的消息传出去，整个排灌站都知道我在修房准备结婚。有人看我为柴火发愁，于是给我出主意："阿龙，你不是有个早年夭折的姐姐，后来配阴亲给蔡家了嘛。算起来你们和蔡家也算是亲戚，听说蔡家有人在大罗山尖山林场当领导。那里每年都有不少修剪下来的树枝，还怕没柴烧？要不，去尖山林场借借看？"

这话倒是提醒了我，差点儿忘了还有这么一门亲戚。早夭的姐姐确实阴亲许配给了蔡家早夭的儿子，蔡家的儿子还有个大哥和嫂子，一直以来对我们都不错，是真心把我们李家兄弟姐妹当自己人看待。蔡家的哥哥正是尖山林场的领导，之前我从没想过还能通过这层亲戚关系找对方帮忙。不过，既然眼下走投无路，那就不妨试试。

也许爱情真的是盲目的，它给人带来痛苦和甜蜜的同时，也给人无穷的力量和勇气。为了给秀琴一个家，我决定去尖山林场碰碰运气。蔡家哥嫂见了我，一如既往地热情招待，一听说我要结婚了，修房子烧砖头没柴火，还没等我开口，就说把林场剪下来的松树枝赊给我，让我拿去当燃料。至于钱，可以等有了再还。

我找人开来一辆拖拉机，“突突突”往返好几趟，终于把柴火都拉了回去。有了柴火，砖窑就能顺利开火了。烧一窑砖需要一个星期，我请了几天假，雇了两个烧窑师傅干活儿，自己在旁边打下手。三天以后，砖烧好了，封了窑就是冷却了。

冷却砖窑又是个力气活儿。砖窑大概有 10 米高，要先一担担挑水顺着台阶爬上窑顶，再把水倒进窑顶的冷却池里。50 多平米的砖窑，来来回回不知道要挑多少担水。封窑后的头几天，要不停歇地挑水冷却；后几天差不多每隔一个小时冷却一次，我总是趁着等待的间隙眯一会儿养养神，一个小时后爬起来继续挑水。等到砖窑冷却完毕，我的肩膀已经磨出了一个又一个水泡，双腿也因为上上下下爬台阶，早已软得像面条，没了半点儿力气。

三四天后开窑，烧好的砖头留下一批自己用，多出来的就卖给需要的人，用得来的钱付了租金，剩余的再拿去买木头、石灰、水泥等其他原材料。石头没有，就去山里拉，水泥、钉子、各种工具都是能借就借，实在借不到就去赊。天天都有人来让我拿主意，时时都有问题冒出来要解决。也多亏了年轻，有的是力气，虽然忙得脚不沾地，还是能一边做好排灌站的工作，一边修着房子。就这样稀里糊涂地借来赊去，到最后我也分不清哪个是借的哪个是赊的，至于到底欠了多少钱，更是没有半点儿概念。

打地基、架梁、和泥、砌墙，这些活儿都是平日里结交的兄弟朋友来帮忙。按理说，造房子需要给干活儿的人好吃好喝招待，大家才有力气。

可兄弟们知道我没钱，总是在自己家里吃了早饭才过来。呼啦啦几十号人，都是年轻力壮的大小伙子，大家干得热火朝天。中午，我能提供的最好伙食也不过是一锅酱油炖豆腐，或者白水煮青菜，偶尔有点儿鱼和肉做个点缀意思一下。他们也不挑剔，闷着头吃完接着干。既然都是兄弟，彼此之间也都不客气。

前前后后花了一年时间，房子造好了。只是，别人的木材是一胳膊粗，我的只有两个手指粗；别人材料充足，可以等风干了木头再搭梁，我材料少、时间紧，湿木头就那样搭上去，等到木头干了就四处漏风；别人的瓦片严丝合缝一块搭一块能遮风能挡雨，我因为瓦片不够，瓦与瓦之间的缝隙就大，但凡雨天，定然是屋里屋外一起下雨。加上瓦片聚水，很多时候外面下的是毛毛细雨，家里反而噼里啪啦下的是大雨；别人的窗户装的是明晃晃的大玻璃，我的窗户糊一层纸就可以。我的房子，断然不能跟别人的比，但是好歹我有个家了。

为了让这个家有个家的样子，我还特意添置了一套温州家具厂生产的全套家具，有双人床、大衣柜、办公桌、立柜、床头柜，木料是上好的东北松。这在当时的农村真是奢侈品了，一般人都不敢想。这套家具花了600多块钱，大家都觉得我疯了。造房子欠下的债都不知道何年何月还清，我居然还敢花巨款买全套高档家具。

姐姐替我着急："阿龙啊，你疯了吗？'两头墩'（一种简易木床）睡睡就可以了，还买什么家具？"

我一瞪眼："'两头墩'怎么行？秀琴在娘家没吃过苦，总不能嫁给我连张像样儿的床都没有。"

姐姐急红了眼："可是那一屁股债追着，你就不怕吗？"

我甩甩头："反正欠多也是欠，欠少也是欠。包袱大一点儿小一点儿没关系，我都背着，会还清的。"

姐姐无奈地叹息："你呀你，真是虱多不痒，债多不愁！背着这么多债，何时才能出头哟！"

从造房子开始，我就只有一个目标：我要把房子造起来。至于会欠多少钱，能造成什么样子，我没担忧过，也没幻想过。唯一的念头就是能造多少算多少，哪怕为此欠债，我没偷没抢没犯法，只是为了自己能有个家。这符合天理符合人情，亦符合道德伦理。所以，我从来没有担心过，总是做一天算一天的，只要做出来的，就是自己赚回来的。

造房子是我人生中的一件大事，它让我第一次有了自己的栖身之所，也让周围的人和我自己见识到了我的能力。曾有那么多人不相信，一无所有、无依无靠的李汝龙怎么可能造出自己的房子？也有人等着看笑话，看我的房子到底造到哪一步会停下，就连我自己都不知道到底能造出个什么样儿的房子。但是最后，我居然做到了，仅仅是因为我想要做。因为我用尽了力气去争取，这事就不再像人们说得那么难。

当然，造房子也不仅仅是我一个人的能力。地皮可以自己找，材料可以自己赊，房子却不能靠我一个人造。俗话说，"一个好汉三个帮"，这一年我最感激的还是身边的一帮好兄弟。如果没有兄弟们的帮衬，我李汝龙断然造不出那所房子。

我的朋友很多，有些是因为性格相似而结交，有些是因为志趣相投而结缘，还有些是不打不相识。我的朋友也很杂，三教九流之辈，引车卖浆之流，只要投缘，便都能成为朋友。父亲离开得早，母亲总是担心我跟着不务正业的朋友学坏了，我却毫不挂怀。我总觉得，只要不是杀人越货、奸淫掳掠的强盗，每个人必然就有可取之处。"尺有所短，寸有所长"，这世上不存在百分百的好人，也不存在百分百的坏人。别人是什么样儿不重要，重要的是我们能从别人身上看到什么，学到什么，这才是与人交往的价值与意义。

失之毫厘，差之千里

我家里收藏着一杆秤，手工打造，制作精良。黑檀木的秤杆，黄铜的秤钩和包边，金黄色的秤星，秤星的点与点之间刻度精准，分毫不差，每个数字也都是手工一点点刻上去，却比机器打造的还要美观。这杆秤我用了很多年，也保留了很多年。制秤的人名叫阿允，是我年少时最好的朋友之一。

阿允来自穗丰村的大姓刘家，家境算不上优渥，但是也不错。小学毕业他就去学习做秤，在电子秤尚未普及的20世纪六七十年代，做秤是一门颇为吃香的手艺。尤其手工制秤对匠人要求极高，稍有不慎就会影响秤的精确度，道道工序容不得半点儿马虎。阿允完全具备了一个优秀手艺人的特质，他细心、勤奋、有耐力。如果他能一直做下去，应该会是一个优秀的匠人。只是谁也没有想到，生性善良又天资聪颖的他，最后居然成了一个“酒头人”（温州方言，用来形容酗酒之人）。他用酒精困住了自己，从此便是一辈子。

我至今也说不清楚阿允酗酒的起因，是从什么时候开始的。反正自从他酗酒，先是不做秤了，后来干脆什么都不做了，整日里就是在酒桌上呼朋引伴借酒消愁。再后来，妻子因为忍受不了他的贪杯和贫穷而跟他离婚，还带走了孩子，一个好好的家也散了。

阿允去世的时候，我正在海外忙着自己的生意，听说也是喝了酒跟人起冲突而意外身亡。他最后倒下的地方，是在我为仙岩镇捐资建造的长寿亭里。长寿亭没能让我儿时的伙伴长寿，却成了他离世的地方。每每想到这里，我总是唏嘘不已。

阿生是我的另一个好友，他是赌桌上的常客，所以被大家叫作“打赌人”。阿生这辈子没干过几天活儿，打麻将却是一天都没落下过。常人打麻将在白天，到了夜里都陆续回家睡觉，阿生是夜里才出动。理由是别人打了一天都累了，到夜里脑子就不灵光了，他睡了一天养精蓄锐刚好上场，最容易得手。

打麻将讲究摸牌，普通人摸到好牌坏牌都得留着，可是阿生有办法。如果摸到的这张牌不好，他会神不知鬼不觉立即换位摸另一张牌，却不被其他人发现。打麻将忌讳扰乱军心，阿生在这方面却是一把好手。麻将打到一半，他会假装自己已经上听（麻将术语，局中只差所需要的一张牌，即能赢牌的状态），开始加快打牌速度，给其他玩家制造假象。在打乱其他人牌型的同时，也让对方失去和牌的机会，最终减少自己的损失。因种种投机取巧的手段，时日久了，再也没有人愿意跟阿生在同一个桌上打牌。于是，他就换个地方，换个桌子接着打。牌友换了一茬又一茬，他却如常青树般屹立不倒，就这样在牌桌上度过了一辈子。

我常常想：阿生有那么好使的脑子，怎么就不用在正道上呢？有了这样灵光的头脑，做什么生意做不成？我也一直想不明白，选择积极向上的路是不是真的很难，阿允和阿生他们才宁愿日复一日重复当下的境遇？他们的日子，相比我这样摸爬滚打地为自己挣个出路，是不是更容易些呢？

直到有一天，我听到两个骗子的谈话。

那天，我正在法兰克福国际机场转机。等待登机的过程中，周围的谈话声闯入了我的耳朵。

“我们用传统方法骗人太难了，咱们都好几个晚上没睡好了。”其中一个骗子一开口，我就听出温州口音，便认真听了起来。

“对呀，咱们得想办法做个套儿，让他们自己钻进来，这样可比挨个儿骗人省事多了。”另一个骗子接着话茬。

“像传销那样，钻进来套牢了，再吸引更多人来。咱们只需要坐着收钱，这样才完美。”两个骗子热火朝天地聊着自己的计划。

我的心“咯噔”一下。

天哪，原来做骗子也不比我做生意容易啊！他们也会为了骗人焦虑到睡不好，这跟自己为了找到好的货源，打开市场销量而睡不好有什么区别呢?

在那一瞬间，我突然理解了阿允和阿生的苦。我想，当自己挑灯夜战为技术攻坚的时候，当我为了有个家东拼西凑努力的时候，阿允也许正在为如何筹到下一瓶酒钱而抓耳挠腮地焦虑着，阿生或许正在为如何在第二天费尽心机抽到一个老千和上一把而处心积虑地计划着。他们内心的烦闷苦楚并不见得比我少，为了达到目的，他们的意愿跟我想要赚钱养家一样强烈。他们和我一样都睡不好，只不过睡不好的原因，阿允是为了喝酒，阿生是为了赌博，而我自己，仅仅是为了踏踏实实活着。因为起心动念的不同，最终，大家走向了截然不同的人生。

人的命运，有时候很难用几句话解释清楚。我们总以为命运的改变始于惊涛骇浪的冲击，或者不期而至的意外，却不知命运的塑造，其实是在无数细碎的日常和点滴的抉择中。在每一天每一刻的起心动念里，我们就已经在书写自己的命运了。

聪明和愚蠢也许是天生的，但往上还是向下却是自己可以选择的。人们总以为下坠是一件相对容易的事，上升看起来却那么遥不可及。事实上，如果能把用在歪门邪道的心思用在正途上，上升的路其实比下坠更容易，亦更持久。只是太多人不明白这个道理，往往把力气用错了地方。于是，人的命运就因一念之差，失之毫厘，差之千里。

善良是人的本分

如果你在穗丰村街上看到一个精神的小老头，烫着黑卷发，穿着花衬衣，走起路来蹦蹦跳跳像孩子一样地欢悦，还没开口就已经笑眯了双眼，丝毫不觉得自己已经是 70 岁的古稀老人，那这个人一定是阿明。

阿明的外号叫“老糖”，意思是单纯快乐、迷迷糊糊，能自娱自乐的人。阿明一辈子勤勤恳恳，种过地，打过鱼，放过牛，养过猪，卖过石头和木头，干过推销员、印书员，做过砖瓦匠，开过打绳厂，做过机油泵厂。干过的事不下几十样儿，目的就一个：过好自己的小日子，拉扯大自己的儿女们。他一辈子生活在穗丰，这一生只做了两件事——修房子和开心。

因为有三个儿女，阿明几乎每过十年就造一所房子，给子女，给父母，给自己。他把辛辛苦苦赚来的钱都养了自己的家，剩下的就是快乐地活着。他见谁都是一副笑脸，所以特别招人喜欢，不管男女老少，见了他没有不开心的。年轻时的他是个快乐的小伙子，老了是个快乐的小老头。年轻时大家叫他“老糖”，老了大家叫他“老顽童”。

修房子和自己开心之外，阿明还做另一件事，那就是帮朋友。不管是“酒头人”阿允，还是“打赌人”阿生，只要没钱，他们都愿意去找阿明，因为他们知道阿明会给。从年轻时的几毛几分，到成年后的几十几百，只要他们开口，阿明就给，就这样给了一辈子。纵然阿明也知道，阿允和阿生拿了钱也不会用在正道上，但他还是不断地给，而且从来不生气，阿明愿意见到别人的笑脸。我总说他上辈子种了开心果，这辈子才活得像周伯通，洒脱又快乐。

阿松是我儿时的另一位好友，当初陪着我去姐夫家借水皮的就是他。朋友只要有需要，他从不推辞，总是忙前忙后热心张罗。从我年轻时修房子，到年老时在穗丰买房装修，他都一直陪在身边，一生古道热肠。

时常帮衬着大家的，还有阿卫。阿卫外号“仰天”，因为他只要抽烟必然抬头看天。又因为他酷爱抽烟，所以，那头就总是仰着，久而久之，得了个“仰天”的绰号。阿卫出生在牙医世家，自己也是牙医，一生重情重义。不管是帮兄弟，还是帮陌生人，从来都义不容辞，不求回报。

20 世纪 70 年代末，阿卫先是去了云南开牙医诊所，20 世纪 80 年代中期去了法国。回国时看到阿允破衣烂衫，就给他置办了一身新装。三天后再见阿允，他还是穿着那身破衣裳，因为新衣服已经被卖掉拿去换酒了。阿卫也不多说什么，下次见面就再给阿允买一身新衣服。

阿生的儿子因为缺乏管教成了一无是处的浪荡子，别人都觉得是烫手山芋，不想管，阿卫却想办法把他带到法国给谋差事。后来我出国，去法国的第一站也是阿卫照顾我。阿卫和阿明一样，善良是自己的天性，帮人是自己的本分，至于别人记不记得不重要，重要的是自己图个心安快乐。

跟阿卫一起在法国的，还有另一个朋友若申。若申是我修房以后的邻居，因为两家仅仅隔了 6 米的距离，所以比较熟悉。若申是木工，平日里既干农活儿，也做木工活儿贴补家用。我羡慕他父母健在，兄弟和睦相互帮衬，他羡慕我在排灌站上班，不用风吹日晒在黄土地里谋生。若申的阿公早在第二次世界大战之前，就作为壮丁被带到法国。之后，他带出去他的姑妈，再之后，姑妈又把若申带到了法国。1982 年，我为自己的工厂忙得昏天黑地的时候，若申去了法国巴黎，我们的联络也渐渐少了。我跟他的交情，在我 1990 年去了法国才真正开始。此是后话，我们之后再叙。

我这辈子走南闯北，商海沉浮，见识了形形色色的人，也结识了各种各样的朋友。好的朋友，我跟他们取长，坏的习惯，我因着他们避短。那些少年时结交的朋友，不管走到哪里，走了多远，那份年少时的单纯都将彼此紧紧连在一起，从未因为时光和距离而让感情生疏。人这一生起起伏伏，谁都有需要帮助的时候，总要相互帮衬，大家才能一起把路走远。直到现在，他们当中如果谁有需要，只要是合理的，我能拿得出的，我就随手给到他们手里。毕竟，自己曾被他们那么无私地帮助过，回报他们是应该的。

第六章　贫贱夫妻

（1976年）

一生何求
迷惘里永远看不透
没料到我所失的
竟已是我的所有

——《一生何求》

买烧鹅

1975年年底，凑够110元的彩礼送到苏家。1976年正月十二，我迎娶秀琴进门。

结婚的酒席摆了二十几桌，大家都来吃流水席。别人结婚都有老人操持，要听从长辈的要求，这不能做，那不能说，规矩一点儿都不能破。到了我这里，是啥规矩也没了。父亲走得早，母亲也不大管得了我，一切都由我自己说了算。眼见着曾经的李家老二，从一个被人看不起的穷小子成长为顶尖儿的技术员，又从一穷二白到娶了媳妇，还修起了自己的房子，大家都为我开心。虽然我的菜并不好，酒水也只是最便宜的“糖蜜烧”（温州当地的一种烧酒，是用甘蔗渣酿的，因为价格便宜，受到当地老百姓的广泛喜爱），可是架不住我没有那些繁文缛节，大家尽管放开了吃，敞开了喝，扯开了嗓子大声唱。今朝有酒今朝醉，要的就是开心畅快。

那时候，“文化大革命”快接近尾声，即便在穗丰这样的浙南小村庄，被压抑许久的人们也已经感受到了自由和欢愉的清爽气息。我的婚礼不像是老式的喜宴，倒更像是新时代的狂欢。人们乘兴而来尽兴而归，在欢歌笑语中庆祝着李家老二的婚礼，也欢迎着新时代的到来。

有了妻子，有了房子，手握先进的技术，我似乎在大踏步地往前走。可是贫穷，却始终如影随形。

开春的时候，秀琴怀孕了。

一天下班后，秀琴说特别想吃烧鹅，差我去买点儿回来。我二话没说就出门了，可是自己心里清楚，兜里一分钱都没有，拿什么去买烧鹅。

每个月的工资拿到手，这边还一点儿，那边再用一点儿，钱还没焐热乎，就已经到了别人手里，哪里还有吃肉的钱？但是我不能说不，一者，秀琴不知道我修房欠债的事；再者，秀琴自从嫁过来，跟着自己一天福没享，知道家里经济紧张，总是有啥就吃点儿啥。有一次，我口袋里只有五分钱，家里一点儿菜都没有，就拿这五分钱去买了一点儿“菜头条”（温州话把萝卜干叫菜头条）下饭，那些“菜头条”我们吃了好几天。饶是如此，秀琴从没计较过，也没要求过什么。她嘴馋了想吃口烧鹅，对于一个孕妇而言，这样的要求并不过分。更何况，想吃这一口的也未必是她，而是秀琴肚子里的孩子。儿子想吃口肉，老子哪有不给的道理？那就出门吧，至于这烧鹅能否买到，等到了店里再说。

心里如此思量着，人已经走到了熟食店门口。

卖烧鹅的就只有一家，因为地方小，彼此都熟悉，摊贩知道我是排灌站最优秀的技术员，但没钱也是真的。所以，看我来了也没有热情地招呼。

我说话向来不懂客套，纵然开口跟人家赊账有千百万个难为情，但话总是要说的。我问摊主：“我能赊点儿烧鹅吗？月底发了工资就还。”

摊贩拿白眼瞥我，一副能卖但是又不乐意卖的样子，嘴上没搭腔，手中的刀倒是提了起来。

“给我切点儿鹅腿好吗？给孕妇吃的。”我赔着笑脸。

对方像是没听到一样，拿着刀就片了半截鹅脖子给我，递过来的时候嘟囔一句：“腿肉还要留着卖呢！”听上去，好像这鹅脖不是赊给我的，倒像是白送的一样。

那一刻，我真想摔下烧鹅马上走人，但是想到秀琴和她肚子里的儿子正眼巴巴地等着烧鹅打牙祭呢，我只能忍气吞声地接过这包满是骨头的鹅脖子。买那点儿烧鹅脖大概花了四五毛钱，末了，摊贩在账本上记下钱数才让我离开。

烧鹅拿回家的时候，秀琴不乐意了。

“呀，你怎么回事？别人买的烧鹅都是肉，你买的烧鹅都是骨头。你会不会买菜啊？”

“骨头比较好吃，骨头营养好，补钙！”我强装笑颜，有意化解难堪。

“好吃个头！要吃你吃！被诓了还乐。呆鹅，我当初怎么瞎了眼，找了你这么个窝囊废……”秀琴开始絮絮叨叨。

旁人指责尚且可以忍受，被最心爱的亲人说成窝囊废，那种感觉比一巴掌刮在脸上更屈辱。为了缓和气氛，我找了个借口出门，一个人在路上溜达。刚刚才在摊贩那里受了白眼委屈，这边又被妻子责备，我觉得自己像是掉进风匣子的老鼠，两头都不是人。可是，这种苦楚又能跟谁去说呢？父亲不在已经七八年了，母亲还拉扯着弟弟妹妹，哥哥嫂子自从分家，兄弟的情谊也愈发寡淡。至于拜把子的兄弟，各自也都有了家室，谁都有柴米油盐的日子，自己能因为烧鹅脖子去找人家诉苦吗？这些话更不能说给秀琴，她一个孕妇想吃口烧鹅本就没错，我作为丈夫、作为父亲却买不起，这份自责又岂是嘴巴说得清楚的？贫贱夫妻百事哀啊！老话还真是不假。

二十年才能还完的债

端午节，下班后我和秀琴结伴回家。

一进门，就看到黑压压的全是人头。家里的楼梯，台阶一级连着一级，每一级都坐满了人，像音乐书上的音阶，一路从楼下蜿蜒到楼上的卧室。

门可罗雀的家里突然来了这么多陌生人，秀琴蒙了。她拉拉我的衣角，小声嘀咕："这些人来咱家干什么？"

我知道纸再也包不住火了，就直截了当告诉她："都是来要债的。"

屋里的人一看主人回家了，闹闹嚷嚷便问起来，这家说你修房借我几根木头，那边说你修房拿了我几块砖胚，有人说你修房的工钱还没付，还有人说你某年某月赊了几块豆腐，哪年哪月买了几斤粉干还没付钱。大家吵成一锅粥，秀琴才明白，起先只知道自己嫁给了一个穷光蛋，现在才知道居然是一个欠着这么多债务的穷光蛋。

我忙着跟要债的人周旋，心里担心着秀琴的反应。在此之前，我从未对秀琴说过欠债的事。一来是不想让她担心，再者，面对头绪纷繁的债务，连我自己都不知道拢共欠了别人多少，所以，索性也就不去想了。今天债主找上门来，无论如何是无法再隐瞒下去了。秀琴一直家境优渥，何曾见过这等场面，我生怕她一下想不开，挺个大肚子回娘家，那我又如何跟她娘家人交代？

没想到，秀琴倒是出奇地平静，知道了对方的来路，她立刻拿出女主人的架势，安抚大家先安静下来。之后，秀琴拿出一个小本本，开始做起统计人员。一个挨一个，她问清楚赊欠费用和年限，跟我核对确认之后，一笔笔记录下来。从楼下到楼上，她的小本本记满了，债务也算清楚了。夜里，我们开始核算这些账目，秀琴记录的，再加上买家具欠的600多元，还有其他杂七杂八的费用，总共是4800元。

4800元，在1976年的中国是什么概念呢？那时候，一个西瓜0.52元，一包话梅0.12元，看一场电影0.4元，理一次发0.2元，一个月的早点加起来不超过三四元。每月70元，是我和秀琴两人加起来的工资。

4800元的欠债，无疑是一笔巨款。

岳父听说了这个消息，抽出自己的小算盘噼里啪啦一阵拨。末了，撂下一句话：“你俩不吃不喝二十年，这债就能还清了。”这还不算秀琴肚子里快要出生的孩子。

夜里躺在床上，我算着这笔欠债何时才能还完。我知道，凭我们夫妻二人的勤快和努力，虽然不至于二十年还完，但也不是一两天或者一两月的困难。很明显，这是一场将要煎熬数年的持久战，而秀琴选择了与我一起战斗。我心底对秀琴，除了爱，更添了感激。她在我一无所有的时候嫁给我，又愿意在婚后陪着我度过人生的艰难时段，这份同甘共苦的心意，还有她的担当和勇气，让我心里多了一份责任，还多了一份对美好生活的向往。从今往后，日子就算再难，我不再是一个人走了。

回望时间的长河，在携手走过的四十多年里，这 4800 元的欠债，是我们夫妻二人第一次共同面对生活的考验。

最寒冷的冬天

1976 年，中国发生了诸多大事。周总理、朱德总司令、毛主席，先后去世。这一年，还发生了唐山大地震。温州的冬天较之往年也更加寒冷，大雪从 10 月开始就纷纷扬扬地下，一直下了将近两个月，这也成为温州历史上绝无仅有的一个冬天。

秀琴的肚子一天天大起来了，11 月的时候，她住进医院待产。我每天下班后，都从排灌站骑车去瑞安的医院陪她，早上再骑车回去。为了御寒，我把春夏秋冬的衣服全都套在身上，可寒气还是钻进骨头里，疼痛丝丝入骨。为了省钱给秀琴和快要出生的孩子，我每天只吃番薯丝填肚子。吃到后来，一打开饭盒看到番薯丝就反胃。直到现在，都闻不得番薯丝的味道。有时候为了取暖，我用跑步来代替骑车，然而跑步又很消耗体力，没有一粒米饭的番薯丝吃进去，很快被消耗个精光。那时候，唯一支撑我的就是意志力。我就一个念想：好好奋斗，让秀琴和孩子过上好日子。

月底，大儿子李存萜出生了。孩子出生不久，秀琴却因为乳腺发炎要做手术。20 世纪 70 年代的医疗技术实在有限，医生只能把发炎部位切开，再把纱布一点点塞进乳房，把里面的脓水吸出来。刚刚生完孩子，身体还极度虚弱的秀琴又生生挨过了手术的疼。我纵有万般心疼却也帮不上一丁点儿的忙，只能任凭秀琴自己咬着牙挺过一切。想来做人都是不容易的，而做女人确实还要更辛苦一些。做手术的医生跟我关系很好，也很照顾秀琴，我有心感谢对方，却实在拿不出什么像样儿的东西。还好自己有点儿技术，我便设计了一张可以升降的活动桌送给对方，这样的桌子也算是稀罕物件，医生很喜欢，我才安心了一些。

按温州习俗，女儿生了孩子要去娘家"报生"。夫家准备好纱面（江浙一带的一种面食，因为细如纱线，故名纱面）和鸡蛋，由丈夫挑着扁担（温州话叫地笼）去娘家报生。娘家要准备好饼干和状元糕放在扁担里，加上送过去的纱面的一半，再挑回来，娘家人之后还会上门来吃纱面汤。

秀琴娘家人来吃纱面汤的那天，我拿出身上所有的钱去买了一点儿菜，烧饭给她的父母和姐妹吃。恰在此时，有人上门讨债。对方一看我桌上烧了好几个菜，立刻火冒三丈："你说没钱，可是明明你家有钱买菜，怎么就没钱还我？"

那一刻我无从解释，也不想解释。我无法告诉对方自己的孩子刚出生，家里还有亲戚，这是我穷尽身上所有的钱买来的菜。我也不能让人家理解自己，不是所有的苦都能用嘴巴说出来的。更何况，谁的日子都过得不容易，如果不是迫不得已，对方也不会在我孩子刚出生不久，正是用钱的当口来要债。我只能压着脾气，忍着没钱的委屈告诉对方，我晚点儿一有钱就还你。要债人骂骂咧咧地离开了，而我却不敢告诉秀琴和她的娘家人发生的这一切。因着那一次的经历，我才知道原来人在没钱的时候，就连吃口饭都要受到别人的诘难。

自从儿子出生，我满脑子想的就是怎么挣钱、挣钱再挣钱，挣了钱才能还债，挣了钱才能让他们母子过上好日子，挣了钱才能抬头挺胸地做人，再也不用承受这一分钱难倒英雄汉的痛。直到现在我都无法解释，那时候的日子已经那么苦了，为何我却从来没有担忧过？不知道是从哪里来的力量，好像越是困难，内心就越是有个声音坚定地告诉自己：别担心，一切都会过去的，你一定会走出来！

诚然，后来事实证明，我确实走了出来。只是那段苦难的日子，恐怕只有我和秀琴才知道其中的滋味。

第七章　无债身轻

（1976—1978）

三分天注定

七分靠打拼

爱拼才会赢

——《爱拼才会赢》

160 元的故事

我欠债的 1976 年，恰好是温州人第一次嗅到金钱的味道。

20 世纪 70 年代中期，中国社会依旧处在计划经济凭票购物的时期，买粮食要粮票，买肉要肉票，还有油票、布票等，五花八门，需要什么样儿的商品就要用相应的票证去购买。因为物资匮乏，常常是大家手里有票，却买不到需要的东西，尤其一些贵重物品，如缝纫机、自行车、手表等，更是一票难求，即便有钱也不一定买得到。这就给了一些人私下交易的空间，历史上将这一行为称为"投机倒把"或者"走私"，做投机倒把生意的人被称为"倒爷"。

1976 年，是温州人大规模"走私"的开始。这一年，温州人到全国各地收购货物，大到黄金白银手表缝纫机，小到香烟打火机火柴，再到稀缺的蛋糕牛奶丝绸，能买到什么就买什么，什么赚钱就卖什么。"走私"在温州成了一个公开的秘密，据说当时中国 80% 的"走私"货物都是从温州进来的，而温州人的商业基因也在这时候开始显露。

虽然"投机倒把"的行为在彼时是违反法律的，但世道就是这么奇怪，越是禁止的，越是有人做。我觉得，三十年河东三十年河西，这法律啊规定啊也是随着世道而变化的，但是老祖宗留下的仁义道德的标准却千百年没变过。

1976年夏天，我也加入了“走私”队伍。干货、水果、面条、香烟、机械配件，只要能卖的，我都去倒卖。目的只有一个，早点儿还完债，让家人过上好日子。

一个周末，我拿着借来的160块钱打算去丽水进货。丽水在温州隔壁，100多公里的路，坐车要四五个小时。我仗着年轻体力好，不怕累也不觉得苦，打算拿这笔钱去买点儿南货（南货是南方特有的词汇，泛指北方没有的南方果品、腊肉腌货、干果海味等，比如金华火腿、绍兴黄酒、南京板鸭、宁波海味、岭南干果都属于南货）。

去丽水，我要先从穗丰坐船，沿着塘河上行到温州小南门，再从小南门码头下来，步行去汽车站，再从汽车站买车票去丽水。一大早出发，等船行到温州小南门已经是中午，我打算先填饱肚子再继续赶路。

我走进一个名叫温州饭店的餐馆。落座之后，我把装着160块钱的包放在紧挨自己的座位上。没过一会儿，对面也坐了一个人跟我拼桌。我的饭刚端上桌，又一个人进来坐到我旁边的座位。这新来的人看似摔伤了，一只胳膊打着石膏，落座之前他挪了挪我的包，我也赶紧把包往自己身边拉一拉，好给他腾出地方。没想到我的手刚放下，他的手又到了包上。我吃着饭，突然觉得好像哪里不对劲儿，再一低头，我的包不见了，坐在对面的人也已经不见了。

几乎没来得及思考，我一拳打到旁边人的脸上，撒开脚丫子就往外追。其实，我根本就不知道贼跑向了哪里，只知道要追，要玩命地追，一定要把钱追回来。我一边追，一边大喊：“抓贼啊，抓贼啊！”周围有声音说那边那边，这边这边，我就顺着指引横冲直撞，耳边只有呼呼的风声，眼里看到的是距离自己越来越近的小偷。小偷显然也被我的架势吓到了，可能还从没见过这么玩命的人，最后扔下包落荒而逃。

我捡起包，还好，钱都在，心里的石头落地了。

肚子还饿不饿不重要了，只要本钱还在，这趟出门就能挣点儿回来。带着这 160 块钱，我来到丽水市场。可是一到市场，又傻眼了。想象中这里应该有香菇啊黄花菜啊，或者各种干货，结果却是啥都没有，我的采购计划泡汤了。

怎么办？人也来了，路费也花了，总得买点儿什么回去吧！我开始在市场转悠，双眼像探照灯一样寻找着温州没有的货品。突然，我的目光被一车梨吸引了。这是丽水盛产的云和雪梨，属于浙江“三大名梨”之一，个儿大汁多，脆甜饱满，在当地卖得便宜，但是出了丽水就能抬高价格卖了。

卖梨的人一看就是梨农，老实巴交，憨厚质朴。我跟对方询问价格，盘算着 160 块钱除掉路费、搬运费等开支，剩下的钱如果都买梨，应该可以赚不少。我告诉摊贩，把梨推到瓯江码头装货。

码头边上，我看着梨农乐呵呵地召集周围的摊贩帮自己装梨。这时候，旁边有个温州人突然问话了：“你这些梨买了要运到哪里去？”

“温州啊。”我回答。

“到哪里卸货？”能问这样的问题，一听就是个经常跑买卖的江湖老手。

“西门码头。”我不明白对方为啥要问这些。

对方脱口而出：“那你死定了！”

“为什么？”我是真的不知道答案。

“你这车梨运到西门码头，找谁给你搬？码头混混会赶走搬运工人，说他们来干，可是他们肯定会抬高价格，你出得起吗？如果你让他们搬，光是搬运费就让你亏死；如果你不找他们搬，这车梨还能完好无损到你手里吗？你想过没有？”

我倒吸一口凉气，刚才还在心里美滋滋烧着的小火苗，因为这几句分析，一下子就熄灭了。我知道他说的确实在理，温州码头的确有这样一些混混，商贩们都避之唯恐不及，我却忽略了，差点儿撞到枪口上。

怎么办？如果买了，这些货运到温州，那一定赔得底朝天，好不容易从小偷手里追回来的160元，眨眼又得送到强盗手中。如果不买，怎么给梨农交代？看他乐呵呵的面容，一定很开心碰到了这么一个大主顾，如果骗了他，还算个什么东西？

我在心里做着金钱与道义的较量，最终，我选择一走了之。趁着梨农不注意的当口，我一溜烟从瓯江码头小跑离开，不是不想给对方解释，而是真的不知道怎么解释。

4800多元的债还背在身上，家里是怀胎待产的妻子，这160元是自己辛辛苦苦借来，又从小偷手里抢回来的血汗钱。如果真的买了货过去却赔了，拿什么跟秀琴交代？拿什么跟借钱的人交代？我纵然想做个有情有义的汉子，现实却逼得自己只能像缩头乌龟一样悄悄溜走。

逃离了码头，我已经无心再去寻找新的货源，匆匆买了一点儿货物就搭船回温州了。至于梨农怎么把已经运到码头的梨再一车车拉回家，他是如何咒骂自己，我已经不敢去想。我只能在心里默默发誓：我要赶紧赚钱还债，等到还完这些债务，我一定想办法找到梨农，给他解释，给他补偿。生活并没有给予我道歉的机会，以后每次去丽水，我都会去瓯江码头溜达一圈，却再也没有见到那个梨农。

只是这件事之后，我在生意场上再没欺骗过任何一个人，实在是那骗人的愧疚和悔恨太过深重，自己无法承受。人啊，只要在这艰难的世道里活着，谁都有身不由己。既然难免犯错，那就接纳这些错误吧，毕竟人无完人，接纳自己，未尝不是一种放下。也许，这便是古人说的“过而能改，善莫大焉”吧。

路远无轻担

除了温州周边的城市，“倒爷”们最常走的就是往返上海的这条路线。从温州去上海，要坐一天一夜的轮船。我买得起的是最便宜的五等舱散席，这种席位都在船底，是一直在水中的。也就是说，只要船不靠岸，就见不到阳光。一盏昏黄的老灯泡吊在顶上，一张草席铺在舱底，说是花钱买了席位，但其实也就是一块能让人坐下来的地方，连脚都伸不直，只能在自己的角落里缩着。饿了啃几口随身带的干粮，渴了是不敢多喝水的，否则，上厕所麻烦不说，没准儿一离开，自己那块地界就被挤没了。坐这种席位的都是贩夫走卒或者卖力气的穷苦人。船上的腥味儿混合着人们的汗臭味儿，还有晕船的人呕吐物的味道，在封闭的船舱里飘散弥漫，却也只能生生忍着。还债的那些年，这样的散席我不知道坐了多少次。

一次，从上海返回温州的路上，突然听到船舱里传来一阵急促的脚步声，只听有人在叫：“捉‘投机倒把’的，那个人身上绑着香烟。”我吓得大气都不敢出一声，难道有人发现了我衣服夹缝中带着香烟吗？我的脑子飞快旋转，思考着如果纠察队的人来到面前该如何应对。还没等我想好对策，一阵急促的脚步声从我身边经过，只听有人说道：“那个人跳海了。”

一打听我才知道，有个做“投机倒把”的人把香烟裹进棉大衣，却被邻近的乘客发现，向船上的纠察报告了。当纠察要没收这个人身上的全部香烟时，他就拼命向船头奔去，眼看没有退路，一转身跳进了眼前的瓯江……这就是“投机倒把”在那个年代的真实写照。

我感到后怕，如果被抓住的是我，秀琴怎么办？孩子怎么办？那些欠债怎么去还？如果“投机倒把”真的是犯罪，为什么还有那么多人铤而走险？我想起之前看到的一个新闻，说河北有人倒卖稻谷种子，被以“投机倒把”的罪名抓了起来。上级成立了联合调查组，对其“罪行”展开调查。调查的结果让人哭笑不得——买他水稻种子的地区，水稻获得了大丰收。调查组有人反思：“‘投机倒把’危害性在哪里？他自己发财了，买他种子的地区丰收了，为什么还要判刑？”

如今看来，“投机倒把”不过是一个特殊时代的产物罢了。不管时代如何变化，一旦因为战争、疫情、意外等种种不可控的因素带来物资稀缺的问题，“投机倒把”就会出现，甚至一直存在，这是由市场供需双方共同决定的。每一次的打击，不过是让“投机倒把”更加隐蔽而已，想要完全终结这一行为却并不容易。

因为耳闻目睹太多“投机倒把”被抓或者被关押的案例，我每一次出门都变得更加谨慎。一次，我带着弟弟去丽水附近的城市买南货，因为运气好，每人都买到了两大担黄花菜。但是要带着货物顺利回去却不容易，坐汽车肯定会遇到检查，唯一的选择只能是坐船。当时的船老大都很清楚哪些地方会遇到检查人员，只要经过这样的路段，带货的人都必须下船自己挑着货物走旱路，过了这一段才能上船。那一次，船走到检查路段的时候恰好是深夜，按理说不适合挑着货物走夜路，可是相比被抓走的风险，我们也只能下船。

老温州人都知道“温州路，跳三跳”，原因就是温州的平地大多数是冲积平原，很多地方以前都是湿地，土质偏软，路容易沉降，不管是人还是车，走起来都很吃力，更何况身上再挑上担子。黑沉沉的夜里没有路灯也没有手电，我们只能借着微弱的星光摸索着往前走。走到一半，看到远处有光在闪，而且这束光一直迎着我们走来。我吓坏了，难不成这样的路上也有巡逻队在半夜检查“投机倒把”吗？可是周围没有任何可以躲避的地方，我们只能硬着头皮往前走。终于，这束光走到我们对面，我才看清楚对方只是头上戴着探照灯，并不是打着手电的纠察人员。来人说自己只是个打鸟人，打猎晚了回家遇到我们，让我们不要害怕。

谢天谢地，我又躲过一劫。

我们继续挑着担子深一脚浅一脚地走着，一路上我就一个念头，不要遇到检查，不要遇到检查，让我顺利回家赚钱还债吧。突然弟弟叫我了："哥，我挑不动了，实在太重了。"我没有说话，因为真的不知道能说什么，弟弟才 16 岁，从没干过重活儿的他，第一次跟着我走这么远的路，挑这么重的担子，吃不消也正常。我默默接过弟弟的筐，把黄花菜加到自己的担子上，继续埋头赶路。

温州有句老话："路远无轻担。"再轻的担子，走的路远了，也自然会重起来。印象里，那段路走了大概三个多小时，才到了船老大等我们的码头。那些黄花菜最终赚回来多少钱我不记得了，但是黑夜里那段走过的路，我一直没有忘记。

和秀琴的姐夫一起去上海进货，是我与"投机倒把"有关的另外一桩记忆。那次，我们两人坐着民主 18 号邮轮颠簸了一路，我在上海抢到 4 条香烟。每条烟拿到温州卖了，能赚五六块钱，这在当时已经算利润很高的买卖了。可是姐夫运气就没那么好了。卷烟在上海是紧俏货物，很多跟我们一样的二道贩子都在抢香烟，小商贩们运气好能抢到几条，抢不到就是白跑一趟的赔本买卖。

看到姐夫因为没抢到烟垂头丧气，我二话不说，拿出自己的两条烟给了姐夫。这一行为让身边很多人惊讶，大家都不理解，好不容易抢到的烟，怎么说给就给了？到手的钱不赚，拱手给了别人，阿龙脑子怕是没毛病吧？其他人议论纷纷，我却没想那么多，我只是觉得出门赚钱都不容易，不能自己一个人把好事都捞着。

直到后来，在一桩桩的生意里我才渐渐发现，原来自己的秉性中早已隐藏了这样的胸怀。做生意就应该有钱一起赚，如果只想一个人赚钱，生意是做不大的。对生意人而言，钱散人聚，永远比钱聚人散更重要。

接私活儿

“投机倒把”之外，我还做自己的老本行——做机械配件，也就是现在俗称的“接私活儿”。因为我在排灌站工作，有设备，自己也懂机械，做事又认真，所以找我干私活儿的人也比较多。

只是接私活儿跟“投机倒把”一样，也要提防不被人发现。即便“文革”已经结束，但是告密的遗风依然残留。在那个强调集体意识的年代，个人的需求和思想不断钝化，时代带来的局限让人叹息。

周末我要是去做私活儿，做完回家的时候，不敢在河口塘下船，因为身上背着工具，一旦被人发现容易起疑心。我只能多坐一段路，再把工具包得严严实实，确保没人看出我带的是机械工具才敢下船。用我师父的话说：“我们做私活儿不像是合法出卖劳动力，倒感觉像是在做贼！”

那时候接私活儿的范围很广，大到机械配件，小到汽车零件，只要是自己能做的，我统统接手去做。20 世纪 70 年代末的塘下区，汽摩配件行业刚起步，汽车转向灯必须用到的银触点和电热丝是紧俏货，需求量大，但是会做的人很少，这也正好给了我机会。我利用周末做生意的时机，收购做银触点和电热丝的原材料，工作日下班后做。

做银触点需要先把银圆融化，然后打磨加工，最后手工做成一个个米粒大小的银触点。做电热丝需要先把买来的铬钢在拉丝机上拉成丝，每做好 15 根，就要用一个玻璃管套起来，之后再一个个截成玻璃珠，最后用喷灯让玻璃融化凝固在电热丝上。我通常都是 5 点下班，吃完晚饭就偷偷在家里做，秀琴也总是收拾完碗筷就来帮忙，做到夜里 12 点。当天做完的银触点卖了，就能赚 120 元。

有一次，我在工厂加班到半夜，想赶回家去做私活儿。出了大门才发现下了一天的雨，塘河水暴涨，回家的路已经被完全淹没了。那天没有月亮，也没有星光，周围除了雨声，就是漆黑如墨的夜色。左边是深不见底的塘河，右边是连成排的水稻田。如果我像平常一样走路，这湿滑又遍布石子的窄道，一不留神就会掉下去，不管是掉进河里还是掉进水稻田，都有可能丢了性命。我蹲下身子，双手双脚着地，像动物一样，一路从排灌站摸索着爬到了家里。

那段路不像是回家的路，倒更像是还债的路。父亲去世后，我的人生就是负数，被贫穷折磨的日子从少年时代一直延续到婚后。十多年的人生，面对生活的重重磨难，我能做的就是哪怕爬也要把这段路爬完。欠债还钱，天经地义，只要还有一口气在，我就应该把欠债还完。只要还有希望，我就有理由去为了更好的未来努力，这是我对自己生而为人最基本的要求。也恰好是有了这种要求，才支撑我不管多难，都能咬着牙走下去。

1976 年到 1978 年，依靠“投机倒把”和接私活儿，只用了短短不到两年，我和秀琴还完了 2800 元的债务，还剩下 2000 元的债务，已经不再是那么遥不可及了。

两毛钱的故事

1977 年，我被借调到罗山农机厂做技术指导，也成为农机厂的实际负责人。农机厂有一个灌注机械配件的熔炉，常常用到铁的边角料来加工新产品。有个住在温州市南白象镇的朋友恰好从事边角料贩卖的生意，他能从温州找来货源，却苦于没有收购方。得知这一消息，我决定去南白象镇与他会面。若能顺利谈下这个单子，可以赚不少钱，这样账本上要划掉的债主便又少了几个。

如果不坐轮船走旱路，这一趟来回要四个多小时；坐轮船能节省一半的时间，但是一来一往船票总共要花费 1 毛 8 分钱。我人站在了码头，兜里却没有一分钱。

这样的境遇在我的人生中出现过很多次，即便身无分文，也始终有着出门的底气。所谓车到山前必有路，船到桥头自然直，我是真的相信只有迈出当下这一步，才能看到下一步。

正在码头徘徊，突然看到一个熟悉的身影，那是我在排灌站的工友周师傅，我平日里称呼他叔叔。我就像是抓住了救命稻草，来不及多想，上前就问："周叔，能不能借我两毛钱？我要坐船去趟南白象，钱不够。"

周师傅二话没说，就掏出两毛钱递给了我。拿着这两毛钱，我在南白象成功谈下了那笔生意，赚了几十块钱，还了好几个人的债。但是这两毛钱，我一直没有还给周师傅。不是不想还，而是不知道怎么还，怕一还就坏了彼此的情谊。这两毛钱的债，也就被我一直记在了心底。

直到十多年以后，我已经远走海外多年，在某天回乡探亲的路上，我又偶遇了周师傅。像我当初那样，周师傅也问得直接："阿龙啊，你身上有没有钱哪？可不可以给我一点儿？"

他可能早已忘了那两毛钱，我却在心里乐开了花，时隔多年，终于有机会把这笔人情债还上。我翻遍了自己所有的口袋，把每个兜里的钱都拿出来给了周师傅。只后悔身上带的钱不够多，否则，我愿意拿出十倍百倍千倍给到他手里。我告诉周师傅，如果下次还需要钱，请随时跟我讲。

秀琴总是在说，我命里注定没有横财，一辈子只能赚辛苦钱。而我自己也深以为然。我想，所有的路只有自己走过了才踏实。常人总是为了失去而烦恼，而我却更在意如何得到。我这一生始终践行自己要打拼的路，再苦再累都不怕，只要赚的是干净钱，那就吃得香甜，睡得安稳，这才是过日子。

1980 年，我们还清了 4800 元的债务，前后没超过四年，远远少于岳父预估的二十年。

而生活，也终于对我展露出了曙光。

第八章　独立门户

（1978—1980）

苍天笑

纷纷世上潮

谁负谁胜出

天知晓

——《沧海一声笑》

离开排灌站

我在朋友之间流传着一个外号，温州话叫作“阿斗奔”，有点儿像普通话的“两头蹦”。在温州如果这样称呼一个人，意思就是说，这个人的性格犹如跷跷板一样，这边压下去，那边就起来，永远都不得安稳。这是我的性格写照，同时，也成了我的命运注脚。

1977 年，我被借调到罗山农机厂工作。罗山农机厂虽然跟河口塘只隔着一条塘河，却归属大罗山公社管。厂房设备陈旧，工人都是从大罗山里搬迁下来的村民，积极性不高，工厂效益也很差。只是因为排灌站的刘书记被调去罗山农机厂任职，他向来看好我的技术和为人，才特意将我借调到厂里助他一臂之力。

上任第一天，刘书记问我有何计划。

我说:“先挖地三尺吧。”

刘书记一愣:“挖地三尺啥意思？”其他人也不知道我葫芦里到底卖的是什么药。

其实，从进厂我就发现，农机厂仅有的几台机床因为年久失修，已经从地底下一点点挪到了地面，零散摆放在车间，根本无法正常开机运转。挖地三尺是先挖坑，然后在坑里打水泥墩，将机床固定才能正常使用。听完我的解释，大家安心了，甩开膀子开始干。

之后，我着手修缮农机厂的所有破旧机器，该换部件的换部件，该改造的改造，该撤走的撤走，先把生产车间给捣鼓清爽了再开始干活儿。恰在此时，有销售员带着来自东北胜利油田的客户来考察，对方看到农机厂的破败样子，说什么也不相信我们能按照他们的要求生产出合格的产品。我就在旁边一个劲儿打包票："别看我们硬件不行，我们绝对用软件技术能力给你们补上，一定能按质按量完成订单。"许是对方看我们态度积极，也足够真诚，勉强信了我们，打算先试试效果。临走前还扔下一句话："行就行，不行可千万别'瘦驴拉硬屎'（东北俚语，意思是勉强做自己做不到的事情），否则，误了工期谁都不好交代。"

我们加班加点，又是改造工夹具，又是熬夜赶工，第一次的产品顺利交付。对方相信了我们的实力，新的订单源源不断到来。两年以后，曾经破败的罗山农机厂摇身一变，成了大罗山公社最好的企业，企业管理办公室还给了我们一台 9 寸的黑白电视机作为奖励。虽然那时候连电视信号都没有，可有了电视机已经是了不得的大事，大家庆祝了好一阵子。

1979 年，我重新回到排灌站，曾给过我不少工作支持的刘书记患上胃癌，处于病退状态。副书记是村干部，并没有管理过企业，但是他很信任我，也很支持我，把所有的权力统统下放到我的手里，从财务、生产、人力到管理，交给我全权负责。短短一两年，我从一个单纯的技术人员，成了管理几十人企业的领导，这让我对企业运作、人员管理、产品生产等所有环节都开始熟悉，综合能力得到极大提升，为后来自己创业以及管理企业奠定了很好的基础。

但是，我性格的缺陷也在这时候显现出来。我向来喜欢埋头钻研技术，不喜欢开会、喊口号。可是 1979 年的中国，改革开放才刚刚开始，各种会议层出不穷。作为排灌站的实际负责人，总是被要求去学习中央文件，或者聆听最高指示。于我而言，做实事才是最有用的，我认为只要排灌站运营得好，员工有饭吃，企业有收益，这就够了。至于当什么领导，或者做什么官，我从来不感兴趣，自然也不奉行官场的那一套，所以，我总是找各种借口推脱，不去开会。

那时候我才20多岁，但是已经清楚地发现自己天生适合经商，擅长做实事，知道望梅止渴、画饼充饥持久不了，更信奉“留得青山在，不怕没柴烧”。我的个性耿直刚正，不爱吹嘘逢迎，也不喜欢名号加身，所以，更适合去做实业。我一直觉得，如果一个人爱钱，那就去经商；如果一个人爱名，那就去从政。但是如果两者都爱，那是比较危险的事。人不能太贪，所谓“虚则欹，中则正，满则覆”，便是这个道理。

在排灌站我有个副手叫张林，他中专毕业，“文革”期间担任过仙岩公社革委会副主任，但凡有什么会议，我总是让他代表我去参加。时间久了，就有人看我不顺眼了，认为我傲慢，摆架子，不服从组织管理。这里面就有仙岩公社的一些领导，因为看我不听管教，总是给我找碴儿。我一概不理，只要不影响排灌站运营，我都能应付过去。20世纪70年代末到80年代初的温州，在改革开放的冲击下，很多国有企业都垮掉了，排灌站却一直能正常运转，这与我关心生产的管理方式分不开。但是即便如此，排灌站最终也没能逃过被关闭的命运。

有一天，我被通知去仙岩公社开会，必须我本人到场。会议在一个电影院里举行。我到现场一看，嚯，好家伙，公安局的车，派出所的船，还有各个领导的车，在电影院门口一字排开，好不气派。我还以为要下达多么重要的命令，结果会议一开场，公社领导发言，揭露我的“罪行”，说我贪污。

我这个人不爱惹事，但是也不怕事。还在做技术员的时候，我曾在食堂同时跟五个人吵架，对方讲理论我就回理论，说规矩我也讲规矩，说技术我分析技术，说狠话我比对方更狠，最终也没有谁吵赢我。这会儿说我贪污，我也不说话，先听他们能拿出什么证据，等听完了，我再一一回应。

说了半天我明白了，唯一站得住脚的证据是，生病的刘书记曾数次跟排灌站申请借钱治病。因为我是实际负责人，所以，每笔钱都是经我的手批出去的，前前后后大概有 1100 多元。后来，刘书记去世了，这笔钱也就一直没有还上。仙岩公社某些领导就以此为由头来攻击我，说我徇私贪污。这事我行得正坐得端，便实事求是陈述了过程。于情，刘书记是排灌站的老领导，跟单位借钱看病符合人情；于理，所有的借款手续都清晰明了，没有一分钱落到我的口袋。所以，根本无法构成所谓的贪污罪。这场轰轰烈烈的斗争大会就此草草收场，那些等着一旦确认罪行就要将我带走的公安和派出所的车船也都只好撤离。

如果我没有据理力争，真的因为莫须有的罪名被带走，那我的人生将被改写。好在没落人把柄，才能安然无恙保全了自己。这场斗争大会，让我感到深深的失望，我留下一句话:“从此以后，只要是仙岩公社管辖的政府企业，我李汝龙都不再进入。任何人试图让我做傀儡，门儿都没有！”

1979 年年底，我离开工作了十年的排灌站。与此同时，温州大地也正悄然发生着变化。当时温州人口 560 万，人均存款却只有 8 元钱。无法依靠土地致富的温州人开始另辟蹊径谋生路，弹棉花、修鞋子、剪头发、摆小摊，只要能赚钱，什么都愿意干，整个温州的个体经济处于全面开花的状态。鞋子、纽扣、螺丝、线圈、小商标、编织袋等小商品，开始从温州的家庭作坊源源不断地进入全国市场。

离开了排灌站，我就是天高任鸟飞的自由人，再也不用受上面的文件、规矩的束缚，从此都是我自己说了算。再做私活儿，就算不敢大张旗鼓，至少也不用像从前那么小心翼翼。我身上揣着技术，在排灌站期间又与不少企业有业务往来，虽然我人离开了，但是技术和客户都在手里，依旧有不少人找我做机油感应塞、汽车阀门等各种机械配件。我就跟其他有设备的工厂合作，我负责拉订单和技术指导，工厂负责代加工。

正所谓时势造英雄，所有的成功者，不过是赶上了时代的红利。20世纪 80 年代初期，温州民营经济发展着实太快，尤其是塘下区汽摩行业的发展，带动了周边其他配件产业的兴旺。没过半年，因为做私活儿，我竟然步入“万元户”的行列。

现在很多人可能还不了解“万元户”的概念，但是在 20 世纪 80 年代初，中国农村年人均收入只有 300 多元，城市年人均收入也不过 700 多元，“万元户”已经是别人眼里的大款，是人人羡慕的对象了。

我拿出一部分钱修补破旧的房子，最后还结余 6000 多元。这 6000 元藏在哪里，却是个难题。要知道，那时候的“万元户”都很低调，有了钱只能偷偷藏着，万万不敢声张。我先把钱藏在饼干盒里，想想不放心，又把它拿出来。柴仓、米缸都不合适，这两个地方招老鼠，万一被老鼠咬了，纸币就变废票了。银行更是万万不敢去的，因为一旦问起来，如果知道是因为干私活儿赚的，不但要退还给公家，还要支付对公家的赔偿，甚至要被抓去隔离审查。想来想去，最后我想到了谷仓。

到了夜里，我和秀琴把钱卷成一个个小卷，再用皮筋绑好放进一个铁皮的饼干盒子，又在谷仓地下挖个洞，再把盒子埋进去。当铁皮盒子埋进去的那一刻，我那颗十多年来因为还债而一直悬着的心，也跟着一起落地了。

养鹌鹑

好景不长，没过多久又风云突变。

1980 年前后，瑞安市塘下区主张集体经济的领导人，突然推行一种名为“三机解剖”的政策，目的是打击民营企业。“三机”指的是当时温州家庭作坊使用最多的织带机、打火机、打绳机，通过禁止这三种机器的使用，迫使他们停工，美其名曰“割资本主义的尾巴”。这跟后来轰动全国的“温州八大王”事件颇为相似。（1982 年，政府以“投机倒把罪”抓捕了一批走在市场经济风口浪尖上的人。“五金大王”胡金林、“矿灯大王”程步青、“螺丝大王”刘大源、“合同大王”李方平、“旧货大王”王迈仟、“目录大王”叶建华、“线圈大王”郑祥青以及“电器大王”郑元忠等人被列为重点打击对象，他们或者被抓捕，或者被关押，或者外逃，该事件被称为“温州八大王”事件。）

时代的洪流已经无法阻挡，私营经济是未来发展必不可少的组成部分。但历史总是相似的，自古没有哪个时代，当新事物出现的时候，不曾经历与旧事物的博弈。面对这样的境况，最好的方式就是耐心等待。

人应该学会蛰伏。人的命运总是与大环境息息相关，当外界处在极大变动或者不如己意的时候，就需要蛰伏。这种蛰伏不是放弃，也不是无所作为，而是时刻准备着，时刻警惕着，为之后的蓄势待发积聚能量。

仙岩公社隶属塘下区，“三机解剖”运动自然也波及仙岩公社和周边村落。私活儿我不能再做了，“投机倒把”的行为也要时刻提防着不被抓住。我这个人天生不安分，按理说，还完了债，有了存款，只要耐心等待，等风头一过，干自己的私营企业一定不会错。但是我闲不住，总想给自己找事干。

就在这时，我从一本杂志上看到山西吕梁有人养殖鹌鹑，效益不错，恰好浙江政府也鼓励人们发展农牧业，我就给杂志社写信，要鹌鹑养殖人的联系方式。一封信寄出去，再收到回信，差不多一个月过去了。满怀期待地等待，对方却说找不到联系人。不承想，温州当地就有人养鹌鹑，我听说了消息，又快马加鞭赶过去，买了几十只鹌鹑幼崽。

其实，我对鹌鹑养殖并不了解，根本不知道养鹌鹑要注意配种、孵化、育雏、强制换羽、产蛋、防止疾病等诸多细节。我大量翻阅养殖书籍，书上说鹌鹑需要恒温恒湿的环境，我就自己做笼子，制作孵化器。拿几块铁皮做一个四面通风透气的笼子，放入棉花包着的鹌鹑蛋，中间一层放上水箱，最下面烧火。水箱经过加热，水蒸气进入笼子，笼子里有温度计。只要确保温度始终在37.8℃—38.6℃，差不多十七八天，鹌鹑就孵化出来了。

鹌鹑出壳以后，每天逐步降低笼内温度，还要确保白天喂食三四次，夜里再喂食一两次。要想鹌鹑长得快，要喂纤维少、蛋白质高的饲料。书上说人的头发能提供丰富的蛋白质，我就去理发店收头发，回来剪碎了拌在饲料里。又说鹌鹑吃小鱼小虾的头尾也能长个儿，我就去市场低价收购不好卖的鱼虾，把头尾剪下来给鹌鹑吃，鱼虾的身子我们炖汤喝。托鹌鹑的福，养鹌鹑的时候，是我们一家伙食最丰盛的时候。

鹌鹑的笼舍要勤打扫，每天至少清除粪便一次，为的是防潮和不被污染。一旦鹌鹑生病，我还要查书，看怎么治疗。鹌鹑的粪便奇臭无比，那时候家里天天弥漫着鹌鹑的粪便味儿和鱼虾的腥臭味儿。一开始我们都受不了，时间久了也习惯了，成了真正的久闻不知其臭。

破壳四十多天，鹌鹑就能产蛋了。产蛋期需要充足的光照，我就在笼子里加上电灯，确保夜里也有光照。鹌鹑产蛋基本都是在下午2点到4点之间，我要守在笼子旁边随时捡蛋，以防被踩碎。

经过两个产蛋期，鹌鹑和蛋就能拿到市场上去卖了。我提个笼子放鹌鹑，再拿个篮子放鹌鹑蛋。第一天，我几乎没卖出去任何东西，净是回答别人的提问。这是啥东西？干吗用的？有啥好处？贵不贵？我才知道见过鹌鹑的人太少，大家都不了解。

当天夜里，我就找来李时珍的《本草纲目》，拿毛笔在白纸上照着抄下来："鹌鹑肉蛋能补五脏，益中续气，实筋骨，耐寒暑，消结热。鹌鹑能和被称为补药之王的人参相媲美，被誉为‘动物人参’。”再贴在一块纸板上。第二天，我把纸牌子放旁边。我还写了很多广告语到处贴，也爬上电线杆子拉横幅，目的就是让大家了解鹌鹑。想来，这算是培育市场的雏形吧。

一开始大家都是半信半疑，后来也有好奇的买回去尝一尝或者试着养。其实，我养鹌鹑的最终目的并不是卖肉和蛋，而是希望有更多人来养鹌鹑，我只负责卖种鹑和指导养殖，后续收购成品鹌鹑和蛋，再跟罐头厂合作，形成“一条龙”。但是真正去推广，我才发现鹌鹑养殖面临诸多困境。首先，养殖需要饲料，物质成本无法压缩；其次，动物从育种到成长有自己的周期，时间成本无法压缩；再次，市场对鹌鹑的认知率不高，价格低了不赚钱，高了没人买；更不要说养殖鹌鹑还费时费力，一般人不愿意吃这份苦。而且，温州气候一向湿热，那时候也没有什么保鲜技术，如果鹌鹑蛋不能快速销售，很容易生虫坏掉。尤其是食品加工产业链还不完善，根本无法达到自己设想的效果。

前前后后养了一年鹌鹑，虽然没赔钱，但是确实也没赚什么钱。养鹌鹑这件事让我知道了，不管做什么都不要等着准备好了再去做。准备永远没有完结的时候，机会却不等人。边学边做的过程就是准备的过程，也是创造更多机会的过程。

1970 年到 1980 年，于整个中国是动荡又充满变数的十年，于我自己是跟贫穷和不公抗争的十年。这十年，我知道了原来人真的可以如一粒尘埃般活着，只要把自己放得足够低，就有生存的希望，就有改变的希望，就有向上走的希望；这十年，我看到喊口号并不能改变世界，我只相信搞好发展就不会饿肚子，自己不饿肚子，才有能力让别人也吃饱饭；这十年，于我就像是孙悟空在炼丹炉的七七四十九天，纵然历经磨难艰险，却练就一身金刚铁骨身和一双火眼金睛，万千涅槃，只为重生。

“三机解剖”运动持续了大概一年多的时间。运动一结束，温州的民营企业就以势不可当的态势发展起来。我知道，真正属于自己的机会来了。

第九章　海阔天空

（1980—1990）

跟着感觉走
紧抓住梦的手
蓝天越来越近越来越温柔
心情就像风一样自由
突然发现一个完全不同的我

——《跟着感觉走》

第一个吃螃蟹的人

从仙岩公社一路往南，在塘河中段有个塘下公社。1992年以前，塘下公社隶属于温州瑞安县，距离仙岩公社不过5公里的路程。20世纪80年代的塘下公社流传着一桩笑谈，说是中央领导来考察，一下车就听到“唰唰唰”的雨声，抬头看天却一滴雨也没有。中央领导问身边的助理：“下雨了吗？”塘下公社的领导立刻会意，说道：“这不是雨声，是钞票的声音啊！”中央领导更疑惑了。塘下公社领导这才解释道：“这是织带机的声音，塘下家家户户都做织带生意。织带机的声音听起来就跟雨声一样，织带机一响，老百姓就能赚钱，那可不就是钞票的声音嘛！”

这桩笑谈的确说明了温州家庭作坊的兴盛，也呈现了塘下公社织带产业的繁荣。织带是衣服和鞋子常用的带子，一对带子的利润不到一分钱，国营大厂不愿意生产，温州的家庭小作坊却愿意做。因为织带机占地面积小，家里随便哪里都放得下。劳力不算钱，又不要厂房，所以压缩了成本，几乎家家户户都在生产织带。

这也是温州人赚钱的特点之一，从来不怕生意小。编织袋、打火机、鞋垫、纽扣……别处的人看不上眼的这些生意，温州人不嫌利润低，只要有钱赚就有人愿意做。所以，才有了后来温州千家万户搞家庭工业、千军万马发展个体私营经济的局面。

岳父在塘下公社的织带机厂当厂长，他看到织带机的繁荣背后还有另一个与之相关的市场，那就是鞋带头。鞋带头是固定在织带顶端的那一点点金属，有了它，织带使用会更方便。塘下家家都做织带，却没有鞋带头。仙岩紧挨着塘下，如果有人在仙岩生产鞋带头，然后卖给塘下的织带家庭作坊和企业，织带的价格和利润都会上涨。那时候，只有西安和宁波的宁海县有制作鞋带头的机器。岳父让我了解一下，我就去宁海买了一台机器回来研究。没过几天，我自己捣鼓出一台机器，生产出来的鞋带头跟买来的机器生产出来的一模一样。我便又改造了 4 台机器，这样，就能批量生产鞋带头了。

做鞋带头的机器有了，找厂房不是问题，接下来就是找原材料。岳父知道西安电缆厂有废旧电缆的铁皮，只要按照废品价格收购，简单加工就能生产出鞋带头。说白了，收回来的是废品，卖出去的是产品，做鞋带头是一本万利的生意。

机器、场地、原材料、客户都有了，接下来就是开始生产。但是这一次，我不打算小打小闹，我要雇工人、开工厂、做老板。这在仙岩公社是没有过的，我又一次开了先河。

当时的温州都是家庭作坊，一家三四口人，一两台机器就能运转起来。家家都是相似的模式，没有人想到办厂。一是因为运动之风刚刚过去，一旦开起工厂雇用了工人，可能就成了资本家，谁也不敢冒这个险。二是在此之前，中国一直处在计划经济之下，个体经济才刚刚露头，很多规章制度都没有建立起来，就算有人想要办厂，也不知道从何下手。所以，大家宁可经营家庭作坊，也不愿意花时间精力去申请私营执照。

我们生产鞋带头，也可以按照家庭作坊去做，但是因为一起干的人有岳父还有姐夫，我还是想正正经经开个工厂，清清爽爽做生意。再说了，别人不敢开工厂是害怕枪打出头鸟，我却想得不一样。所谓乱世之中胜者为王，家庭作坊终究难以做大，想做大就要雇工人，雇了工人若没有营业执照，等于是给自己埋下一颗定时炸弹，还不如正大光明地开厂，合理合法地做生意，那才是长久之计。主意一定，我就开始四处打听如何办厂。

那时候制度太不健全，不管对于个人还是国家，私营企业申请执照都是第一次，到底要怎么办，需要哪些材料，要走什么流程，谁都说不清楚。常常是我到工商局了，对方说需要税务局的资料，我到税务局了，对方又说还需要派出所的证明。这边前脚刚出银行，那边后脚又去了工商。还在排灌站的时候，我总觉得除了技术，这些人事行政上的事琐碎又无意义，实在不值得去耗时费力，可是等到自己要办企业了，才发现这些事居然是最重要的，如果不先做好，后面的事就都没法展开。所以说，“屁股决定脑袋”是有它的道理的。

终于，经过我不懈的努力，大概三个月以后，我拿到了营业执照。这是仙岩公社第一份私营企业执照，企业名称是“仙岩线带配件厂”。仙岩线带配件厂也是仙岩公社第一家股份制企业，股东分别是岳父、姐夫和我。我们雇了二十个工人三班倒，24 小时机器不停，只要机器“嗡嗡”一响，票子就“哗哗”进账。

因为时局动荡带来的不安全感终于过去了，有了自己正经的工厂和营业执照。我不是地主，不是富农，也不是资本家，而是光明正大的社会主义劳动者，剩下的就是甩开膀子好好干。改革开放真是好啊！

办理营业执照的经历，也让我第一次思考“温州模式”。很多人都在说温州模式，我却不认可这个说法。我认为没有什么温州模式，有的只是“温州人模式”。在我看来，温州私营经济发端伊始，一些政策并未真正帮助和利益到普罗大众。相反，类似于抓捕“温州八大王”，以及“三机解剖”这样的政策，阻碍了市场经济的发展。温州人能走出去，只是因为受温州客观地理和经济条件的限制，不得不绞尽脑汁谋生计。在温州人的思维中，没有“等、靠、要”这一说。温州人做事不从教条出发，而是从实际出发。不怕犯错，敢为天下先。我看到过这样一段描述：“温州人是否干某件事情，既不看伟人讲了没有，也不看别人做过没有，只是看实践中需不需要，实践中能不能做得通。只要实践中需要的而且又能做通的，温州人都会千方百计地去做。”

我想，温州人的足迹之所以遍布世界各地，还能涉足千行百业不同的生意，那是因为温州人根深蒂固的思维和精神。所以，就算换一片土壤，换到国内其他城市，换到国外任何地方，温州人凭借灵活的头脑和吃苦耐劳的精神，也能发芽开花，闯出自己的一片天地。温州人的精神才是温州模式的实质。

第一次出远门

工厂正常运转之后，我开始了下一步计划——推销产品。为了销售鞋带头，我离开温州去外地推销。20 世纪 80 年代初的中国，交通还不发达，公路也比较少。从温州出去，旱路必须经过金华才能坐火车，水路必须经过上海才能继续往外走，我却在十五天跑了四十五座城市。

温州—上海—南京—开封—郑州—新乡—南阳—安阳—洛阳—襄樊—石家庄—保定—北京—太原—临汾—洛阳—三门峡—西安—宝鸡—成都—内江—重庆—泸州—遵义—贵阳。这是我跑过的路线，就算是放到现在，也让人惊叹。那一次推销，是我第一次走了那么多城市。如果没有走那么远，我不知道中国居然有这么大，南北方的差异就像是两个国家；更不知道因为经济发展不平衡，人们生活的世界原来有着天壤之别。

在洛阳，我雇了一辆三轮车找酒店，师傅拉着我转了很久也找不到一家住宿的地方。我脱口而出：“洛阳真是个鬼地方，连个酒店都没有。”结果，三轮车师傅不干了，停下车就跟我吵架：“洛阳哪里有鬼，明明都是人。”看到对方生气，我立刻道歉，说自己随便说的，并不是真的这么认为。后来，师傅还是带我找到了酒店，但是就这一个小细节让我知道，出门在外说话一定要小心谨慎，否则很容易冒犯别人。所谓“祸从口出”，正是此理。

在陕西的一家工厂，因为谈完单子太晚，对方就带我去他家里过夜。晚饭后小孩要拉屎，他就让拉在院子里，然后拿着铁锹小心翼翼地铲走。我本以为他要扔到垃圾堆里，没想到却是特别认真地放在一堆动物的粪便上，说回头这些都是要做肥料撒在地里的。这让我万分惊讶。南方雨水充足水草丰美，北方却大漠黄沙干旱异常，连粪便都要如此珍惜善加利用，着实让我大开眼界。

在西安，我正在马路上走着，突然看到前面的人走着走着就脱下棉袄坐到马路边，光着膀子就开始翻棉袄，翻得还特别仔细。我好奇，以为对方发现了什么宝贝。凑过去一看，原来他在找虱子。我还从来没有见过虱子能多成这样，要顺着衣缝捋下去。他一定是痒得不行才脱了衣服在路边捉起虱子，我不禁哑然失笑。

最有意思的是，我在郑州碰到一对新婚旅行的夫妇，因为年纪比较接近，我们聊得很投缘。下了火车，大家也就各奔东西。结果，等我到了南阳又碰到他们，再到洛阳又遇到他们。没想到，人世间居然有如此奇妙的缘分。每次他们都要问我又谈下了几个订单，我就特别开心地分享给他们。虽然特别累，但我还是非常满足。别人是玩完了一座城，我是用产品攻下了一座城。即便我的产品只是一个小小的鞋带头，但那也是自己的东西，至少这座城池插上了我的旗帜。最终，走完四十五座城市，至少有三十个城市跟我下了订单，仙岩线带配件厂的客户，是真的遍布祖国大地。

因为我的这趟出行，很快，我们的鞋带头就供不应求了，要货得提前好几天甚至几个月预订。有人建议我涨价，我一口拒绝。因为鞋带头的利润已经很高，一斤鞋带头能赚5块钱左右，远远高于织带的利润。如果鞋带头涨价，除非织带跟着一起涨，否则，织带的利润就会被压缩。我觉得人不能贪，不能为了自己赚钱就断了别人的财路，只有大家一起赚钱，才能保证自己一直赚到钱。

这趟旅程，是我第一次为了自己的事业独自闯荡，没有偷偷摸摸接私活儿的心惊胆战，也没有条条框框的束缚，我是真真正正体会到了“海阔凭鱼跃，天高任鸟飞”的潇洒。那些日子，我才觉得自己是真正活着的。

我曾看到过被砍倒的大树，它的年轮是一圈一圈的，有些年轮均匀宽阔，而有些却扭曲狭窄。听说雨水充沛气候好的时候，树木的年轮就长得好，要是气候不好，年轮就扭曲，因为大自然给予的营养不足，这会像烙印一样不可改。我觉得生命也是一样的，我们在年轻的时候，在遇到好机遇的时候，理应像大树遇到了好年份，拼命努力地生长，滋养自己，努力去探索，去发挥自己的价值。只有把生命的每段时光都过到极致，才算是真正地活过。

这趟出行，我还发现了几个关键点：第一，中国的发展很不平衡，很明显，温州经济已经走在前列了，能出生在温州这样经济活跃的地方是我的幸运，让我得以始终用前瞻性的眼光去看待未来，而不是在穷乡僻壤禁锢自己；第二，改革开放的春风吹遍全国各地，市场上对各类商品的需求量都很大。因为做机械的缘故，我特意关注了一下机械市场，发现全国各地的汽车配件存在很大缺口，我又发现了新商机。

环球电器厂

塘下的家庭作坊发达的时候，不仅仅是织带机闻名，汽车配件生产也是当地的主业。塘下公社有个韩田村，1972年，韩田村村民集资办起校办企业——韩田小学五七厂，主要生产仪表灯、点火开关等低档汽车配件，由村民在农闲季节跑到外地推销，经济效益颇为可观。此后，一些村民也办起生产汽车配件的小企业和家庭作坊，挂靠村办、校办企业。韩田村带动了整个塘下公社机械行业的发展，塘下许多村也相继出现生产汽摩配件的家庭作坊。1978 年十一届三中全会后，塘下公社有了第一家民办企业——瑞安县汽车电器厂，生产汽摩配件点火开关，生意极其红火。自此，塘下的汽摩配产业真正迎来发展高峰。

我开始关注汽车配件领域，完全是因为推销鞋带头的经验让我看到了市场的空缺，而且随着经济的发展，我也看出鞋带头是小件，需求量再大也比不上汽车配件。汽车配件是刚需且利润率高，市场还会一直增长。我本身有技术优势，又身处塘下汽摩配件生产基地，开一个汽车配件厂顺理成章。

推销鞋带头的时候我去过长沙，知道当时全国的汽车配件都集中在湖南长沙生产售卖，我就把销售地定在那里。我先是买下穗丰的一片林场作为工厂，在温州当地生产机油感应塞、点火开关、汽车闪光器，之后再拿着这些产品去换其他汽车配件。一来二去，就有了一家品类齐全的汽车配件店，我把它命名为——“环球电器厂”。现在想来，我这种做全球生意的抱负，应该是一直都在的吧。否则，何以在 20 世纪 80 年代就用“环球”给自己的一家小工厂命名呢？

1985 年的一天，我在长沙街头看到有人摆摊看相。我平常也看相书，对于面相多少也有些了解，但是从来不去让人看相。这天愿意坐下来跟对方交谈，完全是因为此人清俊洒脱，颇有几分仙风道骨。聊至酣处，他主动帮我看相，说我人中深长，敢奋斗敢拼搏，又说我十指张开，颇有赚钱的能力。我说自己耳朵太大不美观，鼻梁不够挺拔云云，结果对方说了一句话，让我至今无法忘怀。他说：“人的面相注定相生相克，这里不好，那里就会弥补，这里完美，那里必然就有缺陷，人没有十全十美。”

我恍然惊觉，面相如此，人生又何尝不是如此？生而为人，我们总是期待着完美，可要知道，完美原本就不存在。万事万物皆乃因缘和合而生，或相辅相成，或相生相克。接纳不完美的真相，便少了诸多期待，多了一份坦然，哪里还那么容易被情绪牵绊？此次看相一事，对我未来的人生起到了颇为重要的作用。

截至 20 世纪 80 年代末，环球电器厂的年产值已经达到 80 万元，工人有 30 多个，我也成了别人眼里的大老板。我已经不需要再四处奔波跑业务，只要监督环球电器厂和仙岩线带配件厂顺利运转就好。

我用赚来的钱在河口塘又新造了一所房子。房子建在塘河边，两间大屋并排相连，为的是一个儿子一间。房屋有上下三层，一层是客厅和厨房，二三楼是起居和卧室，加起来 400 多平米。这时候造房子我只负责给钱，一应开支全都由秀琴负责，造房子的人每天都是好饭好菜招待，要什么材料只管放开手去买，玻璃门窗都选上好的材料，家具要豪华时兴的样式，所有的钱都是现结，再也不会赊欠一分钱。房子建成的 1986 年年底，我还特意请工匠在一楼的房顶画了两条盘旋的五彩神龙，一抬头就能看到神龙游走在房间里。这所房子造得结实又气派，完全不同于第一所房子的穷酸潦倒。果然，人的底气还是需要金钱来给啊！

1980 年到 1990 年，站在这个时间节点，无论往前看，还是往后看，这都是我整个人生最平静的一段时光。那时候的我，在仙岩公社已经是一个响当当的人物，在长沙市也是广结良朋宾客满堂。两家工厂每天都在进钱，我跟秀琴夫妇和睦家业兴盛，日日门庭若市，夜夜车水马龙，三教九流，无一不想跟我攀上一点儿关系，沾上一点儿亲故。日子顺风顺水，从前的贫穷已经摆脱，未来的苦难尚未到来。再也没有一段时光，像那时候一样富足且安宁。可是，时隔三十年再去回忆那段岁月，我唯一的记忆却只有那段十五天的旅程、每天放着流行音乐的一对大音响，还有造过的一所新房子。而其他记忆都已模糊不清。那一切仿佛是在梦中，我甚至分不清自己是否真的曾置身其间。

时光啊，历经岁月洗涤，最终沉淀下来的不是那些安稳如水的日子，却恰好是最欢乐和最痛苦的极致体验。正如林语堂所言："吾辈生活中最美之刹那，最真之刹那，方是真正之生活，其他时间则一旦过去，永远消失，因其于吾人心灵上毫无意义可言也。"

第十章　走出国门

（1990 年）

爹娘讲好男儿志在四方

好男儿闯就闯出个名堂

好男儿干就干出个模样

好男儿咱要对起爹和娘

——《好男儿》

90 万存款

1988 年的一天，我去仙岩公社的银行办事，之后跟行长阿金闲聊："阿金啊，咱们仙岩的储户，存款最多的有多少啊？"

阿金伸出一根手指，比画了一个 9。

"9000？"我心里疑惑，20 世纪 80 年代的中国，"万元户"在温州也已经有了一些，在银行存 9000 块钱不算稀奇，应该不是最多的。

阿金摇摇头，我接着追问："那就是 9 万了？"

阿金还是摇头，我愣了。

看我不解的神情，阿金神秘地告诉我："再加一个零。"

"90 万？"我不敢相信自己的耳朵。

这回阿金点头了。

"你确定没说错？"我接着追问。

"没错啊，就是 90 万。"他再度强调。

"我的天，谁这么有钱啊？"

"阿君啊！"阿金的话一出口，我差点儿没惊掉下巴。

阿君也是穗丰村人，早几年被家人带出国。我只知道他出国之前是个老实巴交的农民，没读过很多书，也没有一技之长。不承想，出国没几年，居然积累了如此巨额的财富，着实让我赞叹又惊讶。难怪仙岩公社越来越多的人挤破脑袋想出国，敢情真的是在淘金啊！

跟阿金的谈话像是一场小小的地震，那个晚上我辗转反侧，难以入眠。想起上一次见到阿卫是他从法国回乡探亲，聊天时他问我对现状感觉如何。我说：“我很满足啊！”阿卫回了一句：“满足了，那就完蛋了！”此话虽然触动了我的心弦，但是并没有带来直接的刺激。那个晚上不一样了，我开始更加认真地思考自己的人生。

看看我眼下的生活，事业稳定家庭和睦，工厂顺利日子平和。如果不出错，工厂会继续扩大，收入会持续增加，日子会越过越好，可能我们会再修一所房子，再建一个工厂。只等孩子长大，等他们步入婚姻，也有了自己的孩子，我会功成身退，子孙满堂其乐融融。这是多少人羡慕的生活模式，像塘河的水，蜿蜒流过山间，穿过村庄，最终汇入大海，融入万千人的生活。我承认，这种一成不变的生活模式，固然有它的价值和幸福，却好像并不适合我。

我知道，自己的血液里有一种不安分的冲动，渴望一段桀骜不驯的旅程。安稳让我害怕，平静让我惊恐，我的人生，要的是风浪、是动荡。我不怕像孙悟空一样在炼丹炉里被烧上七七四十九天，我怕的是满足于花果山的富足安宁，就此平平淡淡过一生。在我眼里，那不叫生活。为了改变和不可预知的未来，哪怕踏上激流险滩，我也心甘情愿。

就在出国的念头渐渐清晰的时候，另一件事加速了我行动的步伐。

1989 年前后，“东欧剧变”（又称“苏东剧变”，也即西方社会所谓的“1989 年革命”。是 20 世纪 80 年代末至 90 年代初，东欧各社会主义国家的政治经济制度向西方资本主义制度转变的过程。以波兰为首，东欧各国如保加利亚、匈牙利、捷克斯洛伐克、阿尔巴尼亚、南斯拉夫等效仿苏联模式的东欧国家，要么发生了政权更迭，要么社会制度产生了剧变。与此同时，民主德国和联邦德国实现了统一）带来的影响波及全世界的社会主义国家，恐慌开始在温州乃至全国蔓延，很多企业家、工厂主陷入担忧与惊恐，担心国内再次发生政治变动。如果再经历一次如“文革”一般的灾难，无论人民还是国家都承受不起。我周围的很多朋友都是私营企业的老板，大家蠢蠢欲动，都在寻求一种更安全的生活方式。

自古，温州人就有出海经商的传统。据我所知，温州人出国的历史最早可以追溯到宋真宗咸平元年（即 998 年）。从此，中国历史上的移民潮，每一次都少不了温州人。20 世纪的温州移民，最早出现在第一次世界大战后至 1920 年代初，以瑞安、瓯海、青田等地区的农民和小手工业者为主，他们东渡日本做工行商，这是温州历史上第一场移民潮。第二波高潮发生在 1930 年代，由于自然灾害和中日战争的阴影笼罩，温州部分地区的农民、手工业者和知识分子流向南洋群岛和欧洲。1990 年前后，称得上温州的第三次移民潮。从 20 世纪 80 年代初开始，仙岩和丽岙就陆陆续续有人出国。那些早先出去的人，每次回乡探亲都带来一场不小的轰动，有的是修缮祖坟翻修祠堂，有的是修桥铺路盖新房，有的是西装革履大把票子攥在手里，他们带回的财富和荣耀，总是让还留在家乡的人羡慕不已。温州人向来不怕苦却怕穷，眼看着很多并不起眼的人到了国外，摇身一变都成了有钱人，仙岩公社出国的人越来越多。

我仔细分析当下的形势。客观来讲，工厂收益还不错，但是如果再来一场变革动荡，很有可能什么都留不下。而眼下国外赚钱的机会远远好过国内，听说存了 90 万的阿君，就是在法国给人做做包而已，几年时间也有了这么大的收益。这样看来，哪怕只是出去干几年，等国内形势稳定了再回来，也是只赚不赔的买卖。主观而言，相比仅仅能吃苦却没有知识和技能的老乡，我有机械技术，有经商头脑，有管理经验，还有秀琴这样一个善于理财持家的贤内助。他们都能赚钱，我们去了理应赚得更多。天时地利人和，既然因缘际会让我走到这一步，那不如顺天命而为之。

1989 年的秋天，我决定出国，不为别人，就为自己！

办不下来的护照

主意一打定，我们就着手办理出国手续。周围满是出国的人，原以为出国虽然不简单，但是也不见得有多难。可是万万没想到，这条路比我们想象的坎坷波折许多。

首先，温州户籍成了我们的第一大障碍。

我们决定出国的时候，是温州人出国呈现井喷状态的阶段。当出国发财成为每一家温州人的梦想，问题也随之而来。由于前期申请出国签证的温州人口数量巨大，且一到当地就“黑”了下来，导致温州户籍成为政府外事办和欧洲各大使馆都最不愿接待且拒签率最高的群体。等到我们想出国的时候，只要是温州户籍，连护照都很难顺利拿到，更不要说签证。

那时候温州人出国，主要有以下几种途径。第一是通过已经生活在海外的亲属向当地政府申请“家庭团聚”，首先把妻儿迁到国外，再发展近亲，如此不断延展，“亲戚带亲戚，朋友带朋友”。通过这样“传帮带”的方式，一个温州人可能带出去几十口人。我们在海外没有什么亲戚朋友，这条路行不通。第二是偷渡。当时偷渡到欧洲的费用差不多是每人 12 万—15 万元。偷渡风险大，费用高，且特别辛苦，我们又是上有老下有小，寻思衡量之后，觉得这条路也不适合我们。

第三种方式是合法办理护照，通过旅游或者商务签证合法入境欧洲，之后等待合适的时机获得正式身份。因为我们在国内有自己的工厂，法国又有阿卫和若申这样的朋友可以接应，综合权衡之下，我们认为这是最适合的方式。彼时，已经有很多在海外站稳脚跟的温州人，他们在家乡也有亲戚，双方里应外合完成这一协作，想找到这样的人并不难。

我们找的是河口塘的同乡。他在河口塘，儿子在法国，因为他和我们有一些亲戚关系，对方又做了足够的保证，说可以帮我们办理护照并且拿到签证，我们便交了 5000 块钱安心等待。可是一晃几个月过去了，总是不见结果。最后，实在等不及了去追问，对方就扔来一句话：“办不了了。”

“为啥办不了？”

“办不了就是办不了，有啥为啥？”

“那 5000 块钱呢？”

“被我花完了！”

出国的第一步，居然就遇到了骗子，而且这骗子还是亲戚，这不就是俗话说的“坏到家了”嘛！

我们找的第二个人，也是亲戚介绍，说他的叔叔在巴西，是多年的老华侨，已经帮很多人顺利出国。只需要对方给我们邮寄一个担保书，再盖上使馆印章，我们就能拿着担保书去办理护照和签证。

这次我们没有先交钱，说拿到签证再交。大概三个月以后，我们收到了担保书，上面盖着巴拉圭大使馆驻巴西领事部的印章。一看印章，我就感觉不对，就算从没见过真正的使馆印章，但是也没见过刻得那么粗糙的印章，边缘模糊字体不清，看上去跟萝卜墩雕刻的一样。以防万一，我把担保书拿去给公安局的朋友看，朋友看了就一句话：“假的，太假了！”如果真的送去了大使馆，我们甚至有可能因为造假而被抓。

第二次出国尝试，再次以失败告终。

第三次，我们变得谨慎多了，这次找到的人家，弟弟在法国淘金，哥哥在国内接单，之前已经成功帮助很多人顺利出去。有了前面的案例，我们稍稍安心了一些，交了定金，再次陷入漫长的等待。可是没过几个月，签证没等来，定金倒是退回来了。对方也没解释原因，只说办不成。

我们的出国之路，在历经三次失败之后陷入僵局。

此时，距离我们开始准备出国，已经过去了九个多月。

这时我做了一个决定，不靠别人，自己办！

第一步是把户口迁到长沙，利用长沙户籍办理，这样就会降低难度。因为长沙有我们的营业部，户口迁过去很顺利。接下来，长沙当地公安局派人来调查我的背景。为了避免对方跑来跑去，我请来人待在我河口塘的家里，需要派出所，我就给派出所打电话，需要公安局，我就给公安局打电话，需要街道办，我再跟街道办打电话，所有人都带着公章来家里，需要盖什么章就给盖了。这让来人惊讶不已，也快速确定了我是良民一个。调查结束，需要长沙当地负责户籍的领导签字。待到见面聊上了天，发现对方居然是我长沙的邻居。二话不说就签了字，户口转移办得很顺利。

之后就是利用长沙户籍办理护照，也很快就下来了。前后不超过一个月。早知道自己办理这么顺利，当初何必等那么久，想来真是失算！

我们拿到护照是在 1990 年春天，“东欧剧变”尚未完全结束，华沙条约组织成员国还存在。拿着中国护照，虽然不能直接抵达西欧，却能进入苏维埃社会主义共和国联盟和德意志民主共和国、波兰人民共和国、捷克斯洛伐克社会主义共和国、匈牙利人民共和国、罗马尼亚社会主义共和国、保加利亚人民共和国、阿尔巴尼亚社会主义人民共和国。这些国家跟中国一样同属社会主义体系，只要有中国护照，我们就能顺利进入其中任何一个国家，进入之后再进行落地签就可以。按照联系人的安排，我们先拿着护照进入罗马尼亚，之后会有人接应我们一步步进入西欧。

我们的计划是，我和秀琴先拿着护照出去，两个孩子由母亲在老家带着，等我和秀琴在海外站稳脚跟就接孩子过去，这也是当时温州人出国的一种普遍做法。没有过多犹豫，也没有更多选择，照前人蹚出去的路走下去便是。

漫漫出国路

1990 年 7 月 2 日，我和秀琴登上了从北京首都国际机场飞往布加勒斯特机场的班机。

从北京离开的时候，遇到一个小插曲。海关对我的长沙身份有怀疑，将我和秀琴单独拦下，说是要做调查，一直到飞机快要起飞才让我们登机。我一直觉得，那个拦下我的海关人员知道我并不是真的长沙人，也知道我出国的目的，但他最终还是给了我离开的机会。有时候就是这样，你不知道是谁，是什么样儿的人，会在什么时间，可能因为他的某个行为、某个想法就影响了你未来的命运。这常常让我觉得，和陌生人之间并不是那么毫不相干，而是紧密相连的，我们都在彼此影响。我很感激那个放我离开的海关人员，如果当时我们没有离开，接下来的人生又会如何走向，我不知道。

飞机起飞的一瞬间，虽然我人在空中，心终究落地了一些。经过近乎一年的漫长等待，在经历失望、焦虑、担忧等种种情绪的折磨之后，终于，顺利迈出了出国的第一步。

我的人生起伏不定，一半缘自外境，一半缘自内心。我这一生似乎一直在出走，从少年时走出饥饿贫穷的窘迫，到青年时走出被欺负、歧视的境遇，再到成家之后走出欠债的阴影。人到中年，分明日子有起色了，安稳了，幸福了，我却选择了再次离开，而且是去往更陌生、更遥远的地方。如果说从前的出走都是生活重压之下不得已而为之，那么这一次，却是我自己的主动抉择。从此，不管路途多么遥远艰险，所有的悲伤苦难便再也没有苛责抱怨，皆须独自承担。

飞机抵达布加勒斯特已经是 7 月 3 日，我们住在国航酒店等着接头人，沿路的接头人会负责将我们护送到巴黎。而从这里出发进入西欧，费用已经变成两个人总共6万元，这比直接从国内找人联系出国，便宜了不止一半。

7月5日，我在酒店房间等来了第一个接头人的电话，对方告诉我们下楼准备出发。我和秀琴拎起早就准备好的行李下楼，到了酒店大堂，除了工作人员，却看不到别的中国人。我的心又慌了，难道又被忽悠了？

一个高鼻子蓝眼睛、30出头的外国人向我们走来，帅得跟电影明星有一拼。我心里直犯嘀咕，不知道是不是当地的什么政府人员。我还没想好怎么应付，对方突然开口了："是你们要去匈牙利对吧？"

这不就是电话里的声音吗？普通话说得居然比我还标准。

我乐了，连连点头："对的对的，就是我们要去。"

"跟我走吧！"对方转身带着我们就出门了，一路抵达火车站，我们坐上了从布加勒斯特开往布达佩斯的火车。

火车行至罗马尼亚跟匈牙利交界的边境城市，有工作人员上车，帅哥老外把我们的护照拿过去递给对方。工作人员盖一个章签一笔字，我们进入匈牙利的签证就顺利拿到了。

将我们安顿到布达佩斯的酒店，第一站接头人离开了，我们等待第二站的接头人。

第二站是从匈牙利到东德，这次接头人换了，是个中国人，方法却如出一辙，也是上火车盖章签字完成签证。我才知道，原来出国如此简单。那些在国内花大钱找人办签证的老乡，如果知道有这么简单，还愿意花那些冤枉钱吗？

第三站是从东德到西德，接头人又换了。我们在1990年7月10日进入东德，而就在我们抵达的前一个月，柏林墙正式被拆除，民众早都可以畅通无阻进入西德。所以，我们从东德（德意志民主共和国）进入西德（德意志联邦共和国）也非常顺利。

在柏林，我们等到第四个接头人，他开车带我们从柏林进入巴黎。

跟着走，等待，再走，再等待。这一路走来，我们不知道自己人在哪里，也不知道哪段路对自己而言是合法的，我们不知道每一个接头人是真的会把我们带到目的地，还是会半路扔下我们。命运到底在谁的手里，摸不着，也看不到。

7 月 13 日，法国国庆日前一天，我们抵达巴黎，却已经错过了计划中要赶上的意大利“大赦”。接下来的路怎么走，我们完全不知道。

第十一章　初到法国

（1991 年）

外面的世界很精彩

外面的世界很无奈

……

——《外面的世界》

海外的温州人

我曾在费孝通的《小商品大市场》里看到过这样一段描述："那是1937年的夏天，我从伦敦到柏林去和我的哥哥一起度假。一天，有人敲我们的房门，打开一看是一位拎着手提箱的中国人。异国遇乡人自然是大喜过望，可我们彼此的方言不同，话语不通。只见他极有礼貌地鞠了个躬，然后打开手提箱，一看里面都是一些日用小百货，看来他是请我们买东西的。他走后，哥哥对我说：'在柏林、巴黎等欧洲大陆的不少城市中，这样的小生意人数以万计。他们大多来自温州、青田一带。起初他们背着青田石漂洋过海，在意大利、法国、德国做石刻手艺。待到石头用完了，就转而做小买卖。这些人靠着挨家挨户地送货上门和彬彬有礼的优良服务态度，经商赚钱。'"

这段文字描述的历史，就是第一代温州人在法国，在欧洲的生存现状。一个小箱子，里面装着打火机、领带、香烟、火柴、香水、灯泡等各种杂货。若是上门推销，敲开门以后他们只会用法语说一句话："先生，太太，不贵不贵。"若是在街上兜售或者在咖啡馆叫卖，他们也是一句话："拉乌拉，拉乌拉嘞。"（卖货啦，卖货啦。）他们的日常，就是拎着箱子走街串巷讨生活。因为语言不通，温州人只能跟温州人一起交流。

遇到法国人休息的周末，也是温州人上门推销的最佳时机。他们在清晨拎着箱子走向不同的公寓，只顾着赚钱养家，却忽略了会给别人带来的麻烦。第一个温州人敲门，法国人也许会选一两件东西，就算不选也能礼貌拒绝。10 分钟以后，也许第二个温州人又来敲门了，说着一样的话，拿着一样的货物，法国人就有些不开心。再过 10 分钟，又有人敲门，相似的面孔，一样的货物，重复的场景，这时候法国人已经不耐烦了。遇到礼貌的也许拒绝，遇到脾气大的，可能一脚把箱子踢下楼，瓶瓶罐罐碎一地，卖货郎一个礼拜甚至一个月的盈利也就泡了汤。

那时候的温州人，一个箱子就是他们所有的家当与梦想，有人拎着它走向了落寞，也有人拎着它闯荡出了一番天地。

若申的阿公，最初就是这万千卖货郎中的一个。1917 年，第一次世界大战期间，若申的阿公被北洋政府征兵作为劳工来到法国。战争结束之后，他并没有选择回国，而是留在法国靠沿街叫卖货物维生。1937 年，中国爆发抗日战争。1939 年，欧洲爆发第二次世界大战，世界陷入混乱，信息全面中断。那些留在海外的温州人，就这样与家乡失去了联络，不知道国内战况如何，不清楚亲人的生死，仅仅靠思念和希望活着。

1945 年，战争结束。经历过生离死别的考验，大批滞留在海外的温州人选择回国，但是也有一些人，比如若申的阿公，因为缺乏回国的资金，只能选择留下。凭借比当地人更能吃苦、更勤劳的特质，渐渐地，他们从卖货郎到有了自己的店铺，又有了自己的工厂。等我们到法国的 1990 年，法国再也没有提着小皮箱沿街兜售商品的温州人。生意做得小的，有自己的家庭作坊，给人做服装、皮包加工；生意做得大的，也有了自己的皮具店、服装店，或者餐厅和超市。而若申，在阿公的积累，还有姑妈的帮扶之下，已经开起了皮衣工厂，雇用了几十个工人，生意做得风生水起。

相比若申，我的梦想倒是简单到极致。初到法国，第一次看到外面的世界，我并没有什么雄心壮志，只想着若能有一间自己的小店，管它卖的是面包牛奶，还是服装箱包，只要能养活一家人安稳度日便足矣。彼时的我，还不知道在巴黎这座浪漫之都等待自己的是怎样的风景，抑或煎熬。

在巴黎安顿下来的第三天，阿卫开始带着我去找工作。因为不懂语言又没有合法签证，只能在华人圈里找愿意接收的地方。也是在此时，在跟阿卫的聊天中，我了解了初到巴黎的华人要注意的规矩，比如华人工厂不能随意去，有居留的人家也不能随意拜访，否则一旦被警察抓到，就会给别人带来巨大损失和麻烦。比如初到海外，生存比身份重要，先养活自己赚到钱才能有办法解决身份，否则，说其他都是扯淡。还有，初来乍到的新人，在法国最好的居住方式就是跟人“搭铺”。

彼时，在法国以及其他欧洲国家做工的中国人，都有合租的传统，俗称“搭铺”。一个两居室或者三居室，除了卫生间和厨房，其他地方都摆上了架子床或者大通铺，男女分开，一人一张床位。因为人多，卫生间常常是要排队的，又因为忙到没时间吃饭，厨房基本是荒废的。天一亮，大家鱼贯而出，离开住所去各自做工的地方；深夜做完工，再陆续回来睡觉。漂泊在外的温州人，很少有人没经历过搭铺的日子，也很少有人会把搭铺的地方当作家。所有人都知道，这只是暂时的过渡，是自己完成从打工人到老板之前不得不走的一段路。搭铺的房间如那铁打的营盘，而来来往往的温州人就是那流水的兵。

搭铺的好处是显而易见的，一者便宜，再者语言相通，闲暇之余聊聊天，多少能解一些思乡之苦。此外，如果有生意的信息，亦能互通有无。所以，初到海外，又没有亲戚接应的温州人，搭铺是首选。在真正安顿下来之前，我和秀琴也选择了跟同样来自河口塘的老乡搭铺。也是在搭铺的日子里，我开始一点点了解到温州人在海外的真实生活。

一天夜里，我跟搭铺的老乡聊着天。他妻子做工回来，看我们开着灯说话，一句话没说，关了灯就转身离开。起先我还诧异，分明看到屋里有人，怎么能这么粗鲁地关灯呢？老乡解释了一句：“她是觉得开着灯说话费电，想省点儿电费。”那一刻，我的内心有难以言说的复杂。中国人一向重视人情关系，温州人更是习惯抱团。在国内，就算日子再难，谁会为了省下电费而关灯跟人聊天呢？可是人到海外，因为文化的浸染，还因为都是背井离乡出门讨生活的，都有着身不由己。故而，人与人的温情是要往后排的，钱反倒成了更重要的。

因此，在巴黎的温州人如果在路上碰到，相互的问候都是：“生意怎么样？”回答也都是：“接得上，还行！”从来不会说好或者不好，因为说多了会泄露自己的收入，也会影响自己的生意和客户；见面会说改天请你出来喝咖啡，却从来不问什么时候去家里坐坐。因为彼此都有竞争关系，况且，如果没居留的人去了别人家里，万一被警察逮住了，就给对方带来麻烦。故而，大家维持着表面的客气，不多说也不多问，时间就是金钱，说多了就是浪费时间影响赚钱。对于身在异国的温州人，在生活真正踏实下来之前，务实比人情更重要。当我发现了这一切，我知道来到法国，自己挥手作别的不仅仅是故乡的安逸，还有温情。

我已经做好了放下身段去做工的准备。不管是在温州还是在巴黎，地界虽然换了，但日子还是一样地过，还是那一日三餐，照样是吃喝拉撒，同样是喜怒哀乐，生活的本质并没有变化。所以，身份啊地位啊称号啊这些来自外界的虚名，都是可以轻易放下的。人总要面对现实，人在哪儿，就过哪儿的日子。今儿放得下，明儿才能拿得起。

只是没有想到，找工找了一个星期，居然没人愿意雇用我。要么是不需要人，要么是因为我没合法居留，怕受影响。找工作的路，远比我想象的难上很多。

有一天，阿卫说带我去找工作，我跟着他就出门了。一路上七拐八绕，最后来到他的一个中国朋友家里。进门以后我找了个地方坐着，等着有人来跟我谈工作。眼见着陆陆续续有人进来，大家彼此打过招呼，就支起桌子开始打麻将，却没有一个人找我。只是在打麻将的间隙，有人打量了我一眼，说了一句："他啊，我厨房太小，容不下哟！"然后，就继续埋头在麻将桌了。

因为不知道什么情况，我就一直坐在那里等。大概三四个小时以后，他们打完麻将收摊了，阿卫也带我出门离开。

路上我问阿卫："不是说今天带我去找工作吗？"

阿卫说："我不是带你去过了吗？"

我一头雾水："你只是带我去看你打麻将啊。"

阿卫说："今天见的人就是要招工的人啊，我都跟他们说了你是我中国刚过来的朋友。你没听到那个人说的话吗？"

我还是不明白："说的什么？"

阿卫说："人家说厨房太小，容不下你啊！"

我不理解："那是什么意思？"

阿卫回答："阿龙啊，你真是聪明一世糊涂一时啊！人家的意思就是看你的气质不像个打工的，不敢要你啊！"

我这才恍然大悟，原来那句话是说给我听的。

我看看自己，确实也是。虽然生在农村，但一向注重形象。即便在日子最难的时候，衣服虽然破旧，却始终干净整洁。加之出国前的十年，又一直做老板，不知不觉中已经养出了老板的派头。即便穿得再普通，站在那里神态也确实不像个打工仔，人家拒绝也是情理之中。

阿卫建议我："阿龙啊，我看你还是自己干吧！你不适合给人打工。"

温州人向来有宁做鸡头不做凤尾的传统，因为"鸡首虽小，乃进食；牛后虽大，乃出粪"。温州人做老板的基因，跟年龄、身份、性别都没有关系，只跟温州人有关。

有个故事特别能体现这一点。1983 年，在西北大学的校门口，一名大学生到修鞋摊上补鞋，补鞋的是个温州大姑娘。

大学生怜香惜玉："一个大姑娘给人修鞋，不怕人看不起吗？"

姑娘回答："一个大学生穿着破鞋，不怕人看不起吗？"

大学生问："你以后打算干什么？"

姑娘说："当老板。"

大学生说："你没有钱怎么当老板？"

姑娘回答："我这不正在挣钱吗？"

这正是温州人心态的真实写照。虽然我并没有计划这么快就在巴黎当老板，但是既然现实由不得我，那也就听天由命，且看命运会将我带向哪里。

自己当老板

1990 年 8 月 15 日，出国整整一个月之后，我开始自己做老板。

在温州人圈子里，流传着"三把刀"的说法：剪刀、剃头刀、菜刀。剪刀指的是缝纫技能，剃头刀是理发，菜刀是做饭。20 世纪 80 年代出去的温州人，为了顺利谋生，离开中国之前至少要学习其中一项手艺。秀琴就曾在出国前学习了一个月的缝纫，以备不时之需。

二战以后，法国的服装业和皮包业被犹太人垄断。初到法国的温州人缺乏资源和积蓄，也没有语言基础，但是凭借着吃苦耐劳出活儿快，便成了犹太人的工人。温州人承接了服装和皮包加工的最后一道手续，比如装纽扣、锁边、贴花等烦琐的工作。20 世纪 80 年代出去的温州人，有很大一批在做服装和皮包加工。这样的工作很累，通常要从早上 8 点做到夜里 12 点，赚的还是最低的收入。时间久了，脑子活泛的温州人就会模仿犹太人的做法，去逛服装店或者皮包店，遇到特别好的款式就买回来研究，也能制作相似的产品。

温州人没有休假的概念，周末也不停工。很快，凭借低廉的价格、快速的生产蚕食了犹太人的市场。渐渐地，法国的中低档箱包领域被温州人占领。而犹太人为了避免竞争加剧，把原先的店铺转手给温州人，自己转向做高档箱包。

如此一来，20 世纪 80 年代出去的温州人便有了自己的服装店、皮包店，还有小饰品商店。这些店铺大都集中在巴黎 11 区、3 区，吸引了法国以及周边国家的众多批发商前往。

20 世纪 90 年代移民的温州人因为还没有完成资本积累，就只能先从小作坊做起。小作坊成本低，只要一台缝纫机，自己在家就能做包，做好了卖给开商店的温州老板。据说生意好的话，稳定下来一年赚四五万法郎（约五六万人民币）不成问题。考虑到阿卫的建议，既然没人愿意用我，那么，自己做包成了我唯一的，也是最好的选择。

秀琴的表姐在巴黎已经给人做包一两年了，我们先去那里学习，用半个月的时间熟悉了打样、割皮、缝包等一整套流程。我和秀琴从搭铺的地方离开，租了一个独立的房间。在抵达巴黎整整一个月之后，我们开始了自己的生意。

做包需要原材料，第一步是买碎皮。到了法国我才知道，有眼不识字，有嘴不会说，跟没眼睛没嘴巴是一样的。当时的我一句法语也不会，一个法语单词也不认识，却要就此开启自己的生意。这种难度并不亚于让一个聋哑人去和正常人竞争。可是我没有时间畏惧，只一门心思往前走，想着能走多久是多久。

别人告诉我，巴黎的皮衣店，大多前面是店铺，后面是工厂，我只要找到皮衣工厂就能买到碎皮。巴黎的店铺大多分散，为了去尽可能多的店铺，我常常一大早吃完饭就拿着地图出门，一边找一边问，一天走几十公里很正常。见到皮衣工厂我就举起手里的碎皮，用仅会的一句法语问：“也纳？也纳？”（有碎皮吗？）彼时，温州人收碎皮已经是成熟产业，外国人一看就知道你是来收碎皮的。一开始讨价还价，我是用手比画，再后来就用计算器。我打出一个数字，对方打出一个数字，再确定一个最终数字后成交；后来，我又多学了几句法语，能问对方多少钱？多少公斤？是羊皮吗？有没有？便宜一点儿？就这样一点点进步，慢慢地，我摸清了收碎皮的路数。

有一次，买完碎皮回家的路上，有个非洲人过来问路。我要回答“不知道”，但是记住的单词实在有限，一张口嘴里的话变成了“坏蛋”。对方惊讶地问：“什么？”我接着回答：“坏蛋！”就这样，鸡同鸭讲说了半天，他路没问到，却平白无故被我叫了半天坏蛋，最后，只能无奈地笑笑，走开了。而我走了很远的路，才突然发现自己说错话了。没想到，这外国话和中国话差别这么大，一个单词不对就能闹出这么大的笑话。

收完碎皮，第二步是拣碎皮。拣出可以用的，拿来切割缝纫。想要买到便宜又质量好的碎皮需要开车去郊区，我走路去不了那么远，就只能在市区收购。市区的皮子往往都是别人已经挑过的二茬货，皮子碎，价格还高。要切割这样的碎皮很是费力，一天下来，做同样数量的包，别人只割2000到2500张皮子，而我却要割3000到3500张皮才能凑够原材料。所以，要想制胜，除了比别人更勤劳，还要在款式上下功夫。

为此，我格外留意路边的商品，借鉴在包的设计上。好在有过做技术工人的基础，设计制作对我来说并不是什么难事。有一次，我在路边看到一双女士皮鞋，上面的蝴蝶结很漂亮，我就改良做成一个领结加在包上，效果出奇地好，很多人抢着预订。当时在法国做包的温州人很多，大家都遵守一种约定俗成的规矩，别人设计的包不能仿造。可是我这款包实在抢手，自己又是家庭作坊，不能大规模量产，最终还是引发了很多人仿造。

拣完碎皮，下一步就是做出样品，然后拿去推销，有人看上了就会下单。我的经营理念是：质量保证，价格合理，为了打下市场可以少赚一点儿钱。因为我的款式独特，价格也公道，很快就赢得了一批固定客户。

每天早上睁开眼，随便扒拉两口饭，我和秀琴就开工了。我切割碎皮她缝纫，为了赶工，很多时候我们夜里只睡一两个小时。实在累到不行了，我就趴在割皮料的工作台上，她就趴在缝纫机上，各自迷糊个十几分钟，醒来继续接着做。一直做到夜里 11 点缝纫机不能再有噪音，秀琴会停下来去休息。而割皮料没有声音，不会干扰别人，我就坚持割到夜里 2 点，才爬上床去睡觉。第二天周而复始，继续这样的日子。

活儿真的是太多了，我和秀琴起早贪黑也干不完。我还记得那时候秀琴常常感慨，人干吗要吃饭睡觉啊？要是只干活儿，能节省多少时间啊！

当得了老板，睡得了地板

“啊，皇天孬解！救命啊……”

一天夜里，我睡得正香，突然被秀琴的呻吟声惊醒。

我一个翻身拉亮电灯，看到秀琴披头散发不停摇晃脑袋，脸上的表情痛苦极了。

“秀琴，怎么啦？发生什么事啦？”

“有虫子……进了耳朵。”秀琴痛苦得话都快说不完整。

“那赶紧去医院。”我下床就准备穿衣服。

“我们没身份，语言又不通，去医院能干吗？”秀琴在关键时候也不忘提醒我重点。

是啊，没身份去医院，回头再招来警察，那是要遣送回国的。想到出不去，我就翻箱倒柜地找掏耳勺，然后扒拉秀琴的耳朵，但是越扒拉虫子越往里钻。秀琴越来越痒，更难受了。我想起楼上也住着一对温州夫妇，不如去敲门问问他们，兴许他们有这样的经验。

人是被叫来了，可是都没经历过这样的场面，实在帮不上忙，三个人在那里干着急。秀琴难受得满地转悠还不敢出声，怕万一大叫引来警察，又是一场麻烦。突然，邻居说灌酒试试，虫子呛到了也许就能爬出来。人在紧急时刻哪里还顾得上思考，我抄起烧菜的绍兴老酒就一点点往秀琴耳朵里倒。虫子突然受到酒水刺激，非但没爬出来，反而更往耳朵深处钻。

“啊——啊——”秀琴忍不住低声叫唤。我慌得不知所措，却帮不上一丁点儿的忙，只能眼睁睁地看着她受罪。

不知道过了多久，渐渐地，虫子好像不动了，秀琴也安静下来。虫子应该是被灌进去的老酒弄晕了、熏死了，终于不闹腾了。我悬着的一颗心终于安定了一点儿。我让秀琴歪着头，看能不能把虫子从耳朵里倒出来。可是不管秀琴怎么努力，还是不见虫子出来。环顾屋子，桌上有个空的啤酒罐，我就拿剪刀把罐子剪开，连剪带捏做出一个小小的夹子，然后慢慢伸进耳朵，终于把虫子给夹了出来。原来，是一只米粒大小的蟑螂。

现在想来，如果当时不那么累，就不会睡得那么沉。不然，怎么会连虫子爬进耳朵也不知道呢？温州人内部流传着温州人的几种死法：忙死、累死、撑死、饿死、气死、吓死、想死、怕死。以前我不理解，到了法国才一点点明白为什么会有这样的说法。

海外华人本就是奔着赚钱才选择背井离乡，为了赚钱就有了忙死、累死；也有人因为忙着赶工，顾不上吃饭休息，自然也就有了撑死和饿死；除了这些，还要忍受思念家乡的痛、怕被警察抓到被遣送回国的惊恐，所以才有了想死、吓死和怕死。有海外华侨专门写诗为证：“亲朋羡我已出洋，疑在天堂福祉长。十六工时谁耐得，艰辛差胜役囚场。”“地下车间不见天，机声轧轧伴尘烟。须知笔笔侨汇款，都是斑斑血泪钱。”

在巴黎的日子，除了忍受工作的繁重，还要时刻提防两类人：一个是邻居，一个是警察。担心邻居，是因为我们整天开着缝纫机做包，只要邻居嫌机器吵就有权投诉。一旦被投诉，不但生意没法做了，还会招来警察，所以我们都是加倍小心。为了让秀琴做工方便，也为了尽量降低噪音，我在房间做了一个小阁楼，大小刚好能放下一台缝纫机，秀琴每天就在这个小阁楼里做包，除了吃饭睡觉才下来。有一次，因为连续做包在缝纫机前坐得太久，整个身体都僵硬了，连阁楼的楼梯都走不下来。

而躲避警察就像是在做间谍工作。因为不知道警察什么时候会突然来检查，一颗心始终是悬着的，听到敲门声就会紧张。如果是熟人，来之前早就约定了暗号，必须跟约定的暗号一致，再确认是其本人才敢开门。如果听到陌生的敲门声是断然不敢出声的，须得停下工作，蹑手蹑脚走到门边，从猫眼看来人是谁。如果不认识，坚决不开门。这种感觉，像是每天都在上演谍战剧，身体分明就在自己家里，心却比做贼还要恐慌。

没有在国外做过“黑工”的人，可能无法体会被警察抓住的紧张。可怕的不是被抓到，而是被遣送回国，那意味着一家人的希望都彻底被断送了。那时候温州人出国，很多都是举家借债花费数十万出来的，在海外拼命做工，为的就是在一两年内快速还上钱。一旦被遣送回国，意味着不仅在国外赚钱的路断了，未来还有高额的负债，以当时国内的经济水平，要在短期内赚够十多万几乎是不可能的。所以，那时候经常有温州人到了机场就把护照扔掉或者销毁，一旦被警察抓到，也会因为无法确认身份而不能遣送。

我们的护照虽然留在身边，却也像是携带着定时炸弹，要藏在隐蔽的地方才可以。在那种极端的环境之下，只能考虑当下，连明天都不敢想，因为根本不知道明天会怎样。每天都很紧张，那是一种夹杂了辛苦、刺激、担忧、焦虑等种种滋味在内的感觉。我原本有一头浓密的头发，出国的第一年开始脱发。

而直到现在，秀琴最喜欢的事情之一就是数钱，不管是人民币还是欧元，只要数钱秀琴就会开心。我特别能理解她，经历了那样的日子，数钱是对过往辛劳的一种慰藉啊。没有吃过她吃的苦，又怎能理解她的幸福呢？旁人看到的往往都只是表面的光鲜，可是背后的辛劳又有谁知？

故乡与他乡

温州人中间流传着这样一句话：“走遍千山万水，尝遍千辛万苦，想尽千方百计，说尽千言万语。”

这千言万语，很多东西都能说清楚，却唯有一种东西是说不清楚的，那就是思念。思念是一种很玄妙的东西，人不能没有思念，只要活着，思念就断不了；到了海外，思念又演变为思乡。在国内思乡，即便相隔再远，周围的人终归跟你是一类的，思乡再苦你始终觉得碰得到、摸得着。可是出了国就不一样，因为地域的阻隔，情感也愈加强烈，又因为风俗、语言、文化的差异，将那思乡的无助渲染得更浓烈。漂洋过海的思乡像是没有根，思乡越浓，越觉得自己是个过客；越觉得自己是个过客，就越想逃离，可是偏偏逃不出去，像是被圈养在牢笼里。在那漫长的煎熬中，这头是家人在国内的等待，那头却是我们在海外的错过。

在法国的第一年，我被这种思乡之情苦苦折磨着。那时候电话费非常贵，100 法郎只够打两三分钟的电话，打一个 10 分钟的电话，500 法郎就没了，一天的包就等于白做了。所以，我们最多一个星期才打一次电话。电话一拨通，妈妈和儿子说个开头，我就赶紧回复：“好的，我知道了知道了。”他们惊讶地说：“我还没说完，你怎么就知道了？”他们哪里知道，打一个电话的钱挣得多么辛苦，我只是为了省钱啊！

那时候，大儿子正处于青春期，打电话回去总是听到他又跟人打架了，又不听话出去玩了。这样的消息听不到还好，听到了就免不了挂怀。父亲过世以后我经历的屈辱一生难以忘怀，我生怕因为自己不在身边，他们也要经历跟我一样心碎的童年。所有的信息落到最后，只剩下一个希望，那就是赶紧多做几个包，多攒点儿钱，换得合法身份稳定下来，然后接孩子到身边更好地照顾栽培。为此，我能做的只有加倍地工作、工作、工作，赚钱、赚钱、赚钱。

皇天不负有心人，很快，我们的订单量开始增加，单单靠我和秀琴已经忙不过来了。半年以后，我们开始请人帮忙。一年以后，靠着做包，我们赚了 20 万法郎（约 30 万人民币）。据我所知，其他人一年赚 10 万法郎已经算了不起。而我们来得晚，赚得却比别人多，那是因为吃了比别人更多的苦，也花了比别人更多的心思。

有一天，因为运气好买到了 8 包碎皮，大概有 100 多公斤。我仅有的工具就是一辆两轮手推车，这样的车子只能在人行道上走。巴黎的路面并不平坦，遇到上坡的路，要把车子拉上去是很费劲儿的，既需要力气还需要技巧。就在车被卡在路边的时候，我远远看到三个警察走过来。

“完蛋了，要被抓走了！”我飞快地想着对策，大脑却一片空白。我佯装镇定地推车，把所有的惊慌都化作力气使出来。警察越来越近，汗水不断流下，车子却纹丝不动。终于，警察走近了，他们三个来到我面前，合力帮我把车子抬上去，然后挥挥手走了。

我愣住了。如此帮助一个陌生路人，他们习以为常。这种人与人之间的尊重和平等，让我感恩，也让我向往。与此同时，另一种更浓烈的情绪又在内心蔓延，倘若此刻站在中国的土地上，又怎会担心出现在自己面前的警察呢？唯有漂泊在海外，无依无靠之时才会有这样的心情。所以说，金窝银窝不如自己的狗窝。

有了一定的积蓄，我们开始考虑身份问题。只有解决了合法身份，才能名正言顺地把孩子接到身边，才能正大光明地做生意，也才能坦然地走在大街上。不然，就算有再多钱，出国也没有意义。

就在此时，我们得到了西班牙“大赦”的消息。“大赦”是20世纪八九十年代欧洲国家推出的政策，目的是让非法移民合法化。“大赦”的推出有其深刻的历史背景。1989年柏林墙倒塌，1993年欧盟成立，1999年推出欧元。欧盟加快一体化进程的同时，也面临着严重的经济发展问题：一方面是经济增长缓慢，各国的失业率居高不下；另一方面是福利过高，老龄化加速致使本国的劳动力不足，很多工作没人做。与此同时，高福利和高收入对于想要进入欧洲的人群又有着巨大的吸引力，大量非法移民通过各种途径涌入欧洲。这段时间的欧洲被称为“移民的天堂”。

为了缓解非法移民带来的治安管理压力，也为了促进本国的税收和经济发展，欧洲国家不断推出“大赦非法移民”的举措，使得众多非法偷渡客摇身一变成了合法公民。我和秀琴当时着急出来，就是为了赶上7月12日意大利的“大赦”，无奈一路辗转抵达欧洲的时候，已经错过了这个日子，才滞留法国一年。如今猛然听到西班牙“大赦”的消息，无异于平地春雷，让我们惊喜交加。

为了早点儿获得身份，我和秀琴紧锣密鼓开始准备动身前往西班牙。我原以为那充满了海岛与阳光的国度，会让我们的梦想快速成真，可是我不知道，在西班牙等待自己的，居然是此生最大的梦魇。

第十二章　签证骗局

（1992年）

一番番春秋冬夏
一场场酸甜苦辣
敢问路在何方
路在脚下
……

——《敢问路在何方》

爬过边境线

1991年7月。

法国边境小城里昂。

在一个漆黑的夜，我再次上路。

这一次，要从法国边境沿着铁路，一步步爬进西班牙。

我们一行有四五人，一切能表明身份的证件，都已经留给了可信赖的人保管在巴黎。我们只要确保自己能带着身子，在半小时之内，顺利爬过从法国通往西班牙的铁路，就够了。

此时是深夜，是否会碰到巡警完全看运气。除此之外，还要避开高处的探照灯。一旦灯光扫射过来，要立刻趴下不动，必须保证自己的安全。所有人都是一根绳上的蚂蚱，只要其中一个被抓，其他人的未来也就没有指望了。上路之初，我就没想过会不会被抓住，抓住了有抓住的办法，抓不住有抓不住的活法，反正谁也不知道结果，那就先上路再说。这条路，并不如旁人想象的容易，但是也没有那么艰难。最难的其实不是在路上，而是迈出第一步的勇气。

决定离开法国的时候，很多人劝我不要走。理由很充足：第一，法国有熟人。华人在海外，最要紧的就是有熟人，有熟人才能有生活上的照应、生意上的帮衬，还有相互的慰藉。可是西班牙我一个人都不认识，做生意起步太难。第二，在法国，还没有听说有谁一年能赚20万法郎，这样的情况不常见。按照这个速度，我很快就能在法国拥有自己的市场和工厂，没必要再去陌生的国家重新打拼。第三，法国温州人众多。经过先来者的打拼，大家已经熟悉了这里的经商模式，也多少了解了当地的法律法规，做起生意来总是顺手一些。就算语言不通，仅仅是在华人中间做生意，也依然有机会。而西班牙华人太少（当时来自中国驻西班牙使馆领事部的官方数据是8000人），市场并未建立，信息互通和帮衬都太少，更不要说又是一种全新的语言，在那里做生意，是真真正正从头再来。况且身份的事，只要耐心等等，难保不会赶上法国“大赦”。只要愿意等，总是有机会拿到合法身份，完全没必要去新的国家冒险。

每个人的话都有道理，但是我的思考有些不同。

华人初到海外，第一件事是赚钱维持生存，第二件事就是解决身份。彼时，在海外解决身份，不外乎以下几种方式。第一，“大赦”。所在国出台了法规，赶着这个时机提交相关资料，是最容易获得合法身份的途径。第二，直系亲属担保。直系亲属申请家庭团聚，提交相关资料，帮助在国内或者已经在海外的亲戚获得合法身份。第三，技术劳工。类似于技术移民，对语言和技能要求都很高。第四，加入外籍军团，也就是温州人口中的“送死兵”。外籍军团的士兵通常都被派往最危险的区域作战，如果侥幸在参军期间没有赶上战争，也会被派往条件最恶劣的区域驻守。加入外籍军团的好处是津贴高，两到三年的服役生涯结束，就能拿到所在国的国籍。我有一个远房亲戚就是借此获得法国籍。第五，申请难民。抵达所在国家后可以递交申请材料，以难民身份获得为期六个月的临时难民证，之后再想新的办法。当时去往欧洲的华人，很多人用过这类方法，理由大多是躲避中国的计划生育政策，或者说自己在国内受到迫害云云。据我所知，有些人为了获得难民证，不惜夸大和扭曲事实。

理性分析之后，我认为：第一，法国没有“大赦”，什么时候会有我们并不知道，继续等下去怕是夜长梦多，且时间成本太高；第二，我们没有直系亲属在法国，亲属担保的路行不通；第三，技术移民条件不够；第四，外籍军团不但要求高，也更适合单身的年轻人，而我已经 38 岁且有了家庭，不可能用这种方法获取国籍；第四，难民身份只能解燃眉之急，并不能从根本上解决问题。更何况从心理上而言，为了获得一个身份，去对外人说自己国家的不好，我始终过不了心里的那道坎儿。

反观西班牙，首先，“大赦”能解决最重要的身份问题；其次，在法国，想要开一家自己的皮包店，单单转让费都要几十万甚至上百万法郎。可是西班牙并不需要，只需要支付店面租金和押金就好。再者，法国华侨众多，先来者已经扎好根基，竞争激烈。当时法国移民高达百万，据说华人就已经有 50 万—80 万人。在这几十万人中间，我算什么呢？可是西班牙华人不到一万，基本都只是做中餐厅，并没有拓展其他生意。这意味着西班牙的华人市场尚未培育起来，未来前景广阔。想到这些，我去意已决，退掉租来的房子，变卖了做包的机器，让熟人先带着秀琴提前进入西班牙熟悉情况，我之后赶到与她会和。

如果我能料到在西班牙办理居留期间经历的一切，也许我会重新做出选择。只是人生哪里有什么回头路，既然迈出了第一步，剩下的路也只能咬着牙走下去。到后来我才知道，让我摔得最狠的地方，恰巧也是让我最终崛起的地方。

西班牙被骗

20 世纪初，一个主要由山东人组成的马戏班从中国北方出境，沿西伯利亚一路卖艺西行，经俄罗斯、德国、法国等国家，大约在 1910 年进入西班牙。他们抵达西班牙后，发现当地的消费水平较其他欧洲国家更低，就选择定居首都马德里，但每年都北上到其他欧洲国家巡回演出。这是史料记载的最早移居西班牙的中国人。还有一种说法来源于民间口口相传，说最早进入西班牙谋生的中国人，是浙江青田阜山的陈显庭和山口乡朱地村的王廷祥等人，时间约为 1914 年。

1936 年，西班牙内战爆发前，当地华人最多时曾聚集 300 多人。内战爆发后，华人纷纷逃离。随后不久，第二次世界大战爆发，欧洲大陆焦土一片。大战期间，仍然留居西班牙的华人仅数十人，分散于马德里、巴塞罗那和瓦伦西亚。新中国成立不久，西班牙政府连续多年提供到西班牙修习天主教神学的奖学金名额，带来不少华人，不过以中国台湾的学生居多。这些人毕业以后，很多就留在西班牙，从留学生变成早期华侨。

1973 年，西班牙与中华人民共和国正式建立外交关系。1974 年，浙江青田人陈迪光先生成为新中国成立后，正式移居西班牙的第一人。陈迪光先生是西班牙移民历史上不可忽略的一个重要人物，他的到来，开启了西班牙的中餐生意。他的中餐厅也成为诸多中餐从业者的“黄埔军校”，在他的影响和帮助下，无数青田人发现了西班牙这块应许之地，也引发了青田人大规模移居西班牙的热潮。

迄今为止，西班牙居住的华人约有 30 多万，其中青田人有 20 万。陈迪光先生作为这样一个重要人物，深刻影响了西班牙的华人历史。只是谁也没有想到，若干年以后，他的女儿会成为我的二儿媳，我们两家居然成了联姻的亲家。命运不可预测，又岂是凡人能轻易猜透?

抵达西班牙以后，我和秀琴开始找人搭铺。那段时间从欧洲各国赶到西班牙的人很多，所有人讨论的话题都是如何通过“大赦”获得身份。大概花了半个月的时间，我们搞清楚了办理西班牙身份的方式有两种：第一种是申请老板居留，需要提交店面合同、营业执照、银行存款流水，以及老板计划书等多项材料；第二种是申请工人居留，找一家企业做担保，企业出具证明，和担保资料等一并提交，只要审核过关就能获得居留。我们初到西班牙，自然选择了材料要求更少、申请更容易的工人居留。我们计划申请到合法居留以后，就以家庭团聚的名义申请两个孩子出国。这样，一家人就能在一起了。

彼时，在西班牙办理“大赦”居留的律师事务所，还有代办人员已经有了一些。只要缴纳费用，提交基本材料，他们会帮忙补充材料、翻译资料，提交到移民局。像我们申请工人居留，事务所会帮忙找到拥有老板居留的企业，利用老板居留手中的工人名额，将二者匹配，就能帮助工人顺利申请到合法居留。

申请的时候，我提出跟秀琴分开办理，万一出现意外，至少确保其中有一人拿到居留。秀琴也同意我的想法，认为鸡蛋不要放在同一个篮子里，分开办理风险总能小一些。只是有时候真的是人算不如天算，因缘际会之下，很多我们认为的风险会被规避，但是不曾预料到的，又有可能发生。

秀琴的居留只花了 28 天就拿到了，远比我们想象的顺利，而我就没那么幸运了。我找的是一个名叫阿捷的代理人，他是北京人，曾在马德里留学，之前为不少人成功办理了居留，我也就放心地把钱和资料都交给了他，之后静等好消息的到来。

可是，一个月过去了，没有消息，去问阿捷，他说还在等；又一个月过去了，再问，他还是老话儿；三个月过去了，他说三到六个月都属于西班牙的合理审核时间。后来，我干脆每隔两三天就走路一两个小时去移民局门口排队问消息，可每次都是失望而归。

打发时间总得找点儿事做，可工作并不好找，因为赶上“大赦”，欧洲各国的华人都赶到了西班牙，找工作变得异常艰难。而且工资极低，在餐厅做洗碗工，一个月折算下来，人民币也只有 1000 元左右，完全不符合市场行情。遑论没有居留的人再去打工，会让风险加倍。这个节骨眼儿万一出了意外，就真的是功亏一篑。

为了排遣内心的焦灼，我常常去街上溜达，搭铺的 Lavapies 街区距离马德里市中心不远。走得多了，哪条路上有什么商铺，哪里的街区有空出来的仓库，哪个小巷有什么门店，都渐渐摸清了门道。不承想，这段无聊日子的消遣，却为我后来的生意做了铺垫。此是后话。

带来的存款越来越少，为了办理居留又不断往里搭钱。每天，我都等着阿捷会有好消息传来，可是每天都落空。这样的日子差不多过了八九个月。一天，阿捷约我去市中心的店里喝咖啡，我满心欢喜地赶到。

咖啡厅里，阿捷递给我一张支票。

我接过来一看，是 90 万比塞塔（约 5 万人民币），比我给他的 60 万比塞塔多出了一些。我不理解，问他："什么意思啊？"

阿捷说："这是给你的赔偿。"

我一听，坏了，居留没戏了，但还是不死心地问道："居留没办成吗？"

阿捷摇摇头："没办成，你拿这个钱找别人再办吧。"

"不能再想想办法吗？"

"不行了，办不了，你找别人吧。"说完，阿捷起身离开了咖啡厅。

等了这么久，拿不到居留的确让人气愤又失望。阿捷愿意赔偿，多少也算是对既往损失的弥补吧，我依旧心存感激。

第二天，当我拿着支票去兑换，却被银行告知这是空头支票，对方的账户里根本就没有钱。再打阿捷的电话已经联系不上，到处打听他的下落，所有人都说找不到，他就这样消失在了马德里。如果说什么叫五雷轰顶，恐怕那一刻就是吧。

居留没了，钱没了，时间没了，最重要的是，希望没了。

我和秀琴两人办居留花费了好几万人民币，半年的开销又是好几万，等待的时间没有任何收入，经济损失自不必言；而原本以为能在西班牙扎根，顺利申请孩子们过来团聚的希望，也生生被折断了。

想必阿捷也知道，他消失后，我是找不到他，也不能报警的。因为自己是一个没有身份的“黑户”，报警后，他未必能被找到，我自己却面临更大的风险。如果是自己做事不尽力遭遇失败尚可接受，如果是自己做了伤害对方的事情遭到报复也可以理解，可自己只是按照正常手续，想获得一个合法的身份，却平白无故被人欺骗，而且骗人的还是自己的同胞，此事又关乎我在海外的生存和全家的未来。我着实想不通，人性到底是有多么邪恶，才会做出如此伤天害理的事情？

既然找不到阿捷，我开始自己想办法解决问题。经过多方打听，我知道阿捷背着我，把我的工人居留挂靠在了一个叫小兵的中国人那里，让小兵成为担保我的老板，可小兵当时也只是在申请老板居留，并不具备为我担保的资格，这才导致我的居留迟迟办不下来。也是鬼使神差，就在阿捷消失后不久，小兵的老板居留顺利下来了。我托朋友老刘带我去找小兵，老刘是青田人，小兵也是，有老刘帮忙说话，兴许能让小兵继续担保我办理居留。

一进小兵的店铺，老刘就解释了前因后果，也向小兵提出了请求，没想到小兵的回答却出乎意料的直接：“那肯定不行！”

我们蒙了：“为啥呢？”

小兵也不多解释，就一句话：“不行就是不行。”

小兵的回答堵死了我的希望，我却坚持再说道说道，没想到小兵倒发火了：“谁知道是不是你拿着我的资料去给自己办居留，才耽搁我的老板居留这么久才下来。”

天地良心，我连一句西语都不懂，又哪里有本事拿到小兵的资料为自己所用呢？一切都是阿捷在背后操作，如今却让小兵怀疑起了我，我就是几百张嘴也解释不清楚。

看小兵态度坚决，老刘从中调和：“小兵啊，咱俩都是青田老乡，你看要不我把自己的居留和护照押在你这边，等阿龙的居留顺利办下来，你再还给我，这样你能不能放心一些？”

“我要你的护照有什么用呢？我不愿意蹚这浑水，还是免了吧！”小兵有些不耐烦。

“那你看正常办理居留多少钱，我就给你多少行不行？我把给事务所的钱给到你这里，只拿你的老板居留为我担保一下也行啊！”我想尽办法，试图获得小兵的理解。

“如果非让我帮忙办理，那就拿 60 万比塞塔吧。”小兵松了口，要出的价格却吓了我们一跳。

“正常办理居留也就 12 万比塞塔一个人，60 万也太多了吧？”老刘急着打圆场。

“咱们都是老乡，大家在海外都不容易，您今天帮帮我，我以后有机会一定能报答。60 万我眼下确实没有，要是按照正常费用，我想尽办法也给您凑出来，您看可以吗？”我赔着笑脸央求小兵。

“就 60 万，少一分都不行，而且要现钞。”小兵的态度越来越坚决，容不得再商量半分。

那一刻，我恨不得跪下来求小兵。只要他松松口，就是给了我一份在西班牙生活的希望，可是他没有。如果说阿捷的欺骗是第一重的打击，那小兵的拒绝便是加在雪上的霜，我内心的最后一点儿火苗彻底熄灭了。不仅仅是失去合法居留的希望，甚至怀疑起人性的善良。我不明白为何人心会如此险恶，人性能这么复杂。我的情绪长久沉浸在仇恨和愤怒中，仇恨别人的所作所为像垃圾一样染污这个世界的清白，又愤怒自己面对命运的捉弄居然如此无力。人啊，有时候看似强大无比，似乎能左右一切，可是倘若面对严酷的现实，力量又实在太过微小，真的不若沧海一粟。

几年以后，我已经在西班牙华人圈有了一定的基础和地位。很多人都找我帮忙，只要能做到的，我总是尽己所能去帮助他们。尤其是新来的华人，如果在办理居留方面有问题，一想到自己当初的经历，我总是毫不犹豫地伸出援手。有一天，小兵也来到我的店里，从他进门我就一言不发地盯着他。

他走上前问我：“你认识我吗？”

我冷漠地摇摇头说：“对不起，我不认识你。”

他默默地转身离开了。

我不知道他来找我，是为了尽释前嫌还是希望寻求一些帮助，或者因为别的什么。我不想知道，也没有追问，当初的那段记忆实在是太深太痛，我不愿意去回忆。

这么多年，身边始终有人劝我放下阿捷和小兵带给我的伤害，劝我不要再耿耿于怀，可是我做不到。放下是看放下什么，无关痛痒的伤害自然容易放下，但是要放下那些深入骨髓的痛却着实不容易。于我而言，如果放下了，就代表我原谅了这种人性的丑恶，容忍这种邪恶的存在，我做不到啊！疾恶如仇的个性非我所能掌控，伤天害理的事情更是无法被原谅和容忍，也不是所有的伤痛都能被时间疗愈。只要我还记着这件事，记着这两个人，就会成为一种提醒，提醒自己在别人身处低谷时，不是踩上一脚，而应该拉上一把。

惊魂法兰克福机场

西方人有句话，上帝为你关上一扇门的时候，会为你打开一扇窗。这句话的确不假。

我没有居留，不具备夫妻共同申请孩子出国团聚的条件，却意外认识了中国驻西班牙使馆领事部的负责人，他是长沙人。20 世纪 90 年代的西班牙，华人群里几乎没有长沙人。我当初为了出国的缘故，把户口迁到长沙，自己也能说几句长沙话，他便对我多了几分亲切。得知我计划为孩子办理护照用于家庭团聚，便帮忙很快给办了下来。

经过周密计划，我们决定：我暂时留在马德里继续等待居留消息；秀琴先回国，带孩子离开温州。秀琴购买北京到马德里的机票，两个孩子购买北京到巴黎的机票，三人中途在德国法兰克福转机，负责包送的人接两个孩子到巴黎安顿下来，秀琴回西班牙。然后，我们一家人再想办法在巴黎或者马德里会和。

真是应了那句“撑死胆大的，饿死胆小的”，所有的谎言背后必然存在风险，所有的冒险背后也存在失败的可能。我相信所有人都愿意走更安全更稳妥的道路，但是如果没有更好的选择，铤而走险就成了唯一能走的路。

计划商定以后，我们开始付诸行动。秀琴带着两本真护照和两个假居留证回国。到了上海，先是跟约定的熟人见面，顺利在护照上盖上入境章。之后返回温州，准备孩子的出国事宜，顺便教了孩子几句最简单的西语，以防海关查验。

从中国海关出境，一切顺利。意外在抵达法兰克福机场的时候出现了，之前约定来接孩子的包送人并没有出现，这是谁都没有料到的情况。两个孩子，大儿子李存萜当时 11 岁，小儿子李存哲只有 8 岁，秀琴的转机时间是六小时。就在这短短的六小时之内，秀琴展现了她惊人的冷静和聪慧。她迅速把两个孩子的护照拿到手，以防警察抓到他们以后，会根据护照信息把他们送回国。之后，她给两个孩子每人身上装了 300 美金，以备不时之需。又把若申在法国的电话和地址写下来，给了李存萜随身带着。与此同时，秀琴给我打电话说明情况，我和她分头打电话问人，问温州的家人，问我们出国以后认识的所有人，是否在德国有熟人。只要有，秀琴就先不回西班牙，想办法带孩子在德国安顿下来。

六个小时，是在不间断的电话里度过。无数个号码给过来，无数个失望的回答，不是号码错误，就是没这个人，所以只好再打下去。就在秀琴打电话的间隙，李存萜居然找到一个机会，翻过栏杆混出海关。关内，秀琴终于打通一个电话，说有一个远方表亲在德国科隆。跟对方确定可以见面后，秀琴把电话号码写下来交给李存哲，她打算不回西班牙，直接带着李存哲出关，找到已经出去的李存萜，三人再一起去科隆。

在法兰克福海关关口，秀琴和李存哲被拦了下来，因为当时的欧盟还尚未完全一体化，西班牙的居留证无法从德国入境，秀琴的闯关计划落空了。也是机缘凑巧，就在秀琴被海关拦下来的时间段，李存哲跟在一个高大的德国人身后，居然也混出关了。

此时，距离李存萜从机场出去已经过去了两个多小时。李存萜一直在找一条可以离开机场的路，但不管他怎么走，到处都是高速，无论如何也绕不出去，最后只好重新返回机场。命运的神奇之处就在于，在李存萜重新回到机场时，李存哲出关了。偌大的法兰克福机场，每天人流量几十万，他们兄弟二人居然在同一时间，抵达了同一个门，然后又同时看到了彼此。这种只会在电影、小说中出现的情节，就这样活生生出现在生活里，任谁也无法解释。如果不是苍天有眼、神明护佑，我实在想不出还能如何解释这种巧合。

兄弟俩开始在路边打车，一辆辆车子开过去，却没有一辆愿意停下来。兄弟俩一合计，估摸着人家嫌他俩是小孩，怕没钱。于是，李存萜掏出美金拿在手里。终于，有出租车停了下来，李存哲把纸条给对方，纸条上只有电话号码没有地址。司机把电话打过去，才知道要开 200 多公里路。科隆的亲戚说不管多少钱，请先把孩子安全送过来。与此同时，被拦在机场的秀琴依旧在拼命打电话。当她接到科隆的电话，说两个孩子已经在去往科隆的路上，她才转头踏上了前往马德里的路。当秀琴最后一个电话打来，听到消息的我瞬间泪水盈满眼眶。如果有任何一点点差错，我们都可能丢了孩子，那我就真的枉为人父了。好在苍天有眼哪！一个多月后，两个孩子被顺利带到马德里，我们一家终于在一起了。

很多年后，有人问秀琴，作为一个母亲，在法兰克福机场那么紧急的情况下，她是怎么想的。她的回答是：没有退路，已经在半路了，只有破釜沉舟。自己带着孩子的护照，警察不会知道孩子是哪里人。孩子身上有科隆的电话，有法国的地址，就算真的被警察抓到了，也只会根据地址把孩子送到德国或者法国。人在没有退路的时候，只能往前走，前面可能是万丈深渊，也可能是柳暗花明，只有走下去，才会知道。

1991 年到 1992 年，一年的时间，我经历了被同胞欺骗讹诈、领事部工作人员意外的帮助、妻子孩子的惊险出关、一家人的团聚。这一年，有悲有喜，有笑有哭。这一年，我经受最多的是等待和煎熬，最大质疑是自己能否成为一个合格的一家之主，最大考验是对人性善恶的拷问。这一年，因为办理居留，带孩子出国，不但花光了在法国赚的 20 万法郎，又重新欠了 30 多万人民币的债务。

我的人生，再一次走向负数。

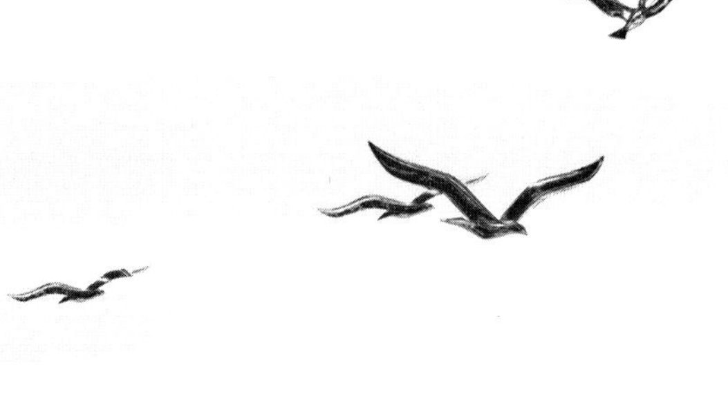

第十三章　倦客思乡

（1993年）

辛辛苦苦已度过半生
今夜重又走进风雨
我不能随波浮沉
为了我挚爱的亲人
再苦再难也要坚强
只为那些期待眼神

——《从头再来》

天堂还是地狱

1992年冬天，纽约长岛一个叫奥伊斯特贝的小镇，住着一个中国剧组，他们在拍摄一部名为《北京人在纽约》的电视剧。这部电视剧有一句非常著名的台词："如果你爱他，就把他送到纽约，因为那里是天堂；如果你恨他，就把他送到纽约，因为那里是地狱。"

同样是1992年冬天，我带着一家人，从西班牙马德里重新回到法国巴黎。香榭丽舍大街还跟从前一样人来人往，巴黎3区的店铺依旧繁忙，路边的咖啡馆里，法国人还在晒着太阳聊天，我的温州老乡们，依旧埋着头忙着赚钱。一切看上去都跟从前一样。可是一切，却都已经不一样。

一年时间，法国的市场环境已经有了巨大的改变。商人逐利是亘古不变的法则，前面的人走了，留下的空缺会有人迅速顶上，之前的老客户都已经有了别的供应商，不会再把订单重新给到我们。况且，我们既没有房子，也没有机器，就连买碎皮的钱都没有，完全无从起步。若是给人打工，秀琴好歹还有西班牙的居留，我却还是没身份的"黑工"，一样找不到工作。

秀琴的两个妹妹和一个侄子都已经在巴黎做工一两年，他们租了一间屋子，我们一家四口也跟着他们落脚。那是一间9平米的屋子，带一个小卫生间，还放了两台缝纫机、一张床。七个人挤在这样狭小的空间里，白天站着转不开身，夜里躺下挪不开脚。秀琴三姐妹睡床上，其余的人睡地下，头枕着缝纫机的脚踏板，脚就放在床底下。冬天虽然拥挤，倒也暖和；夏天就不行了，巴黎的夏天虽然不热，但是这么多人挤在一起，一宿过去也跟洗桑拿差不多。

房子的位置在巴黎的 Belleville，中文叫作美丽城。美丽城与巴黎市的 10 区、11 区、19 区、20 区四个区接壤，也是华人、阿拉伯人、非洲人和东欧国家移民聚居的地区。美丽城的中文名字很好听，实际情况却完全相反。这里移民众多，街区肮脏治安混乱，跟美丽一点儿都不沾边。不过，好在租金低，华人集中，在这里就算只是说中文也能生活。

每周二，美丽城会有一个叫作 Le Marché de Misère 的集市（中文直译“悲惨集市”）开放，中国人把集市叫作“麦山”。这里最初卖的是一些穷人捡来的破烂，后来就渐渐扩大到旧货、食品，成了一个甚至可以流通赃物的百货市场。每次集市收摊，有摊主会扔掉那些不太新鲜的菜叶。这时候，我就带着孩子们去捡，稍微好一点儿的先储存起来，坏得比较多的就择一择先吃掉。有时候，秀琴的小妹也会从自己工作的中餐厅带回不要的菜叶给我们充饥。

夜里的日子还好打发，一家人说说话总能很快过去。最难的是白天，孩子去上学，别人都出去工作，就剩下我一个人，独自面对空荡荡的房间，为了看不清的未来发愁。

一个周末，小儿子李存哲放假了在家里玩。八九岁的男孩子，正是最闹腾的年纪，我却嫌聒噪，一气之下把他赶出了家门。等到我想起来去找他，已经是几个小时以后。沿着美丽城的街道往前走，远远地，我看到他的身影出现在街角的栏杆上。他的对面是一家名叫华丽都的中餐厅，餐厅的红灯笼映照着他的脸，他坐在栏杆上一动不动，风吹着他单薄的旧衣服一晃一晃。他面无表情，像一尊小小的雕像。

我怔住了，巨大的悲凉漫上心间。父亲去世后自己受过的苦，像电影画面一样在我心里一一闪现。我曾经那么努力，就是为了最亲的人不要过跟自己一样的苦日子，却终究没能避免。

我很想跟他道歉，说一句我错了。可是，我错在哪里呢？错在赶他出门？错在带他出国？或者，错在根本就不应该出国？

什么淘金，什么梦想，无论巴黎还是马德里，不过都是富人的天堂，穷人的地狱。别人都说巴黎是浪漫之都，可是在我的眼里，只剩下悲惨。有钱人在香奈儿和爱马仕里纸醉金迷，桥洞下、长椅边、公园里也有那么多人蜗居；在食品店的垃圾桶旁，每天都有人在翻找食物……我这个异乡人误打误撞闯入这片土地，本想生根发芽撑起一个家，却被命运连根拔起被弃之一旁。也许，这本来就不该是自己来的地方。

我不敢问儿子的小脑袋里在想些什么，只是默默地擦干眼泪站在他身边，陪他看眼前的车流滚滚，看路人行色匆匆。没人注意到有一对中国父子就这样在巴黎街头伫立良久。直到夕阳一点点从街角隐没，我说我们回去吧。他跳下栏杆，我牵着他的小手回家。那一刻我才知道，人到中年，家庭责任不仅仅是陪伴，也是挑起压在身上的重担。面对困境，人实在太过渺小，就算心里有着巨大的力量和愿望，困难也不会立刻消失。

最难的时候，为了一家人有饭吃，我只好拉下脸面去找老乡借钱，但是被拒绝了。西方社会的个人主义，渐渐抹去了中国社会的人情味儿，漂泊海外的凄风苦雨，也让华人更在意先过好自己的日子，而无暇顾及他人。我理解对方的苦衷，只是自己的苦楚却无处倾诉。

人若没有经历过深入谷底的贫穷，又怎会对金钱产生巨大的渴求？我这一生，本不贪爱钱财，却几乎用尽一生的力气去赚钱，皆是因为那贫穷带来的苦楚凄凉实在太浓太深。我只希望借着金钱，获得生而为人本该有的自由和尊严。

既然他乡留不住，那不如回到故乡。我计划卖掉河口塘那两间大房子，多少能筹措一些资金度日，心里却又万般不舍。中国人有着浓厚的乡土情结，我亦不例外。从一穷二白到一砖一瓦建起真正属于自己的家，那不仅仅是一间遮风避雨的屋子，更是自己的根啊！留着老宅就是留着家，就算走得再远，也不过是从树上被风吹出去的种子，至少根还在；若是房子没了，家就真的没了。

国内的朋友们也劝我回去重新开始。那时候的中国，借着改革开放的春风正蓬勃发展，到处都是机会和梦想。有人愿意借给我资金，有人愿意借给我场地，还有人愿意出钱购置设备。万事俱备，就只差我人回去。我的心动摇了，挣扎、彷徨，一时拿不定主意。我决定去找若申商量。若申是为数不多可以交心的朋友之一，眼泪没法在别处流，只有在他面前才敢掉下来。

我说："日子过不下去了，我想回国。"

听我细述眼下的种种境况，若申只是说了一句话："阿龙，你别回去。"

"我已经走投无路了，不回去还能干吗？"

"如果你一个人在欧洲，家人都在老家的话，我会劝你回去，不要再受这份苦。可是，现在你们一家四口都在国外，按一个人 15 万的包送费，你们在这里就价值 60 万。如果回去，这 60 万就白白浪费了！"

人在最难的时候，支撑自己的可能就是一句话。恰当的人在恰当的时间说一句恰当的话，其力量远远超过这句话本身。与若申的见面打消了我回国的念头，也彻底改变了我的人生轨迹。

其实，欧洲既不是地狱，也不是天堂。日子要怎么过，还得我自己说了算。

一念天堂，一念地狱

一段日子，小儿子李存哲回家时，偶尔会带回一些零花钱。问他哪里来的，他说是阿华叔叔给的。阿华是我在西班牙办理居留期间认识的一位温州老乡，他在西班牙获得身份后返回了法国。在大家口中，阿华是个“混社会的人”。

生活在海外的中国人，大部分都是本分的生意人，起早贪黑辛苦挣钱。除了这些人，还有一个特殊的群体，被称作“华人黑帮”。

华人黑帮的历史最早可以追溯到150多年前，第一批华人在海外定居。因为地位低下，很容易被当地政府或者其他外来群体欺负，所以，自发设立“堂口”等组织自保；再后来，就慢慢演变成了黑帮组织。

黑帮全世界都有，只要有合适的土壤就会发芽，但华人黑帮的产生，却有着它的特殊性。华人虽然移居海外较早，但是早期移民的华人都不会说当地语言，不管在海外生活多久，很多人的水平都停留在最基本的打招呼和做生意的一些句子上。这种封闭性导致华人与当地社会隔绝，尤其是与当地司法隔绝，也缺乏当地公共资源的支持。既然无法融入主流社会，华人便在唐人街以老乡会、社团的方式实施自治。华人在海外从事的行业比较有限，而这些行业多以加工业和服务业为主，随着从事的人员越来越多，只能通过压价格、搞手段这些方法进行内斗，以“乡党”为组织相互敌视。久而久之，就滋生了黑帮。

还有一些华人在国内就是混社会的，到了海外，还是改不了秉性，吃不了苦便终日闲逛。既没有能力融入当地社会，也很容易被本分做事的华人群体排斥。前途无望，身上又背着为偷渡欠下的巨额债务，而做黑帮来钱快赚得多，通常做一票下来，几万到几十万人民币便可轻松到手，这些人渐渐就被犯罪团伙吸纳。

华人大多以开店为主，当地的无业游民或者小偷，会习惯性地去华人店铺偷盗抢劫，很多店主不堪其扰。这时候，华人黑帮会乘机让商铺缴纳保护费，以降低被偷抢的概率。有时候，黑帮也会给华人门口塞字条，内容简洁明了：“准备 × 万欧元，不然吃子弹。”或者是：“准备 × 万欧元，不然杀你全家。”如果店主不交钱，很可能面临被绑架或者烧店铺的危险；如果交了钱，那就意味着以后不断会有字条到来。还有狠心的黑帮会绑架孩子，让父母缴纳高额赎金，否则就撕票。

华人黑帮主要危害的是自己的同胞，其中最容易被盯上的是生意做得好的。生意做得越好就意味着钱赚得越多，也意味着缴纳得起高额的赎金。所以，这类华人最容易被绑票勒索。

因为华人圈子小，黑帮一旦盯上目标，就会通过收买目标对象的亲戚，或者假装跟他们聊天获取信息。时机成熟，就把目标绑过来安置到乡下的废弃工厂或房间，之后打电话给其家人，要求把钱打到国内的账户上，钱到账才放人。大多数华人受害并不愿意报警，一是怕遭报复，二是因为很多西方国家的刑事调查进展缓慢，效率极低，收费却很高，到头来可能损失的钱没有追回来，还白搭上一笔费用。况且，大多数国家的公检法部门缺乏了解华人内部犯罪的专业人士，再加上语言障碍，这也给流窜在欧洲不同国家作案的华人黑帮提供了便利，使得打击工作变得十分困难。

还有一个重要原因，许多华人本身就没有合法身份，也无法证明自己的财产、收入和缴税情况。即便有合法身份，为了避税，很多现钞都放在家里，一旦被偷抢勒索，并不敢说出实际损失。因为很难证明自己的财产来源，报警反而会给自己带来更多麻烦。所以，相比高调的黑帮组织，被害者显得更加低调。万一自己被绑架勒索的消息传出去，失了面子不说，更严重的是会让其他黑帮知道自己有钱，之后就会有黑帮源源不断地找上门来。

因以上种种缘由，华人黑帮始终猖獗。正所谓“杀人放火金腰带，修桥铺路无尸骸”。

阿华给钱的用意很明显，他希望我加入他们，成为其中的一员，甚至成为他们的老大。我从来没有问过阿华为何选中我，只是在思考了几个月之后告诉他：“我不能做。”

黑帮成员惨死的案例我听过不少。我曾在俄罗斯认识了一个华人，第一次见面我们还坐在一起吃饭，几个月后再去俄罗斯，他人不在了，我才知道原来他一直在黑道做事，已经在内斗中死去了。身在黑帮，被警察抓捕还有保释生还的希望，如果内斗，那就真的是刀口舐血，你死我亡。生命原本脆弱，一旦跟黑帮扯上关系，只会变得不堪一击。

是否加入黑帮，是我此生面对的最大诱惑之一。机缘和欲望驱使我走到了这一步，江湖的杀伐决断、快意恩仇是我性格中潜藏向往的部分，巨大的金钱收益能切实解决问题，也是我眼下所需。只是人生没有回头路，一旦踏上去，给自己、给家人以及其他家庭可能造成的伤害，都是我承担不起的。如果仅仅是为了金钱，就去伤害自己的家人和同胞，这个道德底线我无法逾越。真正的强者，应该是愿意为弱者牺牲，哪怕我此刻没有能力保护别人，至少还能做到不伤害他人。心中本有的这些善念，像根一样生生牵扯着我，让我没有误入歧途，也让我把自己看得更清楚。

人这一生无法躲避诱惑，越是在艰难的境遇里，诱惑对人的考验就越大。抵御诱惑的能力，决定了每个人可以走多远。如果没有过挣扎，我不会知道自己内心其实也有恶的部分；如果没有过拒绝，我也不会坚定人还是应该正直善良。人这辈子最需要清醒的就是做选择的时候，选择有大有小，有对有错。大和小可任选其一，因为影响的是自己；对和错却只能二选一，因为影响的是别人，选错了甚至可能走上不归路。直到现在我都庆幸，这辈子最明智的选择之一，就是没在巴黎加入黑帮。如果选错了，便不会有此刻的我。

200 法郎和一杯咖啡

我这一生，虽不信什么天地鬼神，却一直对生命怀着某种敬畏。我也总是相信，只要不丢了人的本真，冥冥之中自有神明护佑。

一个周末的早上，吃过早饭，所有人都去做工了，家里只有我和两个孩子。厨房已经空无一物，我们也是身无分文。秀琴出门前叮嘱我们仨忍一忍，晚上就带钱回来给我们做饭。枯坐在家里，钱也不会掉下来，若是出了门，谁知道会遇到什么呢？于是，我便带着孩子离开家，往中国食品店的方向走去。

我们三个人就那样一路溜达，从美丽城走到了共和国广场。快要抵达广场上自由女神像的时候，突然刮来一阵风，一张纸从天而降，不偏不倚落到我们脚边，居然是一张 200 法郎的纸币。小儿子李存哲眼疾手快，一脚踩住钱，然后看着我。我前后左右四处观察，想看看钱是哪里来的，可是周围一个人都没有，偶尔有过路的行人，也不像是丢了钱的样子。中国有句老话“谁的钱也不是大风刮来的”，但是这 200 法郎还真的是大风给刮来的。站在原地等了一会儿，确实没有任何人过来，于是我俯身捡起钱，带着孩子往食品店走去。

那天，我们采购了好几天的食材，又在秀琴下班之前做好了饭等她。一进门，秀琴傻眼了。

她问：“哪里来的钱？”

我说：“天上飘下来的！”

两个儿子争先恐后汇报当天的奇遇，一家人笑作一团。那顿饭，也成了我们在巴黎吃得最开心的一顿。那 200 法郎，解决了我们好几天的伙食。最重要的是，因为这 200 法郎，我们一家人更加深信“天无绝人之路”。未来不管遇到多大困难，这件小事都成为帮助我们渡过难关的一个重要支撑。

巴黎的春天很短，很快夏天就到了，爱美的巴黎女孩戴起各种各样的发饰。有温州老乡拿碎布做扎头发的绸花，之后再卖到店里，虽然赚不了大钱，但是应付一家的饭菜开销还是可以的。做绸花不像做包那么复杂，只要买两个回来研究一下，很快就能做出类似的产品，而且原材料也无须购买，只要去服装厂附近的垃圾桶捡边角料。暑假，我就带着两个孩子一起去捡绸布。

有一天，我们正在垃圾桶翻找碎绸布，远远走来一对河口塘的老乡。也许是怕我难为情，他们看到我就赶紧转头，装作没看见，想要离开。倒是我，放下碎布追过去说：“你们别走啊，我只是在捡碎绸布料，你们干吗转过去呢？我没偷没抢，我不难为情，你们也别怕我没面子。”几句话说得他们倒不好意思了，邀请我说：“一起去喝杯咖啡吧。”

巴黎的咖啡文化非常盛行，咖啡店遍布大街小巷。据说，仅仅是巴黎市区，大大小小的咖啡馆就超过 12000 间。树荫下、马路旁、广场边、河岸上，以及游船上、临街阳台上，甚至埃菲尔铁塔上，不管你走到哪里都能看到咖啡馆。一杯小小的咖啡能让法国人在咖啡厅里泡上半天，谈生意，见朋友，看书，晒太阳，看街边走过的时髦女郎，这些都是法国人去咖啡厅的理由。露天咖啡座是最受欢迎的地方，法国人喝咖啡讲究的不是味道，而是环境和情调，那代表的是一种韵味和浪漫。只是这种享受生活的惬意，很少与中国人有关。

在海外打拼的华人，大多来自南方乡村，从小喝着茶叶长大，连咖啡是什么都没有听说过，更喝不惯那中药一样的苦涩味道。尤其是对于出国不久的华人，找到赚钱的生存之道是第一要务，有喝咖啡的钱和时间，还不如埋头多做些衣服和包，多赚几块欧元来得实在。已经有了一些经济基础，或者在当地生活多年的华人，在慢慢接纳西方的文化之后，会像法国人一样，偶尔坐在咖啡厅会会老友，谈点儿生意。但很少有华人像法国人一样，在咖啡厅无所事事坐上半天。我与老乡是在街头偶遇，既然搭了话，就不如顺便去咖啡厅坐坐，总好过站在街边聊天，或者去对方家里叨扰。

坐在街边的咖啡厅里，我说："我正大光明地赚钱，心里自在坦荡，你们着实不必替我难过。人生起起伏伏，总有高潮和低谷，只要我没有看不起自己，别人就没法看轻了我。既然是老乡，不管什么时候碰到，希望我们还能一起喝咖啡。"我的一番话，打消了他们心里的顾虑，也让他们对我又多了几分信任和了解。而那杯咖啡，恐怕是我此生喝过的最美的咖啡。

此后的很多年，每次行走在巴黎街头，我总会想起那杯咖啡。2017年7月的一天，我一个人坐在巴黎街边的咖啡厅，为自己写下一段话："巴黎，著名的浪漫之都，我曾在这里留下太多回忆，每每想起总是有太多情绪。人生中能有一座城有自己的故事也不失为一件美事，至少还能来这里喝喝咖啡，想想往事，那些或苦或甜的经历，便也悉数值得。"

就在我以为生活看不到头的时候，西班牙传来消息，我在西班牙的居留拿到了。

生活，真的为我打开了一扇窗。

第十四章　铤而走险

（1994年）

看着我没停下的脚步

已经忘了身在何处

谁了解生存往往比命运还残酷

只是没有人愿意认输

——《无间道》

西班牙“大赦”

我看过一段新闻报道，有个温州人出国以后在荷兰刷盘子，整整刷了八年，因为没有居留，连厨房都没出去过几次。凭着这八年刷盘子的辛苦，他在 20 世纪 90 年代攒了近一百万人民币。回家先是修缮了祖坟，又新修了房子，还买了好车。八年暗无天日的时光，之后他摇身一变，成了当地人羡慕的华侨。这样的事，在外人看来也许不理解，在温州极为普遍。在温州，没人在乎出国的人在海外怎么赚的钱，在乎的是回来是不是风光。

1992 年 8 月，我出国以后的第一次回家，却是摸着黑从后门进入的河口塘老家。那时候，距离我拿到合法身份已经过去了几个月。1992 年，巴塞罗那奥运会前夕，西班牙进行了新一轮“大赦”，赦免了境内 300 万非法移民，获得合法居留的华人有 10 万人，我便是其中之一。至此，折磨我一年多的居留证难题终于解决。

欧洲的“大赦”政策，曾影响了几代人的命运，这其中自然也包括我。我不是一个关心政治、很在意外在环境的人，总觉得只需埋头做好自己的事情，其他与我并不相干。时日久了，才发现并非如此。正所谓“不识庐山真面目，只缘身在此山中”，身在其中的时候很难看清事实，等到离开身处的环境，站在外围去看，才发现历史的脚步深刻影响了每一个个体的命运。在历史车轮的前进中，每个人都是推手，或者被推着前行。不管你是否情愿，无一幸免。

1992 年 8 月，拿到身份的我，开始重新谋划未来的路。既然身份问题已经解决，一家人至少能坦坦荡荡走在大街上，能在别国的土地上安身立命。眼下要紧的事是怎么还债，让家人尽快过上正常的生活，为孩子挣个好前程。

彼时，西班牙的华人因为几次“大赦”渐渐多了起来，生意基本都集中在开中餐厅、做装修、开理发店和小商店。所有这些我都不擅长，想做生意却没钱也没资源。既然海外生活暂时陷入僵局，我打算先回国看看。

人这一生，出走容易，带上激情和梦想就可以。哪怕前路艰险，但至少在苦难真正来临前还有那憧憬支撑自己。回归却不易，回归时背负的故事只有自己最清楚其中的苦辣酸甜。第一次回国，我花 200 多人民币买了一身最便宜的西装，选了一张最廉价的机票，独自一人踏上回家的路。古语云“富贵不归故乡，如锦衣夜行”，我既然落魄还乡，便也只能夜行。

从回国那一刻开始，我就在寻找一条路，一条能让我们快速还完那 30 多万元的债务，从此过上正常生活的路。我遍访所有亲朋好友，也走了很多地方，终究毫无所获。如果重新办工厂，从筹备到盈利至少要两三年时间，那就意味着一家人要再度分离。如果去给别人做技术工程师，哪怕工资再高，也顶多维持一家老小的生活，用来还债远远不够。重新做买卖更不现实，生意要做好，需要时间和口碑的累积，可是几十万的债等不了那么久。

走投无路的时候，在上海做陶瓷生意的亲戚给我支了一招儿。

他说：“如果你着急用钱，我们可以合作。”

“怎么合作？”我以为抓到了救命稻草。

“我借给你 10 万块钱去进货，回来你把货物 8 万卖给我，那 2 万就当作我借钱给你的利息。”

“之后呢？”

“之后我再给你20万，还去同一家进货，回来16万卖给我，4万是我的利息。这样反复操作几次，等到进货数额逐渐加大，你和进货厂家也熟悉之后，你就去进100万的货，但是一定要赊账。回来你还是把货给我，卖出去的钱我给你80万，剩下的20万是我的利润。之后你就拿着这80万去欧洲，再也别回来，那样厂家找不到你，你和我都赚钱了，亏损的只是厂家。”

“你要我去骗人啊？拿80万卖断在中国的路啊？那太便宜了，不要说80万，1000万我也不卖。用这种手段赚钱，不是我李汝龙做的事。”话说出口，我为自己感到悲哀，也为对方的想法感到气愤。如果尚有别的出路，何须听他人出这样的主意？对方的头脑灵活至此，有多少人会被坑害呢？只是我没想到，未来漫长的人生中，自己恰好是被他坑害得最惨的一个。

我这辈子最庆幸做对了两个选择，第一是没有在巴黎加入黑帮；第二是没有卖断在中国的路。老天从天上飘下来票子让我吃上了饭，孩子们在机场虎口脱险一家团聚，走投无路的时候我又获得了梦寐以求的身份，我有理由相信天无绝人之路，只要自己行得正走得端，老天总会给我一条出路。我要做的不是偏离轨道，而是待在自己的轨道上，擦亮眼睛寻找机会。

终于，我找到了。

做“包头”

人生第一次摸枪，是在十五六岁的时候，那次是被人叫去做了一夜的红小兵。别人发给我一把老式步枪，要我扛着它守护河口塘的粮仓，当时那是造反派的驻地，我的任务就是夜里站在桥头值岗。

那天枪里装了子弹，只要拉动枪栓扣动扳机，子弹就会射出去。我抱着枪来来回回在桥头转悠，提心吊胆战战兢兢，生怕有人突然出现。万一真的开出一枪，那后果非我所能想象。傍晚上岗的时候，街上偶尔还有人走过，等到深夜天完全黑透了，就只剩下我和那杆枪。白天，那里刚刚有过一场激烈的交火，没人知道敌人什么时候来偷袭。四五月的浙南天气阴沉又湿冷，我穿得也单薄，又冷又怕，只盼着时间赶紧过去，天早点儿亮。好在那一夜什么都没有发生，那把枪终究只是充当了摆设。可是真枪实弹的感觉，就此烙印在我的心里。

人生第二次摸枪，是在 1992 年，在我 39 岁的冬天。为了做“包头”，我又一次拿起了枪。

人们都说温州人的足迹遍布世界各地，实际上在整个温州地区，出国人数最多的地方就是我出生的仙岩，和距离仙岩只有 3 公里的丽岙。这两个乡镇也被称为温州最著名的侨乡。据我所知，截至 2019 年，仙岩街道常住人口 4.5 万人，超过 2.5 万人分布在海外 28 个国家或地区。一个小小的乡镇，超过一半的人身居海外，这与仙岩和丽岙特殊的风土人情脱不了干系。

1992 年的中国，农民人均收入只有 784 元（数据来源：中国经济网历年统计公报）。可是在仙岩和丽岙，给儿子娶一房媳妇的彩礼，前前后后就要花费十多万，远远超过人们的承受能力。若是为了婚嫁开支去借这么一大笔钱，通常很难借到，但是为了出国去借就容易多了。只要能顺利出去，这些钱不消一两年就能赚回来，甚至还能带出去更多亲戚。出国在当时的温州就像是一种投资，是一笔相当划算的买卖。况且，一旦身份成为华侨，再回到老家找媳妇就容易多了。只要放出消息，媒人就会让女孩子排着队送上门。更有甚者，把消息透露给远在上海的亲戚，他们会坐上一天的轮船带着女儿过来供挑选，那架势就跟皇帝选妃一样。

再者，20 世纪八九十年代欧洲不断推出的“大赦”政策，也为想要出国的人提供了便利。像我当初被 90 万的存款震惊了一样，我的很多温州老乡，亲眼看到早先出去的海外华侨拿着大笔资金，又是建高楼又是修祖坟，还修桥铺路翻新祠堂，光宗耀祖，而自己在老家谋生，可能辛辛苦苦十年都比不上出国的亲戚在欧洲的厨房切一年菜。所有人的神经都被挑动着，热血因为这巨大的贫富差异而翻涌奔腾。每个人的想法都一样，如果别人能赚钱，我凭什么不能？ 1990 年到 2000 年的浙南地区，一直都流传着“改变现状，一定要出国”“一人出国，全家光荣”的口号。在这浩浩荡荡几十万人的出国大潮中，依靠“包头”出走是最普遍的方式。

在温州，通过包头出国，又叫作“被包出去”或“黄牛背出去”。包头的出现，有历史渊源，也有现实因素。早在 20 世纪 30 年代，依靠包头就是温州人出国的主要途径，那时的费用是 300—500 银圆。20 世纪 80 年代，费用已经从五六万上涨到十多万。20 世纪 90 年代，包头和想出去的人就像是 20 世纪 70 年代的“投机倒把”，双方都有诉求且各取所需，故而也就屡禁不止。人们挤破脑袋想要出去，找到好的包头却不容易，因为能满足条件的包头实在太少了。

通过这种方式出国，路上危险重重。且不论会被当作违法分子抓住，就算侥幸不被发现，因为路途遥远，语言不通，环境也不熟悉，总是听说有人在路上死了，有人在路上失联了，有女性被霸占怀孕了，等等。消息传来，遇难者家属会哭天抹泪地悲伤一场，却丝毫不会动摇人们的决心，想要出去的人依旧前赴后继。在这样艰险的境遇之下，如果不骗人，不伤害人，还能安全护送客人抵达目的地，就是大家眼里“有良心，有办法”的好包头。

我之所以能做包头，一半是客观因素，一半是主观意愿。在外人眼里，我在海外只一年就赚了别人好几年的钱，在海外两年就成功把两个孩子带到欧洲而且获得了合法身份，这在出国的人群中不常见。有些人出国十多年依旧在打“黑工”，带出家人至少也要三五年，而我却走得比别人快了许多。加上此前在河口塘积累的口碑和人脉，如果我做包头，大家自然信任。而在我眼中，遍寻出路之后，也只有做包头能让我在短期内快速还清欠债，这是最适合自己的路。

还清欠债

我和秀琴出国的1990年，“中匈互免签证协议”尚且有效，可是从1992年1月起，匈牙利对中国公民恢复签证要求，借道匈牙利去往欧洲的路就这样断了。

就我所知，当时温州人的出国路线有三条。第一条是南线：经云南、泰国、尼泊尔、中东到南欧。走这条线路，要先从云南偷越边境抵达缅甸或者泰国，之后买来真护照，再贴上自己的照片，在当地办签证。因为中间要爬山还要穿越森林，森林里难免有蚂蟥、蛇、虫子、毒蜂，很多人就这样死在森林里，连尸骨都找不到。

第二条是东线：经南美进入美国。一般需要出发前拥有真护照，再找当地的华侨开具担保书，之后拿着担保书去办理签证。这条线以福建人居多，温州人大多选择去欧洲，很少选择这条线路。

第三条是北线：从哈尔滨抵达俄罗斯，经过乌克兰到匈牙利，之后进入意大利或者巴黎。因为温州人前往最多的国家是葡萄牙、西班牙、法国、意大利、荷兰等欧洲国家，所以多选这条路线，这条路线也最为成熟。对于出国者而言，无论哪条线路，花费的钱是一样的。很多人在出门之前都不知道自己会走哪条路，能不能活着到达，很多时候完全看运气。

因为是第一次做包头，我选择了更成熟的北线，只带五个人出去，每个人 12.5 万元。在收取定金之前我就告诉客人，自己已经打点好了一切，他们只需要耐心等待证件齐全便可以上路。但实际上，从放话到收钱，我完全没有任何门路，就是想疏通关系也不知道该找谁。只是开弓没有回头箭，既然开始了，就要想尽一切办法把这笔生意做成。

收了定金，我就去哈尔滨找门路，在那里泡了五个月，天天跟人打台球、聊天、打牌，只是为了找到一个靠谱的接头人让我顺利带人出去。那些日子，我不敢给秀琴和孩子们打电话。30 块钱只能打一分钟，若是省下这个钱，我就能给疏通关系的人买一包烟。更何况还有顾虑，若是他们因为害怕而阻止我做包头，那么还清债务的日子便更加遥遥无期。我也不敢接电话，怕客人催问情况怎么样了，到底什么时候出发。白天，我还要表现得泰然自若，在润物无声中找到自己想要的线索，否则，很容易暴露身份和目的。

那段日子我认识了一个人，他天天找我聊天、打台球，因为聊得投机，我便毫无保留地向他诉说了自己的真实状况。原是因为信任，也是因为着实压抑得太久，把对方当作兄弟倾诉一场，将眼下自己遭遇的困难悉数说与他听。不承想，在我说完真话的第二天，便再也没有见到这个人了。

自此，在任何状况下，我对旁人都加倍小心，绝口不提自己的现状。只因世人的目光往往短浅，你若是光鲜亮丽，哪怕说假话他人也愿意信服；你若是落魄潦倒，纵有天大的能耐也会被人看轻。所以，我这一生从不轻易呈现自己的软弱，倒不是担心落人口舌，而是为了最大限度地为自己争取机会。

终于，在哈尔滨蛰伏五个月之后，我得到了想要的线索，路上的关系被我彻底疏通，我通知大家上路。

第一站是从温州到哈尔滨。在哈尔滨停留期间，我和接头人驻守酒店保障他们的安全。准备出关的时候，我火速离开酒店去附近的电话亭等候，接头人会告知我能否顺利出关。这个电话不能在酒店接，因为一旦留下痕迹，风险就太大了。公共电话亭是最安全的地方，那里查不到是谁接打的电话。得知他们从绥芬河顺利出关的时候，我松了第一口气。

从哈尔滨到莫斯科，坐火车需要一个星期。在此期间，我又从哈尔滨去了北京，远程指挥莫斯科的接头人，告诉他们车次、抵达时间，还有人数等详细信息。在他们抵达莫斯科的前一天，我先到当地跟接头人会面。这些人安全抵达莫斯科的时候，我松了第二口气。

为了让下一个接头人安排好后续抵达巴黎的行程，这些人要在莫斯科停留一个星期。在莫斯科停留的第一天，进了住宿的地方，我立刻告诉接头人："这里不安全，要赶紧换地方。"

接头人不理解："为什么？"

虽然是第一次踏上这条路，但是我知道从俄罗斯去往欧洲的路上，做包头的人有很多，利益大，自然竞争就激烈。一旦有包头发现有人从国内被带出来，他们就会在半路把人截走，这样既规避了自己带人出关的风险，还能把剩余的钱捞到手，是典型的"黑吃黑"。拦截方法有很多，可能是去车站，也可能是去住所。所以，每一个包头对自己的信息都要严加保密，不能走漏半点儿风声。我的接头人之前就已经住在这里，早就留下了蛛丝马迹，如果让客人也住在这里，很容易暴露目标。

那一夜，留了一个接头人驻守，我带着客人和另一个接头人去了别的住所。第二天我们回到这里，看到接头人头上绑着绷带，额头还有血渗出。果然，昨晚有人来抢人，发现客人已经转移，对方就拿枪托"教训"了他。我为自己又逃过一劫而庆幸，一念之间，我的第六感居然拯救了这次行动。

在莫斯科等消息的那个星期是寒冬腊月，快到中国的春节。莫斯科每天都是漫天飞扬的大雪，因为怕别人再来抢人，我每天都躲在住所不敢出门。有一天，当地的一个接头人说开车带我出去转转。为了不暴露身份，我把自己从头到脚裹起来，全身上下只露一双眼睛。至少从外表看来，没人能认出我是中国人还是当地人。从门口到车里的距离我一路飞奔，生怕有人知道我的身份。在那次短暂的出行中，我第一次见到了莫斯科红场，远远看到了克里姆林宫，那是我对莫斯科最初的印象。到了夜里，我的情绪更加紧张，因为不知道别的包头什么时候会来，我和接头人的枕头下都压着一把冲锋枪，睡觉几乎不能合眼，随时准备翻身跟人搏斗。

1993 年大年初一，客人顺利抵达巴黎。当我在莫斯科收到全部款项，才彻底松了一口气。大年初二，我给秀琴和孩子们打了一个电话。此时，距离我离开西班牙回国已经整整半年。至此，除了还掉那 30 万元的债务，我们的卡上还多了 1 万多美金的存款。当债务真正从身上卸下去的时候，我才知道什么叫作“无债一身轻”。有些担子背在身上的时候未必觉得有多重，只有把它卸下去的时候，才知道自己变轻松了。

迄今为止，我都不知道自己是哪里来的勇气，不会语言，生生把客人带出了国门。一路上要负责他们的安危，安抚他们的情绪，提防其他包头袭击，还要保证每一站的接头人不出岔子。

人啊，但凡能有更好的选择，谁愿意踏上危险的旅程？但凡可以平安地活着，谁又愿意以命相搏？我不知道有多少人会把日子过得如我这般颠沛流离，好像永远不知道明天在哪里，又好像一直期待着那未知的明天会变得更好。我很庆幸，一直以来不管境遇多么艰难，心里都有一个声音告诉自己：“你可以突破眼下的困境，你一定能够走出来。”正是这种力量支撑我走过无数的沟沟坎坎，一路走到现在。

逃离巴黎

《资本论》有一段非常经典的话：“如果有 10%的利润，资本就会保证到处被使用；有20%的利润，资本就能活跃起来；有50%的利润，资本就会铤而走险；为了100%的利润，资本就敢践踏一切人间法律；有300%以上的利润，资本就敢犯任何罪行，甚至去冒绞首的危险。”也许人性真的经不起考验，当巨大的利益摆在面前，不为所动并非易事。如果恰好又有迫切的需求，铤而走险就会成为很多人的选择。

初战告捷，让我尝到了做包头的甜头。我打算再来一次，也是最后一次。我知道人不能贪，做包头虽然不同于黑道的贩毒、杀人越货之类，但是也难以划归到正规良善的职业，遑论还是一个提着脑袋走在刀尖上的活儿，任何一个人若遭遇生命危险，我定然无法承担后果。我很清楚，第一次做是为了还债，第二次做只是为了积累未来创业的资本。不管是赢是输，我都会就此收手。

因为有了第一次的成功经验，第二次的人很快就找齐了。这次我带了七个人，收费折合人民币将近90万，足够我开始新的生意。一切都进展得十分顺利，意外出现在客人抵达巴黎之后。

意外发生的前一天晚上，我做了一个梦。梦里，我坐着一艘巨大的船航行在海面上。突然，风平浪静的海面开始变天，狂风暴雨袭来，海面漆黑一片，大船一点点向着海底沉下去。不管我怎么努力，也无法阻止它的下沉。这时，一艘小救生船行驶过来停在大船边，我在慌乱中坐着小船逃走了。

早上醒来，我隐隐感到大事不妙。

抵达巴黎是客人的最后一站，这次的接头人是我很信赖的一个亲戚。只要他接到客人，把客人送到要去的地方，我就能收取费用从此收手。事实证明，并不是每个人都具备在关键时刻应对挑战的能力和勇气。亲戚的确答应得很好，等到客人抵达的时候，他却并没有出现。

兵贵神速，在千钧一发之际，任何变故都会带来风险。这批客人下车后，正在为找不到接应人而慌张。恰在此时，有别的包头安排的接应团队在现场，顺手就把客人给截走了，费用也悉数打进了他们的账户里。对方未动一兵一卒就悉获渔翁之利，我忙活了几个月，却最终一无所获。

原来，梦境的意义在这里。

当我在马德里得知客人被截胡的时候，距离事情发生已经过去了好几个小时，再无任何补救措施。根本没有时间愤怒和抱怨，得知消息的瞬间，我立刻打电话给秀琴，让她火速带着孩子逃到西班牙。

在欧洲做这事都极为低调，一方面是要规避法律上的风险，另一方面是要避免被黑帮盯上。黑帮也知道做这事赚钱多，会不择手段地敲诈勒索。我第一次成功带人之后完全不敢声张，对所有人都千叮咛万嘱咐，千万不要说是我带出来的。而这一次，因为别人乘虚而入，不但劫走了钱财，也走漏了风声。我必须让秀琴和孩子赶快离开法国，否则，黑帮很有可能绑架他们再来敲诈我。

接到电话的秀琴没有犹豫，胡乱收拾了几件重要物品，就从家里飞奔去了学校。接到孩子，他们甚至没有回美丽城的家，更没有时间去跟建华、秀玲告别，就那样从学校赶到车站，买了巴黎开往马德里最近一班的火车，迅速逃离巴黎。

法国我是暂时回不去了。

无论情愿与否，命运选择了让我们一家留在马德里。我未来三十年的时光，便都留给了西班牙。

第十五章　一飞冲天

（1995年）

外练筋骨皮

内练一口气

刚柔并济不低头

我们心中有天地

——《中国功夫》

开店

Lavapies 街区，位于西班牙马德里中心地带，距离市中心 Sol 广场不到两公里。这里有马德里皇家歌剧院，有西班牙电影资料馆，有露天开放的演艺广场，还有来自世界各地的人开的酒吧和餐厅。这是马德里的文化商贸中心之一，也是马德里的移民聚居地，来自葡萄牙、马格里布、中非、法国、巴基斯坦、印度、塞内加尔和南美洲的各类商贩，聚集此处做着小生意。尤其是每周日的 El Rastro，是西班牙最受欢迎的露天跳蚤市场，也是欧洲最大的二手市场，中国人叫它“海盗市场”。市场提供各种新旧商品，包括服装、家居用品和古董，既带动了周边的店铺销售，也吸引了诸多流动商贩。

两年前，我在西班牙办理居留的时候，曾无数次行走在这个街区。我知道巴基斯坦商店和印度水果店隔着几家店铺，我也知道从非洲餐厅到意大利比萨店需要走几个街区。每周日非洲商贩会带着各种廉价皮包来摆摊，西班牙店主会在门口摆上淘来的古董。在这个繁华的商业街区，我看到来自世界各地的商人，可是中国人的店铺只有两家，一家是台湾人在做徽章，另一家是温州人在售卖打火机。至于其他华人生意，就再也没有了。

再一次回到西班牙，走在熟悉的地方，我决定在 Lavapies 街区开一家箱包店。这一想法源于在法国的经验。

法国是欧洲时尚之都，在当地流行的也必然走向其他国家。西班牙和法国文化地缘接近，法国的服装箱包市场已经非常成熟，可西班牙在这一领域却是一片空白。如果把法国的经验复制到西班牙，前景必然广阔。

当秀琴和孩子们从法国逃到西班牙，我带他们找到了张清。张清是我在西班牙办理居留时认识的华人，他的妻子阿云是越南华侨。夫妻二人在距离 Lavapies 几站地的 Marques de Vadillo 附近经营一家书店。我们一家租住了书店的阁楼，作为暂时的栖身之所。

书店旁边有一间半地下室，我们租下来作为箱包生产作坊，又托人把留在法国的机器运过来，西班牙的箱包生意就算是正式起步了。这一次，我选择了先做腰包，腰包体积小成本低，特别适合地摊零售。尤其是每周日的跳蚤集市，大量的商贩、游客、批发商会涌入 El Rastro 市场，腰包是最适合在这里销售的产品。但是我并不打算摆地摊，从做包之初，我就锁定了自己的定位是做批发商，而不是零售商。这是我在西班牙生意成功的原因之一，也与我的性格和经历脱不开关系。

早年在河口塘做小买卖的时候，我摆过水果摊。有一天，大儿子李存萜过来找我，他站在摊前，眼睛一直盯着桂圆却没敢开口要。我伸手给他拿，手落下去的时候，却只舍得拿一颗给他。因为只要他多吃一颗，我就要少赚几分钱，家里的开支就要再紧巴一点儿。以我当时的能力，能给他的也只有这一颗桂圆。这件事成了我心里过不去的坎儿，身为父母，谁不愿意给自己的孩子全世界？可是在落魄之时，连多给儿子一颗小小桂圆的能力都没有。

这件事也让我反思良久，我发现摆地摊、开店都属于小生意，利润很低，收益也慢。这样的生意不仅赚钱不多，连带着会让人的格局变小，这不是我想走的路。与零售不同，批发完全是另一套模式，没有细枝末节的计较，只有大宗进货和批量销售，商品流转迅速，回收资本也快。这跟我不拘小节的性格和经营理念相契合。在创业之初选择做批发，也为我后来进军中国城，从事中西方贸易奠定了基础。

借鉴在巴黎的经验，在马德里只要看到包店我就进去，学习人家的款式，了解当地人的喜好，回家埋头研究设计款式。按照法国的模式，还是我去买碎皮和推销，秀琴在家负责制作生产，两个儿子放学后也帮忙做一些割皮、缝纫、打杂的工作。一个星期下来，我们一家人能做六七百个腰包。

温州人在国内就是家庭作坊起步，到了国外更是。欧洲福利高，税收也高，如果雇用员工，除了支付工资，还必须支付各类税费和社会保险费，这部分费用往往就要占员工工资的50%。即便生意再好，若是合法雇用一个工人，最后的利润也会大幅降低。可是家人就不同了，子女帮助父母天经地义，父母赚钱为了子女生活得更好也是人之常情。所以，温州人的家庭作坊模式，到了海外获得了更好的发展。只是很多时候，当某个人脱颖而出，人们只是看到他个体的成功，却忽略了背后其实是整个家庭的付出和努力。

每周日，我和大儿子李存萜都要带着做好的腰包去El Rastro和Tetuan的市场。从Marques de Vadillo到El Rastro有四站地铁，中途还要换乘一次。走路太远，公交车又不允许我们扛着大包上车，我们只能坐地铁。

我们会在一大早出门，肩膀上扛着一个大包，手里还提着两大包，总共一两百斤的重量带在身上。坐地铁需要上上下下爬楼梯，尤其再扛着上百斤的包，就连把握平衡都很难，换乘一次下来，腿都是软的。等出了地铁走在马路上，路虽然平了，太阳却烈了。从地铁站到市场，差不多还要走一两公里的路程。马德里属于地中海气候，日照时间长，紫外线强，夏天最高温度能达到40℃，经常是汗水流下来蜇疼了眼睛，顺手抹一把或者甩甩头接着往前走。那时候根本顾不得辛苦，也不在意形象，我们的目标只有一个，只要能把货卖出去，能赚到钱就可以。

等卖完货回家，手和脸已经被晒到发红，一碰就疼，第二天就开始脱皮。肩膀也被磨得血淋淋一片，衣服和血水、汗水黏在一起，要费好大的劲儿才能脱下来。好不容易过了一周，破的地方结痂了，周日又要接着扛。日子虽然辛苦，但好在我们的腰包质量好、价格低，常常被商贩们抢购一空，这着实让我们欣慰。

经过几个月的积累，我看到了西班牙箱包市场的前景，也坚定了继续在这一领域做下去的决心。可是，生产包需要的配件、工具等种种原材料市场，在西班牙还不成熟，仅仅依靠当地资源想做大市场并不容易。我决定去巴黎进货，拿成品过来批发。

有了巴黎的货，我的包种类扩大了，接下来就是快速打开市场。像在巴黎一样，我又开始挨家挨户钻马德里的包店，就为了留下一张字条。字条只有手掌大小，是我托张清用西语写的，内容是：批发包包，法国制造，款式好看，价格便宜；再附上地下室的地址和联系电话。前前后后发了几百张，马德里的包店几乎被我跑遍了。广告虽然打出去了，我却不能确定这一次的尝试到底能否见效。

之后，是漫长又忐忑的等待，等待有人打来电话，或者主动找上门来。

第一天，没有人。

第二天，还是没有人。

一个星期过去了，电话都没有响一下。

我几乎绝望了，难道法国的皮包不适合西班牙市场吗？还是成品批发的价格比我原来的高，商贩不愿意接受？会不会是张清写的西语不准确，别人看不懂？我每天都在自我怀疑中度过。

直到有一天，地下室进来一个30多岁的塞内加尔人，我慌得赶紧找张清过来翻译。对方问：“是不是这里有包包批发？”我赶紧点头。那一瞬间，我恨不得跳起来抱着他转几圈。老天有眼啊，我的尝试终于见效了。那天，他买走几十个包，我们一家人过年一样庆祝了一番。他的出现像是一座灯塔，让我看到了未来的方向。

事实也证明，我的判断确实没错。很快，第一个来进货的塞内加尔人带着自己的弟弟来了。再之后，他带来的人又带来更多人。他们犹如那燎原的星星之火。这批塞内加尔人是我最初的客户，也是我一直感激的人，是他们的信任和尝试奠定了我成功的基础。因此，每每看到塞内加尔人，我都觉得亲切。后来，我在西班牙的箱包生意成功了，只要在Lavapies街区看到塞内加尔人聚集一处，不管认不认识，我总是买一些水果或者食物拿去给他们分。如果有人需要帮助来找我，只要我能做到，总是能做什么就做点儿什么。因为在我心里，他们是我的恩人，也是一群善良的人。直到现在，只要我出现在Lavapies街区，认识我的那些老塞内加尔人，还会亲切地称呼我“龙哥”。

当批发生意日渐步入正轨，我决定扩大规模，开一家正规的店。店面选在Lavapies街区，Garavaca街6号一间半地下室的仓库。空间大，租金低，既能生产也能存放货物，刚好满足需求。

把仓库变成店铺，又少不了一番折腾。为了省钱，从装修到设计都是我们一家人自己做。因为距离El Rastro的旧货市场很近，我们就一点点从那里淘换来二手的门、窗、桌椅、窗帘等各种物件。招牌是我从市场淘来的废旧银行招牌，用白漆刷干净，刻上店名——la mulalla，中文意思是长城。我希望借由这个店名，让人知道这是中国人开的店。后来，我们在另一个街区又开了一家店，我把店名改成la mulallalong。Long，既是自己中文名字的拼音，也是英文长长久久的意思。直到现在，我们的企业还是这个名字，从未改过。

店铺是开起来了，但是仅有的那点儿钱几乎都用在了租赁和装修上，进货的钱所剩无几。而且开门做生意自然要开口说话，语言能力是硬性要求。我们一家的语言水平都不够，于是我找到了张清，提出两家合伙干。我的条件是：张清投资 30%，我投资 70%，如果店开起来生意好，利润五五分；如果生意不好，我卡里还有 1 万美金的存款，我就拿着这笔钱带全家回国，把店留给张清。

从租住阁楼到开店，这一切张清都看在眼里，他很快就决定合伙干。只要用到语言的地方，都由他来办，其他交给我负责。

1993 年 8 月，长城龙的第一家店在马德里开张了。

再次负债

¡Socorro！ ¡Socorro！这是我和秀琴会说的为数不多，但又印象深刻的西语。它的意思是“救命！”

我们学会这个单词，是在1993年的10月，长城龙开张一个多月以后。那天，我和秀琴去银行取钱，折合人民币总共有十多万。这里面包含我们开张以来赚取的利润、上次进货还未交付供应商的货款、为了进货借来的外债，以及之前存在卡里的 1 万块应急美金。

因为店铺开张后的第一批货物卖得不错，利润高达 50%，这鼓舞了所有人的士气，大家都决定大干一场，我们才敢把所有钱都拿出来。只要收益跟第一批货一样，等待我们的将是一片大好前景。

从银行出来，我和秀琴乘坐地铁回家。到家还有两站地的时候，我突然接到张清打来的电话，说店里有客户，需要我去一趟。我并不知道从银行离开，我和秀琴就已经被劫匪盯上并且一路跟踪，否则，我断然不会丢下秀琴一个人离开。可是，命运诡谲又岂是我能预测？我离开后，劫匪终于等来了下手的机会。他们一路跟随秀琴到了公寓。就在秀琴进入公寓，距离家门还有一步之遥的时候，她被抢了。

在秀琴的回忆中，劫匪是三个男人，外貌像是摩洛哥人，一个从后面紧紧勒着她的脖子，两个拼命抢她手里的包。秀琴不过是一个弱小的女子，再怎么死死护着包，也抵不过劫匪三个人的力量。瘦弱的秀琴在三个高大的摩洛哥男人的抢夺之下毫无反抗之力，她大喊救命，却没有人听得懂中文，西班牙邻居也许还以为是外人在聊天或者吵架。就在那次之后，我们都学会了 ¡Socorro 这个词。

劫匪逃跑的时候秀琴追了出去，对方早已不见踪影。张清的妻子阿云透过窗户看到了街上的秀琴，她跑出去，秀琴满身是血，在她死命护包的过程，被劫匪用刀子划伤了手和背。阿云一边报警，一边跟我和张清联系。

报案的结果并不乐观，警察说这样的案件在西班牙很常见，没有目击证人，没有摄像头，也没有其他线索，只能自认倒霉。站在警察局门口，我真希望面前有一条裂缝，让我跳进去了结此生。距离上一次还清债务还不到一年，我又一次背上了债务。从前的每一次跌倒，如果真的想逃还能逃得了，可眼下是无论如何也逃不掉了。店已经开了起来，要有货卖，要付房租，要还债，就连应急回国的路费也没了。这一次，哪怕是刀山火海也只能往前，因为再也没有退路。

日子不会因为苦难的到来而停下脚步，店只要开着就要有货，就算一无所有，我还是得硬着头皮去法国进货。屋漏偏逢连夜雨，这一次偏偏在海关被警察逮住了。1993 年的西班牙和法国虽然都已经加入欧盟，可进出两国还是需要签证。办理签证要准备各种烦琐的手续，耗时太久，空着的店却等不了那么久。无奈之下，我只好冒着风险闯关。这种方式之前也尝试过，有时候确实能侥幸蒙混过关。只是这次就没那么幸运了，海关警察看我没签证，让我离开，我却一心想着赶紧入关进货。语言不通也无法解释清楚，几番拉扯之下我被揍了一顿，护照上还被盖上永久禁止入境的印章，那意味着我以后都不能去法国。怎么办？我为自己的急躁和冲动后悔。

坐在店里发愁，突然，我看到了桌上长城龙的印章。我拿起印章“咚咚”就在护照上乱盖，直到遮住了上面禁止入境的印章。我又在别的空白页胡乱盖了几个印章，然后拿着被毁掉的护照直接去了中国驻西班牙大使馆，申请换一本新护照。

使馆人员一看护照这个样子，就问：“哟，你这护照是怎么了？”

我说出早就准备好的话：“被小朋友搞的。”

“咋搞的？”

“护照没收好，印章又在桌上，我们也没留意，估计是他看到这上面有印章，就拿去乱盖一气，就成了现在这样。”这些话我一路练习了很多遍，说出来也变得自然。

“那以后你可得小心点儿，这次给你办了新的你可得收好。”使馆人员显然相信了我说的话。

这是一件小事，却让我发现，这世上只有两种人：有办法的人和没办法的人。没办法的人不管遇到多小的事，都会一筹莫展；有办法的人，就算是天大的困难，也能找到解决之道。

拿着新护照，我不敢再闯关，乖乖去办理了入境法国的签证。

又到法国，这次连一分钱的进货款都没有，也不能再去跟人借钱，那就只能赊欠货物了。怕别人不相信我是因为被抢才赊欠，我还随身带着警察局开的被抢证明，每进一家店，都跟祥林嫂一样把自己的遭遇讲一遍，才敢开口跟人家赊货。饶是如此，还有人说：“上次赊给你的还没给钱，现在又被抢，还想再赊，你到底靠不靠谱？”也有人知道我在法国一年赚了

20万法郎，直接拒绝，理由是："你在法国本来做得很好，非要跑去西班牙折腾出这样一个结果。你既然要自讨苦吃，我为何要帮你？"

若申和阿卫帮我说了不少好话，才勉强赊来一些货物。因为没钱，我不敢挑货，就算是别人积压的，只要愿意赊，我都悉数接手。我的目的不是赚钱，而是要让店里有货卖，要盘活资金。只有资金活起来，生意才能继续。当店铺真正开始赚钱，最好的货物自然有人送到我手里。

长城龙开张一年，店铺还能正常运转。只是一算账，亏了4万8千法郎，折合人民币6万多。

秀琴开始担心了："阿龙啊，咱们又欠了这么多钱，怎么办？"

我笑着说："不用担心，等到哪天我们能欠40万法郎就好了。"

秀琴不理解："说什么浑话呢？"

我解释道："你想啊，欠得多，证明资金流动得好，生意开展得大。真要欠到4000万就有人保护我们了，因为人要是没了，钱也收不回去，那我们还不被当成熊猫啊？"

年底，张清打算退出。一是因为店铺没有盈利；再者，他自己开了一家华人百货店，生意很好，没有精力兼顾。他选择退出长城龙，专心经营自己的百货店。

我理解张清的决定，为了不让他为难，我给了他两个选择：第一，分货分债，我们可以把现有的货物分一分，欠的债务也按照投资各自认领，合作就此终止；第二，张清退出，我把他投资的钱返还给他，并支付他在店里工作一年的工资。但是，所有这些钱都用货物来抵，一是我手边确实没钱，二是他的百货店也需要进货。货物我都按照进价给他，绝不赚一分钱。而且未来只要他从我这里拿货，永远都是进货价。张清选择了后者。

与张清的合伙让我知道了，未来不管跟谁合作，大度一点儿能减少很多麻烦，尽可能满足对方的需求，自己的意愿也更容易达成。

这一年的摸索，也换来我对西班牙市场观察后的收获：在西班牙，包的时装性远远大于功能性。西班牙四季分明，随着季节服饰的变化，包也要变化；不同年龄对包的需求不同，小孩子需要功能性和舒适性兼具的书包，老年人喜欢隔层很多的包，中年人更在乎实用，而女孩子更愿意为时尚花钱。作为西班牙为数不多的华人箱包批发商，我既了解市场，又没有竞争对手，我知道只要循着自己认定的方向往前走，就一定会成功。

时来运转

有一天，我在法国进货时无意中听到两个供货商之间的对话：

“听说，最近法国有一款新出的包卖得特别好，只要到货就有人抢。”

“是吗？啥样儿啊？”

“就一个小挎包，看着也没啥稀奇，就是不知道为啥卖得那么好。”

“卖这个包的人很多吗？”

“多啊，因为进货的多啊，每次进完货就卖空了。”

“那现在市面上还有货吗？”

“听说就剩最后 600 个了，在某某店铺还有的卖。”

听完他们的对话，我二话不说就往外冲，赶到了他们说的商铺，一口气把那 600 个包全都买了。

回到西班牙，秀琴吓了一大跳，之前都是每个款式进货好几个，从来没有过同一个款式进货 600 个。万一卖不出去怎么办？我拍着胸脯保证：“放心吧，法国流行的，西班牙也不会差，这个包肯定火。”

当这个包挂在店里，一开始商贩们都只是几个几个地进货。渐渐地，越来越多的商贩都来找这款包，很快就供不应求。这批货还没卖完，我就提前再去法国找货源，每次到店都被抢购一空。

之后我如法炮制，每次进货都拿法国最时兴的款式，只要是法国卖得好的，在西班牙销量都很好。商贩们都知道长城龙的店铺有眼下最流行的款式，越来越多的客户涌进来进货。

一开始我是自己坐火车去法国进货，后来干脆雇了卡车去法国拉货。最夸张的时候，车子才刚到店门口，商贩们就提着尼龙袋围过来抢货。每个人抢到袋子装满了就去排队等着结账，队伍排到十几米开外。混乱又热闹的场面让警察以为出了治安问题，还专门过来查看。

生意最好的一天，卖出一万只包，赚了 30 万人民币。一年后，整个西班牙的商贩们都知道我做箱包批发，我的生意越做越大。这时候我再去法国进货，大家都知道我销量大、需求高，抢着拿最新款给我，还主动表示愿意赊给我先拿去卖，我的店里永远都有最新最全最时尚的包。

有一次，我发现有一款包在法国卖得很好，却因为货源稀缺总也拿不到货。我打听到这款包的生产地在香港，于是决定直接去香港进货，同时参加 1995 年在香港举办的箱包展览和同期在广州举办的中国进出口商品交易会（广交会），顺便也了解一下国内的行情。

去香港的前一天，我早上去买了一捆做腰包的皮料，想要提前完成切割下料，这样就算我人在香港，也不会影响秀琴继续做包。一捆皮料有百十来斤重，扛着皮子进地铁的时候走得太急，一不留神崴了脚。为了多干活儿，我压根儿没想到要去医院，回家就开始割皮下料，没想到半小时后，脚肿得如同馒头，连站也站不住了。去医院检查，医生说是脚跖骨断裂，必须静养一个月。

店里严重缺货，两个展览也集中在这几天举行，我们需要的商家、合作方都只能通过参加展览会才能找到，一旦错过就要再等上一年。我让医生打了石膏，出门买了一双拐杖，第二天就拄着双拐，准时登上了去香港的飞机。登机前，家人送我一个外号“铁拐李”。

事实证明，我及时去香港是对的。从西班牙去国内参加箱包展览的华人批发商，我是第一个，国内的商家都迫不及待跟我建立联络。很快，我就搭建起了自己的供货系统。香港是一手货源地，相比法国进货成本大幅降低，不仅让我们的利润翻番，还让长城龙的客户从西班牙扩大到了葡萄牙、意大利、法国，长城龙的名号彻底在南欧打响了。也因为这次出行，从货物进口流程、原材料生产过程，到国内市场环境的考察，我都抢占了先机，也为后来开工厂奠定了基础。

1993年到1995年，我的命运经历了巨大的起承转合。从略有积蓄到负债累累，再从身无分文到家财万贯，不过就短短一两年。古人言："时也，命也，运也。"人若是生不逢时，难免壮志难酬英雄气短。倘若时运相济，便是大风起兮云飞扬。正所谓"马有千里之程，非人不能自往；人有凌云之志，非运不能腾达"，当运气来临的时候，人为的努力倒显得微不足道。

这两年我看到了无常的微妙，在宇宙永恒不断的变化里，无论好事还是坏事，在生命中停留的时间都不会太长，故而乐无须极，悲无须满，因为一切都是稍纵即逝。我也看到了接纳的力量，西班牙有句谚语："Lo que la vida me da，cógelo."（不管生活给了你什么，悉数拿下。）无论命运给予的是波澜不惊，还是惊涛骇浪，人能做的也仅仅是面对、接纳和改变。

第十六章　重回国内

（1998—2008）

天边飘过故乡的云
它不停地向我召唤
当身边的微风轻轻吹起
有个声音在对我呼唤
归来吧，归来哟
浪迹天涯的游子

——《故乡的云》

商场如战场

1996年冬天的一个早晨，我和大儿子李存萜去仓库查看新到的货物。

几个月前，我跟香港的袁姓商人谈妥了这笔生意，我提供样板，他按照我的要求生产，五个货柜约十万个包。确定原材料的时候他问我，是用韩国产的还是中国台湾产的？前者价格高但是质量好，后者价格低但是质量欠佳。我选择了韩国产的，并按要求预付了20%的定金。这天是前两个货柜抵达的日子。

箱子打开的时候，我们傻眼了。

原材料不是韩国产的，而是中国台湾的，对方骗了我们。可是前两个货柜的全额款我们已经付了，剩余三个货柜20%的定金我们也付了。如果这些包出问题，店铺就面临断货，况且西班牙的客户还等着我们交货，货不对版怎么交代？

儿子当即就要打电话质问对方，我拦住了。如果此时质问，不但不能追回这两个货柜的损失，还会影响后面三个货柜按时交货，到时候无法跟西班牙客户交代，损失的是长城龙的信誉。这些包除了原材料不同影响了质量，其他方面都符合我们的要求，不如先给客户送去。只要客户不提出大的意见，我们就能见机行事。

货物送到客户手里，客户没说什么。一方面是市场需求的确旺盛，一方面也基于一直以来对长城龙的信任。我松了口气，跟袁姓商人确认了下次交货时间，等待着反击时刻的到来。

从事进出口贸易有专门的程序，签订合同时会支付一定数额的定金，后面进口方要去口岸接运货物并审核单据。当确定单证相符，就要去银行支付尾款，然后再拿着银行给的提货单办理进口报关手续，之后才能正式提货。

20 多天以后，剩余三个货柜按时抵达海关，我在付尾款提单之前让儿子先跟银行的哈维尔聊天，因为每次货物清关都是他经手。聊了几句，儿子先把提货单要了过来，告诉哈维尔我们先拿着单据提货，验完货再付款。因为彼此熟悉且从没出过岔子，哈维尔就把单据给了我们。按规章来说，哈维尔这是渎职，这在银行是不允许发生的行为。也是鬼使神差，偏偏那天我们就提前拿到了提货单。

提货后，我就给袁姓商人打了电话，给他两个解决方案：第一，因为货不对版，我们重新商定价格，我按照重新确定后的价格把尾款打过去；第二，剩余三个货柜已经在我手里，我们也可以通过国际法庭打官司解决。做贸易的都知道，通过国际法庭追责，既消耗时间又耗费金钱，只有万不得已才会如此选择。袁姓商人自知理亏，最终同意重新协商价格，为自己的行为买单。

长城龙在急速发展的过程中，袁姓商人的案例只是其中之一。还有一次，另一位香港的唐姓商人找到我，说有一批积压货物想低价卖给我，只要能帮他销售出去就行。因为大家合作久了彼此熟悉，况且长城龙也确实需要补充货源，我也就答应了他的请求。

进货前一晚我做了一个梦：我在努力爬一座高高的山，好不容易爬到山顶，却突然脚下一滑，从山顶跌落到了谷底。从梦中惊醒，一身冷汗。第二天我告诉唐姓商人，实在抱歉，这批货长城龙不能要。纵然失信于人，考虑到长城龙的未来，我还是不能冒险。后来，对方把货物销售给了法国的箱包批发商，果不其然，法国商人赔了个底朝天。如果不是那个梦，造成大笔损失的就必然是长城龙了。这个梦和做包头期间的那个梦，让我更加坚定了，只要行走在正道，冥冥之中自有神明护佑。

除了供应商的问题，长城龙还面临同行的竞争。

有一天，马德里的店里走进来一位塞内加尔商贩。因为已经很熟悉塞内加尔人，我热情地招呼他，让他挑选款式。他没有挑选，倒是从自己的袋子里拿出一个手提包，说就要这一款。我接过来一看，这不是我们店里的款式，库房也没有这种包，可奇怪的是，包上居然有长城龙独有的 Long 商标。

我心里疑惑着，但是先告诉对方："抱歉啊，我们店里没有这款包。"

对方竟然着急了："这不是你们的 Long 商标吗？你们怎么可能没货？"

我心里也犯着嘀咕，拿过包再仔细看，发现虽然是 Long 商标，但是又跟我们自己的商标有着明显的不同，我们的商标比这个更精巧，皮质也不一样。我便接着追问："你是从哪里买到的这个包？"

对方说："是在塞维亚的一家中国箱包店里，因为卖得好，现在对方没货了，我就专门来马德里进货。"

我一听，坏了，敢情是被山寨了啊！塞维亚是位于西班牙南部的一座城市，在那里我们根本就没有任何分店，也没有当地批发商从我们这里进过货。很显然，这是有同行看我们 Long 品牌的包卖得好，故意在自己的产品上贴了我们的商标假冒啊！

事情弄清楚了，这让我看到同行竞争的惨烈，果然商场如战场啊，敌人简直在四面八方。生意扩大到一定程度，就不得不考虑品牌影响力。如果任由这种情况发展，必然损害长城龙的品牌。

这件事才消停没几天，国内的加工厂又紧急打来电话，说有别的老板想加价抢走订单。我一打听，居然是西班牙做箱包的温州同行，因为知道我们的货源走俏，为了抢夺资源居然追到工厂，加价 10% 想要抢走我高达 60 万美金的货物。还好我们和工厂交好，对方的目的才没有达成。

西班牙同行的行为为我所不齿，我却又无能为力。华商身在海外，这类的案例不在少数，大到公司之间的竞争，小到小商店之间的竞争。有些华人为了抢夺他人生意，会把同类型的商店开在自己同胞的店的对面，抢夺原本就不丰富的资源，结果却是杀敌一千自损八百。若是迫不得已还能理解，若仅仅是为了自己的利益而去损害他人，就确实失了同胞之情，甚至人性的本真。这也是我向来不喜欢跟某些中国人做生意的原因所在，一者不愿与同胞争夺利益，二者担心同质化竞争最终两败俱伤，三者中国人讲究人情面子，情感一旦与利益掺杂在一起，难免影响其一，有时候倒不如老外不讲情面只讲规则来得爽利。

一系列的内忧外患，让我看到了依赖供应商的短板，公司要想更好地发展，迫切需要在中国建立一个稳定的生产基地，保证货物充足供应的同时，也可以最大限度地保护自己的品牌。这不仅是长城龙发展之必需，也是大势所趋。

20 世纪 80 年代后期至 90 年代初，西班牙举国上下为迎接巴塞罗那奥运会、塞尔维亚国际博览会，以及纪念哥伦布发现新大陆五百周年等盛大庆典而欢欣鼓舞，到处大兴土木投资建设，一片欣欣向荣的景象。1995 年是西方发达国家经济发展的高峰期，欧盟 GDP 总量达 8.3 万亿，位居世界第一。此时，整个欧洲的中低端箱包生产市场近乎空白，正是入局的好时机。

与此同时，20 世纪 90 年代的中国，正处在改革开放后的高速发展阶段，人力成本低，生产效率高，制造业飞速发展。如果这时进入中国，依托国内低成本高效率的优势，再将产品销售到市场需求旺盛的欧洲，市场前景必然广阔。

于是，我做出一个新决定：在国内开工厂。

东莞开厂

“东西南北中，发财到广东。”这是20世纪90年代在中国流行的一句口号。广东省在改革开放初期，采取了充分的简政放权措施，尤其是东莞的“三来一补”政策（指来料加工、来件装配、来样加工和补偿贸易。“三来一补”是改革开放初期的一种尝试，由外商提供设备、原材料、来样，并负责全部产品的外销，由中国企业提供土地、厂房、劳力）满足了诸多外商企业的需求，也吸引了大批华商回国建厂。

长城龙也顺应时代，1996年，先是在东莞市厚街镇与人合办建立了皮包加工厂；1999年，在东莞市新塘镇建立了长城龙手袋厂；2000年，工厂搬迁至东莞的望牛墩，更名为大时代手袋厂。大时代手袋厂的建立，标志着长城龙的发展进入新阶段。

海量的订单涌过来，四五百个工人常常要几班倒才能不间断供货，可产品还是供不应求。为此，长城龙又专门成立了放外单部门，找到23家工厂做代加工。时间久了，代工厂也积累了一堆问题等着解决。好不容易赶上我回国一趟，23个代工厂的负责人齐刷刷赶来跟我开会。

大时代手袋厂的办公室里，我静静听着23家代工厂负责人的汇报：有说买不到配件的，有说原料不足的，也有说制造时间太紧迫的……我的笔游龙般在纸上走个不停，逐一记录下原材料问题、采购问题、信息传达不到位问题、态度问题……那时候的自己年富力强，思想高度集中，办事效率高。我一边记一边早已想好了对策，对于每个人要干什么都做了分工布置。等到大家说完，我的答案也都有了。一个小时后，大家带着我给出的解决方案各回各厂，各忙各事。长城龙手袋厂的工作人员也清楚了各自的工作任务，积压了数月的问题在一场会议中解决了。三个月后，我又手写出一本《手袋工厂管理手册》给到工厂负责人，让她按照这个执行。自此，代工厂的问题基本全部解决，工厂运转更加顺畅。

大时代手袋厂的建立，有几个人功不可没。

王成佐，他原先是一位中学老师，琴棋书画吹拉弹唱都很有一手。在进入手袋厂之前，他在别人的五金厂做一些沟通协调的工作。时间久了，我看出他为人忠诚，有责任感，具备相当的协调沟通能力，尤其是脾气很好。

脾气好，恰好能弥补我最大的不足。

如果问身边人，李汝龙最大的问题是什么？恐怕十之八九都会说我脾气不好。如果问我自己最大的问题是什么，我也会毫不掩饰地回答：我脾气不好。我知道要成为一个成功的企业家，需要有宏大的抱负、前瞻性的眼光、敏锐的嗅觉、强大的能力，还需要有温和的秉性气度。其他能力我自认为都不差，却偏偏生来就脾气暴躁，属于一点就着的人，这一点从幼时到年老，并未有过根本性的改变。于我而言，发脾气对事不对人，脾气发完就完了；可是，无形中给别人带来不少伤害和困扰。

当年在长沙街头的算命人对我说“人无完人”，一个人这里有问题，那里就可以补上。既然自己脾气不好，那就找脾气好的人一起共事，补上我的短板就好。王成佐就是最佳人选。我做事雷厉风行适合攻城略地，打下江山后，需要一个细致稳重的人帮我把江山坐稳。王成佐性格温和，考虑问题面面俱到，总能创造多赢局面。所以，我请他负责整个工厂的运营管理，他算是大时代手袋厂的元老。

另一个人是依锚。依锚的妈妈是我当年在仙岩农机厂的工友，我们算是老相识。依锚一毕业就进了大时代手袋厂，先从出纳和会计做起，之后慢慢负责工厂管理。她真正开始管理工厂的时候，也不过才 20 出头，但是踏实正直，学习能力很强，领悟力也很强，而且性格很好。工厂发展十多年，她从最初的财务人员成长为整个工厂的一把手，练出十八般武艺，也为我在国内管理工厂省了不少力气。

女性做管理者，总会让企业更有温度一些。依锚管理工厂期间，工人有八九百人。有一次，一个工人生病了，急需 1 万多的治疗费，依锚主动带头拿出几千，又发动大家献爱心，最终凑够 1 万多块，帮助对方渡过了难关。还有一次，一个来自重庆的员工找到她，说自己的孩子被人从重庆骗到了广州，想请假去找孩子。话还没说完，依锚立刻告诉员工，你快去找孩子，剩下的事不用管。也是上天有好生之德，一天一夜之后，那个员工居然把孩子找到了，从此对依锚和工厂都很感恩，工作更加努力。正是因为这些细节的浸润，大时代手袋厂在运营期间，人员都很稳定，员工对工厂充满信任。这种信任，源源不断地为长城龙整个企业的运转输送着动力。

王成佐和依锚之外，也有其他人来去匆匆，只是能如他二人者却不多。遇到好下属好干将，那是老板的福气。真正能做大事业的人，德行、能力、人才缺一不可。德行和能力可以自己培养，人才却需要向外寻求。偏偏好人才可遇而不可求，所谓“有德有才是良药，有才无德是苦药，无才无德是毒药”。可是，这个人到底是良药还是毒药，很难有标准答案，因为瞬息万变的人心是最难琢磨的。同样一个人，跟不同的人搭档会产生不同的化学反应。所以，很难简单地用好和坏来界定一个人，只能看是否适合。企业在发展，需求在变化，人也在变化，只要这个人在当下跟企业是契合的，那么对企业来说，这就是人才；对人才来说，这也是好企业。

感性还是理性

2001 年夏天，我从西班牙返回东莞。进入工厂前，我远远看到门口有许多人在排队，可是那队伍排得又让人隐隐觉得哪里不正常。我站在远处观察，发现保安拦着每一个要进入的人，有人递上钱，保安就放他进去；有人没交钱，就不能进门。

这是在交买路财吗？我的火瞬间一冒三丈。居然敢在太岁头上动土，这帮孙子不想活了。我本想冲上去给保安两个巴掌，想想自己的暴脾气，又冷静下来，打算先从内部了解一下情况。

我找到工厂经理老蒋，问他怎么回事，他的回答却是："这说明咱们工厂生意好啊！"工厂生意好我当然知道，但是给保安交买路财算怎么回事？

老蒋说："是东莞这里的规矩，您不了解罢了。"老蒋的话让我意识到，经济发展带来的乱象在任何时代都是存在的，只要身处其中便无法避免。

20 世纪 90 年代的中国是发生剧变的关键十年，这十年涌现了无数新兴事物，其中有一个叫作"打工潮"，大量来自四川、湖南、湖北、江西等地的青年男女前往广东打工。据我所知，从 1983 年到 1996 年，中国农村进城务工人员数量从 200 万激增至 8000 万，大多流入了沿海的珠三角地区，东莞工厂密集，更是打工者的首选。

打工者涌入，自然会优先选择工资更高、待遇更好的工厂。大家都想进好工厂，可面试的第一道关是先进入工厂大门，把守工厂的保安便看中了这一市场，向每一个想进入工厂应聘的人收取进门费，中饱私囊。打工者大都是外来人员，本就人生地不熟，纵然觉得委屈也敢怒不敢言。在东莞有这种现象的并非只有大时代手袋厂一家，很多工厂都一样，不过有些老板不知道，或者睁一只眼闭一只眼罢了。

偏偏我眼里揉不得沙子，那些打工者辛辛苦苦一个月才赚几百块钱，他们背井离乡出门讨生活，还没开始赚钱就要先搭进去，简直是天理也难容。

我立刻叫来保安队长，说了三件事：

第一，把之前收的所有过路费统统退回，交给财务补贴到食堂，改善员工伙食。

第二，从现在起，谁要是敢再收钱，立马卷铺盖走人。

第三，把一张纸贴到大门口，纸上只写了一句话："凡来此应聘者，若保安收取进门费，可以拨打以下任意一个电话举报。"上面分别是老蒋、依镭还有我的电话号码。同时，我还告诉保安队长，这张纸谁也不准撕，谁撕了谁就滚蛋。

从此，大时代手袋厂再也没了收进门费的保安。

但是，手袋厂并没有因此而太平。

有一天我要去食堂吃饭，食堂负责人却几次三番阻拦，说去外面吃。我隐约觉出了蹊跷，坚持去食堂跟员工一起吃。

在食堂走一圈，我看菜品不错，饭的分量也足，实在找不到有什么不妥之处。拿了饭坐下来，一口进去，好像哪里不对劲儿，可是又说不上来。我问身边人："你们觉得饭菜味道可以吗？"大家说一直都这样，挺好的。再吃一口，我还是觉得哪里有点儿怪，又问跟着的几个工厂领导："饭菜味道一直这样吗？"大家面面相觑，都说："没问题啊，食堂的饭菜一直都是这个味道。您是不是西班牙的饮食吃惯了，吃不惯国内的饭菜？"

我没再说话。吃完饭，找来一位自己信任的车间主任，让他暗地里去调查一下食堂的采购是否合规。

几天后，他给我送来信息，食堂采购向供应商买的都是地沟油，以次充好，多余的钱进了他的腰包。

"奶奶个熊，老子都招了些什么人进来？"我的火一冒三丈高，恨不得去把黑心采购给揍一顿才解恨。

车间主任看我生气，接着说：“董事长，这也不能怪采购。整个东莞的工厂食堂吃的都是地沟油，这已经是业内公开的秘密、人尽皆知的行规。”

“又是公开的秘密，又是人尽皆知，这个厂里到底还藏着多少见不得人的勾当，还有多少我不知道的龌龊事？”

处理了采购，食堂算是清爽了。为了遏制工厂乱象，我又坚持在东莞待了一段时间，也算是见识了各色人马。

有一天我在车间巡视，看到有个车工做工很好，手法干净利索，车出的皮料均匀整齐，颇有我当年在法国干活儿的样子，忍不住夸了他几句，还鼓励他好好干。没想到，后来发生的事情却让人啼笑皆非。

就在我夸过这个车工不久，他开始目中无人，变得把小组长、车间主任，甚至厂长都不放在眼里。理由是他被董事长夸过，别人管不了他。最后，大家一致决定只能开除他，否则，他会带动更多人的情绪，让整个车间都不好管理。情况反映到我这里，我也只能默认，心里却忍不住自责和后悔。无心之言，原本只是想鼓励对方，没想到却害了对方。

由此可见，管理领导要凭借信任，管理员工却要划清边界。作为企业的最高领导人，看到基层员工的优点或者问题，最好的方式并不是与对方直接接触，而是告诉他的领导，由合适的人来给予奖惩。否则，要么无心害了对方，要么落个鸡同鸭讲，并不能达到真正的管理目的。

以前有记者问我，在管理中用感性还是理性？很难说，看什么阶段，看企业大小。中小企业好不容易凑到一些人一起做事，万事开头难，问题一大堆，要是靠理性，温度没了，感情没了，人走了，企业自然也没了。所以，中小企业更适合讲感情，用感性来维系。而大企业如果还感性，就会严重影响决策，每一个决策又关系到万千细节，一点儿感性可能毁掉所有理性的结果，可谓牵一发而动全身。所以，大企业的管理只能理性。但是，理性之外要配合更人性化的理念，在保证效率的同时，也让人感受到温度，这便是企业的价值观。

吃亏是福

有一次，我在香港参加箱包交易展，有个美国商人带着一个中国翻译来到我的展台。他们看中我的一款包，想要长城龙批量生产。

“成本价是 32 元。”因为是大宗批发，我一口就报出了底价。

对方却不愿意：“28 元能不能做？”

“不能。”一听对方杀价这么多，显然没有诚意，我便一口拒绝。

“我们会批量购买几十万的货物。”老美让翻译努力解释。

“不好意思，不管多少，这个价格真做不了。”我还是耐心回应。

“你肯定做得了。28 元，我们这次合作了，以后还能长期合作。”对方倒是不急不恼，非要达到自己的目的。

“不好意思，真的不行。”因为还要忙着招呼别的客户，我也懒得多解释。

没想到对方不依不饶，接着问：“为什么不行呢？”

看来我不解释清楚，人家还不走了。无奈，我直接打开电脑，从里面调出一张账单，上面清清楚楚标明了里布、皮料、拉链、人工等所有明细的价格。我告诉他：“如果按照这个成本，在管理和生产过程中都不出任何差错的情况下，才能按照 28 块钱生产出来。稍有意外，成本都会超过 28 元。28 元再加上 15% 的利润，那就是 32.5 元，32 元已经是我的底价，再低一块钱我都不做。”

对方接着问：“很多中国人都说能做，你怎么不能？”

我回答：“如果我说能做，要么是我偷工减料，损害的是你的利益，也损害我的信誉；要么就是我剥削员工的利益，那我也做不到。很多人以为企业是靠客户活着，我认为除了靠客户，也要靠员工。如果员工不在了，工厂做不下去，客户自然也没了。你要我的工人加班加点给你做，这样的订单就算是几个亿我也不会做。做得越多亏得越多，何苦呢？”

听完我的解释，这个美国人不再坚持。他离开时，我把他看中的那款包送给了他，还送他一句中国话：“买卖不成仁义在。”

因为有了自己的工厂，对于成本自然心中有数，这不仅能让我更好地跟客户沟通，也能在采购的时候为供应商考虑。

当长城龙发展到一次需要1000多万美金的货物的时候，我们去参加广交会。因为进货量大，很多供应商都来找我们，报价很低，竞争也很激烈。甄选了几家合适的供应商，我们提出去工厂看看再决定。在实地考察的过程中，我详细询问了制作包需要用到的每项原材料，确认所有原料都跟样板包一样之后，我问了供应商一句话：“这些原材料，你说的这个价格真能做得出来吗？”

对方沉默了。

我说：“你所有的用材我都了解成本。如果按照你的报价，别说赚钱，可能还会赔钱。如果真的做出来，你唯一的方法就是偷工减料。”

对方继续沉默。

我接着说：“我给你加钱，成本追加20%，但是你要严格按照样板的标准生产，确保按质按量完成。”

对方蒙了，抬头看我很久，说：“你是我这辈子遇到的第一个愿意主动加价的客户。”

我回答：“光是我赚钱有什么用，你不赚钱，做不好，最终是两败俱伤。只有你有的赚，我也才有的赚，彼此赚得都安心。”

长城龙在快速发展阶段，生意覆盖了西班牙大部分城市。有一次，西班牙最大的百货连锁店El Corte Ingléss采购了我们的一组包，可是销量一直不好。半年后，这组包还有不少积压。我提出长城龙将包回收，可是对方不同意，说他们从未这样操作过，既然他们采购了，销量不好也认了。可是我考虑得不一样，如果包长期积压，长城龙在他们的采购名单里就会成为产品销量不好的企业，以后进货都要重新考量。他们是西班牙最大的百货公司，也是我们高端品牌包的长期客户，我们一定不能丢了这样一个客户。

我想到一个新方法，我们拿一批新款包，去替换原先积压的旧包。为了他们方便，我们还提出把库存旧包的条码全都贴到新款上，这样商品数量和条码都没变，只是款式更改了而已。因为这一操作，很快新包就销售出去了，他们的业绩提升了，我们的信誉也能一直保持。

商业竞争很难有固定法则，但吃亏是福不会错。让对方多占些利，为的是长远大计。如果双方都无钱可赚，就有悖经商之道。

及时转型

当长城龙的发展如日中天的时候，有一天我去法国进货，一位做箱包的同行跟我有了这样一段对话："阿龙啊，做箱包生意你做不过我的。"

这句话说得没头没脑，我很不理解："为什么呢？"

"因为你的体力没我好啊，我一天可以搬几百箱货，我们家人口又多，就这一点你就不能跟我比。"

对方的话让我一惊，确实啊！比力气，我肯定无法取胜；比数量，对方的工厂不比我小，两家规模实力相当；论人口，我们一家四口确实比不上他们一家七八口人丁兴旺。

既然这样，我何不转型抓质量，做高端？

这条路早在多年前犹太人就走过了。在温州人蚕食法国服装市场的时候，犹太人把低端服装市场让给温州人，自己去做高端。那我也把低端箱包市场让给别人，自己做高端箱包，用更好的皮料、更新颖的设计取胜。这样，我做一个柜，顶得上别人十个柜的利润。自此，长城龙开始转型，加大高端箱包的生产，逐渐淡出低端箱包市场。与此同时，我们还扩大了品类，别人有 50 种，我有 70 种；别人有 70 种，我就有 100 种。长城龙设计的包始终在最前沿。

企业经营到一定阶段，需要考虑的是利润率，而不再是数量，是销售额而不是销量。长城龙成立之初是小本买卖，是按照数量进货；等公司发展到一定规模，要确保每年的利润，就需要按照金额进货。还要将进货金额准确分配到不同种类，才能保证当年的营收。当我们发现只是经营包，不足以保证利润率的时候，就想到了扩充品类——做鞋。在一次广州的展销会上，我们认识了来自香港的阿君，因为谈得投机，初次合作他就提供了 2000 个样板给我们。拿着这批样板鞋，我们刚好赶上西班牙的鞋展会，快速吸引了大量鞋商，长城龙的业务线又扩充了。

随着客户越来越多，品类越来越丰富，海量的订单涌到手边。2003 年，长城龙直接在广州花都投资兴建了占地 600 多亩的广州欧洲工业园，作为自己的箱包生产基地。此时，长城龙已经发展成为西班牙最大的箱包生产商，整个西班牙，从地摊到商场，都有 Long 的箱包，西班牙知名服装品牌 ZARA、MANGO……都是长城龙的客户。Long 品牌名震四方，我也被媒体称为“西班牙箱包大王”。

这种盛况一直持续到 2008 年，国际金融危机席卷全球，海外订单大幅减少。与此同时，国内的工人也越来越难找了，从前是工人花钱进工厂，后来是企业出钱请人介绍工人进厂。中国制造业的成本在不断增加，从前的优势如海浪一般逐渐退去，整个东莞出现了大规模的倒闭潮。2008 年，东莞 857 家外企关停外迁，大时代手袋厂也在这年冬天正式关闭。

其实，如果放在更长的时间尺度上去看，市场经济环境下企业有生有死实属正常。大时代手袋厂的建立是长城龙最辉煌的阶段之一，在这期间，我参与和见证了中国改革开放后经济的腾飞，也赶上了欧洲经济稳步上升的时代红利。而大时代手袋厂的关闭，也意味着一个时代的落幕。我不曾错过这个时代，并且成为弄潮者之一，这是时代赋予自己的权利，也是自己的幸运。

然而，大风亦起于青萍之末。随着华商在海内外的崛起，以及华人商业在海外的繁荣，在不知不觉间忧患也来了。只是那忧患一开始太过隐蔽，很多人尚未发觉而已。

第十七章　中华儿女

（2000—2004）

一样的泪，一样的痛
曾经的苦难我们留在心中
一样的血，一样的种
未来还有梦我们一起开拓
手牵着手不分你我昂首向前走
让世界知道我们都是中国人

——《中国人》

华人被抢

“被抢了，救命啊！”

“有人被抢了！”

“快来救命啊！”

听到这熟悉的喊叫声，我一个箭步从店里蹿到街上。一个年轻的摩洛哥人在前面跑，后面一个华人在追，我撒开脚丫子就追上去。摩洛哥人跑得飞快，我跑得更快。Lavapies街区狭窄转弯多，摩洛哥人兜兜转转，从小巷子一直跑到大马路上也没把我甩掉。他穿过大街又跑到另一条街区的小路，我顾不得身边穿梭的人流车流，只是一味地紧追不舍。他因为体力不济，越跑越慢，我却因为愤怒越追越紧。终于，我一把抓住劫匪，一只手抓着他的衣领，一只手去抢他怀里的包。“扑通”一声，就在我抓住他的那一刻，自己却突然摔倒在地，可眼里的杀气丝毫未减。劫匪显然被我吓到了，扔下包落荒而逃。

我把包还给同胞，边走边歇踱回店里。这时候，我才知道自己刚才一口气跑过了十多条街区，难怪抓住劫匪的那一刻会摔倒，是突然泄了气的缘故。再看看自己，拉扯中裤腿和衣服袖子都被撕破了，脚踝还在出血，我却浑然不知。想想刚才紧张的一幕，钱是追回来了，气势却输了，觉得又好气又好笑。

这样的场景，在我的生命里只出现过一次。可是华人被抢的事件，从1997年开始，就时时在Lavapies街区上演。

起因还要从华人商业在这一带的繁荣说起。20世纪90年代，华人移民将中国的廉价商品大量带入欧洲市场。Lavapies街区的便利，让大家看到了商机。中国人在海外做生意，一直沿袭着宗亲社会的传统，习惯亲戚带亲戚、老乡带老乡。久而久之，Lavapies街区就成了西班牙华人最初的聚居地。1993年长城龙开张，是Lavapies街区的第三家华人店铺。到1998年，这里已经有300家华人商铺，涵盖了皮包店、服装店、内衣店、配饰店等，多以大宗批发为主，中间还夹杂餐厅、食品店、小卖部等小生意。到2000年，店铺已经发展到400多家。规模最大的时候，这一带的华人商铺多达五六百家。除了零星散落的一些西班牙家族商店和二手店，Lavapies街区的商业几乎被华人批发垄断。

每天早上六点钟，西班牙人还在睡梦中，华人店铺的灯已经陆续亮了起来。因为批发商人每天都要补货，所以总是来得很早。前来批发的卡车一辆接一辆开进各个小巷，小推车从这家店辗转到另一家，商铺老板们忙着打包、清点、算账，前来进货、提货的客户们忙着下单、装货、整理、点钱。青田话、温州话在各个角落响起，忙碌的中国人沉浸在赚钱的踏实和喜悦里，做着自己的生意，圆着各自的梦想，却不知这繁荣热闹，已经让整个华人商铺置身危险当中。

西班牙移民众多，占比最大的是摩洛哥人和罗马尼亚人，其次是英国人、意大利人、哥伦比亚人和中国人。每个群体都有其独有的属性，英国人经济能力较强，以移民和度假居多，他们大多生活在风景怡人、生活惬意的地中海沿岸城市，如阿利坎特、穆尔西亚、马拉加等。华人勤劳朴实，大多以做生意为主，生活水平也不差，多分布在马德里和巴塞罗那为主的一线城市。而摩洛哥人和罗马尼亚人，多以难民和打工者为主，伴随着摩洛哥经济的衰退，通过不同方式到西班牙的难民逐年增多。西班牙法律规定，18 岁以下的未成年非法移民不会被驱逐出境，因此，马德里的年轻摩洛哥人越来越多，但是政府能提供的工作岗位并未增加。时日久了，本就不愿卖苦力找工作的游手好闲之辈，就开始做一些不法勾当。

罗马尼亚人也是一样，由于罗马尼亚经济形势不佳，罗马尼亚语和意大利语、西班牙语又比较接近，所以，大量罗马尼亚人到西班牙和意大利谋生。据说，2000 万人口的罗马尼亚，有 400 万生活在欧盟，其中难免有作奸犯科之人。听说在欧盟很多国家，小到扒手，大到贩卖人口，很多都被罗马尼亚黑社会所掌控。据我观察，在马德里为非作歹的移民群体当中，摩洛哥人以抢劫为主，罗马尼亚人以偷盗为主。

他们眼中最大的“客户”，偏偏是勤劳能干手里有着大把现金的华人。这背后也自有其缘由。在西班牙媒体的报道中，最常见的新闻是华人店铺因为偷税漏税被查，有华人携带大量现金过海关被查获，或者华人黑帮组织人员贩毒卖淫被查。西班牙人对华人的印象普遍停留在勤劳、有钱、偷税漏税这些关键点上。有些人更为极端，认为生活在西班牙的中国人就是贼，在西班牙赚钱，然后寄回中国去。既不缴税，又不学语言融入当地，是一个只会索取却不懂得回报的群体。

西班牙媒体固然失之偏颇，并未报道华人对当地经济做出的贡献、所提供的工作岗位，以及为民众生活带来的便利，一些当地人的见解也未免偏激，可是作为华人又不得不承认，对方的报道也不无根据。从华人商业在西班牙建立以来，偷税漏税是华人从业者的共性。为了避免缴纳税款，华商们想尽了各种办法。其中最常用的就是现金交易，这也是华人商铺被劫匪盯上的原因之一。

华人商业在 Lavapies 街区繁荣，大量的现金在华商之间流动，已经让犯罪者眼馋，加之一些赚了钱的华商不懂低调，开豪车、穿名牌，甚至出入赌场大肆挥霍。更离谱的是，还有个别华人在自家店铺聚集赌博，花花绿绿的票子在手中你来我往地交替，更加剧了危险的到来。对于犯罪者来说，只要抢了一家中国商店，就意味着抢了一趟银行，成功率更高，风险还更低。

最初，华人店铺被偷被抢还有人报案，后来发现报案的结果居然是不了了之。因为抢劫的摩洛哥人都无法提供护照和当地身份证，到了警局一口咬定自己是未成年，警察也没有办法。西班牙法律规定，偷盗抢劫如果达不到一定数额，只是抓起来关几天就释放。即便达到相应数额，西班牙警察不具备执法权，警察还要向检察院提起公诉，走完整个漫长的流程才能为其量刑。再者，华人为了避税，在店铺放置大量现金，被偷之后并不敢如实报案。如果被偷 5000 欧元，有时候也只能说 2000 欧元，因为警察会追问钱财来源，倘若不能解释清楚，反倒把自己置于不利的境地，也只能吃哑巴亏。加之中国人向来有多一事不如少一事的观念，总是害怕惹祸上身，华人的隐忍和警察的不作为，又助长了犯罪行为。

久而久之，摩洛哥人的气焰越来越嚣张，一开始只是小偷小摸偷点儿货物离开，后来发展到公然在街道抢劫华人，再后来就是团伙作案，拿着刀和枪直接明抢。Lavapies 街区人心惶惶，华人犹如生活在白色恐怖之下，就连我自己，虽然没有被抢走钱，但是也好几次遭遇了劫匪。

距离危险最近的一次，是有一天我和秀琴、大儿子李存萜带着大笔现金货款走在回家的路上，突然，我被人从背后卡住了脖子。摩洛哥人抢劫的手段雷同，通常是两三个人一起作案，其中一个趁人不备，从背后勒住受害人的脖子使其不能动弹，其他人负责抢钱。

被卡住脖子的那一刻，我下意识死死抓紧了手里的钱包。

¡Socorro，¡Socorro！ 秀琴大喊救命，儿子抄起手边的路牌就砸过去，一位过路的西班牙妇女见状，也脱下鞋子打劫匪。歹徒却更加丧心病狂，其中一个见我死死护着包，开始用嘴巴咬我的手，我的手却像铁钳一样护得更紧。我心里只有一个声音，就算肉被咬掉也绝不松手，绝不能让歹徒得逞。不是因为钱，而是我无法容忍这样的事发生在自己身上。最终，歹徒抵不过我们的反抗仓皇逃走，我的手上至今还留着那个被咬的牙印。

我对自己这回的表现满怀骄傲，至少气势没有输。

顾不上包扎，我带着流血的手和秀琴、儿子一起赶到警察局报案，警察却爱搭不理，各自忙着自己的事。在警察局等了一个多小时，手上的血都结痂凝固了，警察只是过来说了一句：“反正也没有损失，你们自己去包扎一下回家吧。”

我们默默出了警察局，各自怀着心事。我不知道秀琴和儿子心里在想些什么，我只是默默告诉自己：华人必须强大起来，否则将永远被别人欺负。

Lavapies 街区的繁荣还在继续，带着现钞交易的华人有增无减，越来越多华人被抢的消息传到我的耳朵里。听说有一个华人老太太被抢，因为没钱还遭到了劫匪殴打。还听说最严重的一天有 17 个华人被抢，单日损失达到 1700 万比塞塔，约 100 多万人民币。作为这个街区经营时间最久的华商，越来越多的同胞来找我诉苦，希望我能带着大家做点儿什么。

我带着儿子和几个被抢的华商去警察局，要求西班牙警察必须对这一带的治安问题给个说法。警察的回复却只有三个字：“没办法。”警察局局长告诉我们，有人被抓了 70 多次，却因为年龄不够、缺乏证据、抢劫数额不大等种种缘由无法量刑，最终还是被放了出来。即便他们也觉得不可思议，却依旧无能为力。

大家七嘴八舌给警察出主意，有人说在这一街区安装摄像头，警察说不行，因为不符合当地法律，会侵犯隐私；有人说华人自己雇用保安队，专门在这一街区巡逻，警察说不行，因为西班牙法律规定，保安只能负责自己店铺内的安全，无权在街道巡逻。大家兴冲冲地跑到警察局寻找解决方案，最后却悻悻而归。

无奈之下，我只好号召店主们准备棍棒、铁链、斧头等器械防身，效果却微乎其微；我又特意从广州采购了一批铜锣发给大家，只要听到铜锣声大家都要出来，那一定是因为中国人被抢了。实行没多久，却又因为噪音扰民也被禁止。还有学过功夫的华人来找我，自告奋勇说要当老师，办一个武术班教大家一些防身招式。没想到，武术班还没办起来，老师却被劫匪当街抢了。他的功夫还没派上用场，自己就已经被打昏在地，风声传出去，武术班也办不了了。

警察局去的次数多了，警察建议我们成立一个华人团体，因为在西班牙，团体跟警察沟通的力量和效率远远大于个体。如果每次发生问题，能有一个协会代表整个华人团体去和西班牙政府沟通，能更好地解决问题。

当时的西班牙已经有几个华人协会，但是都不在 Lavapies 街区经商居住，自然也无法代表 Lavapies 街区的商铺，我们需要的是一个代表和维护 Lavapies 街区利益的团体。那么，谁来组织这个协会?

组织一个协会，需要组织者有领导力，有奉献精神，有魄力，有胆量，有经济实力，有影响力，还要是老华侨才能服众。一心要把生意做大的华人，不想涉身其中，因为费时费力还不一定落好；有心想做的，又未必有这个能力和心量。放眼望去，华人圈里能担此重任之人寥寥无几。眼看没人出头，无奈之下我组织了一个动员大会，召集了这条街上的华商，也邀请了中国驻西班牙大使馆的官员、华文媒体、警察局和街道居委会，希望通过这次会议，一能让当地政府了解华商面临的严峻现实，二能号召和鼓舞当地华商团结起来。会议最后，我站在台上发表演讲，于是就有了本书“起始”篇的慷慨陈词。

那天晚上，小儿子李存哲回家对我说了一句话:“爸爸，我同学今天去参加会议看到了你，他说你演讲的时候简直就是希特勒！”

这次会议虽然鼓舞了华人的士气，但是并未扑灭摩洛哥人的气焰，也没有实际减少犯罪案件的发生。Lavapies 街区的华人，依旧笼罩在一片阴影之下。

一次敲诈

这是 Lavapies 街区最平常的一天。那天我正在店里理货，下午四五点钟进来两个中国人。

两人进门就四处张望，上上下下打量挂在店里的商品。我侄子阿忠在店里做售货员，看到进来的是中国人，上前用普通话和温州话各问了一遍："你们需要进货吗？"

两人不回答，继续在店里转悠。突然，其中一个开始翻找自己的口袋，一边翻一边说："我钱包丢了！"

翻完所有的口袋，他转向阿忠凶神恶煞地说："我钱包不见了，里面有现金、居留卡、银行卡，各种证件都在，是不是掉在这里，你们把钱包给藏起来了？"

阿忠自然说没有。谁料他话音未落，对方突然冲着他的脸"咣咣"打了两拳。

我一看态势不对，赶紧上前："如果你钱包真的丢这里，我们都会看到的，可是我们这么多人在店里都没看见。你们想怎样呢？"

我不卑不亢的语气显然激怒了对方，另一个人指着我的鼻尖儿恶狠狠地问："李汝龙在不在？"

根据经验，我猜测这是看生意好了来敲诈的。听出对方不认识我，我继续不动声色地说："他刚刚出去了，你们明天可以来找他。"

"那我们钱包丢了算怎么回事？"对方不依不饶。

我继续说："既然你们说钱包掉这里了，你们离开以后，我们所有人会把店铺检查一遍。如果能找到一定给你们留着，你们明天过来拿便好。"

对方以为他们的计谋得逞，便趾高气扬地离开了。

他们一走，我就打了两个电话：第一个打给中国驻西班牙大使馆，告知今天店里发生的情况，作为案件报备；第二个打给片区的警察局，告诉他们店里有人来敲诈，警察局答应第二天派几个便衣过来，还特意嘱咐我们去买台摄像机，第二天用来录像。

当天夜里，我们一家准备好了一切，并且各自分配了任务。第二天，他们又多带了一个人来。从他们进门那一刻起，秀琴就打开摄像机对着他们开拍。

我招呼他们往里面走一点儿，待他们走进店铺深处，我一转身挡住他们的去路，不动声色地说道："我就是李汝龙。你们如果是刚到这里的华人，遇到了困难需要帮忙尽管开口，能帮的我都会帮。你们要是来敲诈的，今天休想从老子这里离开！"

对方显然没料到会遇到这个场面，他们四下打量，大门被我堵了，秀琴的摄像机在拍着他们的一举一动，

大儿子李存萜和阿忠带着几个身强力壮的西班牙店员已经将他们包围，门外还有便衣警察守着。

对方又惊又怕只好求饶，想到毕竟都是同胞，我不愿做得太过分，最后还是让他们离开了，可是心里始终意难平。外人欺负华人本就让人气愤，华人居然还欺负华人，真的太不像话了。在这样的外忧内患之下，华商的日子越发不好过。

2000 年 4 月，我正在广州的工厂忙碌，突然接到西班牙打来的电话，街区的华商告诉我，当天摩洛哥人去抢劫，华人跟摩洛哥人打起来，最终演变成一场群架，警察抓走了六个华人。

挂了电话我立刻打给大儿子李存萜，让他马上去跟警察局沟通。这些年他在长城龙做生意，以及跟政府机关沟通的无数个来回里，已经练就了熟练的西语和与政府交涉的能力。接下来，我又打电话给中国驻西班牙大使馆，告知事情的经过，请求领事部一定想办法把这六个人救出来。经过多方斡旋，这六个人被顺利营救。直到现在我都不知道他们是谁，只知道他们是自己的同胞。这件事之后，大家都催我赶紧回西班牙，当地华商和警察局都督促我担起一份责任，大使馆更是明确要求 Lavapies 街区尽快成立一个组织来保护当地华商。

从广州回到西班牙的第二天，有人打电话让我赶紧去开会。我到了约定的华人餐厅，好家伙，现场聚集了四五十人。Lavapies 街区的华商，有东北的、浙江青田的、广东的、上海的，大家都在各自的位置上坐着，唯独空出上宾的位置，等我一到，他们就簇拥我坐了上去。没有任何思想准备，我就这样被推上西班牙华商协会会长的位置。

2000 年 7 月，西班牙华商协会正式成立，邀请了西班牙当地警局、移民局、使馆领事部、文化部门等单位出席，其责任就是保障 Lavapies 街区华人的合法权益，确保生意规范化、合法化，减少抢劫案件的发生，改善华人的经商居住环境。

我肩上的责任，又重了一分。

风波再起

华商协会成立后，Lavapies 街区的华商变得更加团结，遇到抢劫大家的胆量都增加了几分，齐心协力抓住了好几个劫匪。通过对华商内部的宣传、请求警察加强警力、对摩洛哥团体放出风声等种种措施，街区的治安得到一定程度的改善。

很快，华商协会的会员达到 1000 人，经济实力、会员人数和会员结构都位居西班牙各大华人协会之首，且会员团结性、积极性都极高。正所谓“木秀于林风必摧之，堆出于岸流必湍之”，华商协会成立的本意是维护华商利益，从未想过涉足任何政治纷争，可是其他协会并不这么认为，因为怕原有的地位和影响力受到威胁，他们打起了自己的算盘。

西班牙成立较早的一家华人协会最先开始行动，他们先是鼓动华商协会的副会长们拉我下台，理由是我是温州人，而西班牙青田人居多，要做会长也应该是青田人来做。接下来，该协会在我不知情的情况下，主动登报宣称我是他们的理事。按照协会人员等级分布，理事之前还有协会主席、副主席、会长、副会长、秘书长、常务理事。其目的是宣称华商协会的会长李汝龙，到了他们协会也不过只是个理事，如此，华商协会的位置自然也在他们协会之下。再之后，他们又让人给我递话，说某地的华人协会会长因为爱出头已经被黑道杀了，我也要当心。我当然知道该协会的目的是拉我下台，他们好找一个听话的人选担任华商协会会长，之后再将其收编为自己的一个分支，这样他们能永远做西班牙华人协会的老大。

接二连三的消息传来，我有了一个新发现，原来在海外的华人群体，基于方言和地缘的感情，甚至要比同为中国人的感情更为深厚和难以撼动。当华人还比较少的时候，大家都是中国人，等到人越来越多，很快就有了分类，青田人、温州人、北京人、福建人、东北人……大家各自为阵，都想拔尖儿冒头为自己的团体争取利益。这时候很多人已经忘记了中国人的概念，只在乎自己的老乡，而不是自己的同胞。这种问题不仅出现在西班牙，在法国、意大利、荷兰、美国等一些国家都很常见。

我为自己的发现感到庆幸，因为这样我更能知道应该提防谁，同时又为自己的发现感到悲哀。外人都说“一个中国人一条龙，三个中国人一条虫”，看来的确有几分道理。不知道那些一心搞分裂的人有没有想过，他们先是把中国人分成了温州人和青田人，有一天是不是还会把温州人分成仙岩人和丽岙人，把青田人分成高湖人和仁庄人，再往下分，从镇子再分到村，从村子再分到每家每户，那最后的敌人呢？难道是自己的家人吗？他们可曾想过，如果所有人团结起来，敌人只有一个，分裂下去，敌人便有了无数个，何苦呢？

《孙子兵法》有云："以治待乱，以静待哗，此治心者也。"对其他协会的挑衅我保持了沉默，静观其变。

2001 年春节，是华商协会成立后的第一个大节日。华人在西班牙发展了近十年，都只是默默埋头赚钱，从来没有参与过西班牙的任何文化活动。这一次，我们打算高调给西班牙人看，看看我们的中华文化，看看我们龙的传人，也借此提高华人的社会地位，减少抢劫案件的发生。

打算举办春晚的消息一放出，华商协会的会员们就开始了行动，大家四处打听、联系，积极寻求支持和帮助，几乎调动了全部西班牙华人的关系为春晚铺平道路。有钱的出钱，有力的出力，有俱乐部的花鼓队自告奋勇上街表演，有人从国内采购了舞龙舞狮道具、中国古典服装、少数民族服饰、中国乐器等，有人负责跟街道申请活动许可，有侨民共同出资专门搭建了舞台……

2001 年 1 月 24 日，西班牙有了第一场大规模的华人春节联欢会，完整的节目流程，专业的主持和嘉宾，丰富多彩的节目，中国人在西班牙的街道上舞龙舞狮、踩高跷、打腰鼓、唱中国歌、跳中华舞。

五千年的风和雨啊藏了多少梦

黄色的脸黑色的眼不变是笑容

八千里山川河岳像是一首歌

不论你来自何方将去向何处

一样的泪，一样的痛

曾经的苦难我们留在心中
一样的血，一样的种
未来还有梦我们一起开拓
手牵着手不分你我昂首向前走
让世界知道我们都是中国人

一曲《中国人》引发所有人合唱，也唱哭了在场的无数人。国内零点的钟声响起的时候，是西班牙的下午5点，香槟喷出来，歌声唱起来，西班牙人也在Lavapies的广场上跟着华人一起唱、一起跳。那是西班牙人第一次见证华人的春节，也是第一次近距离感受中华文化。第二天，西班牙48家媒体报道了这次活动，一张巨大的中国龙照片登上了西班牙的ABC、El Mundon、El Pais等主要媒体的头版头条，就连索菲亚王后也发来了贺信。

中国人，终于被西班牙人看见。

活动结束，华商协会请所有表演者吃饭表达感激之情，不承想，却演变成了对我的攻击和批斗大会。现场有人指着我的鼻子大骂："李汝龙，你以为自己了不起啊！你他妈这么高调，早晚会出大事！"也有人说："你别以为搞了这么一场活动就了不起，你早晚得下来。"按照我的脾气，听到这样的话早就爆发了，就算是豁出性命，我也要跟那些以小人之心度君子之腹的肮脏货们大干一场。但是那天，考虑到大局我忍了下来。倒是身为副会长的老倪和其他几个人实在看不下去，站起来大吼："谁要是不同意老李当会长，我就跟谁过不去。"

庆功宴在热热闹闹中开场，却在七零八落中收场。那一晚我才知道，若真正想做好生意，就不该牵涉政治，那是给自己带上桎梏。政治是个无底的深渊，一旦你进入其中，就已经困住了自己。在名利地位的诱惑之下，在真真假假的虚与委蛇当中，你很难分清那无限膨胀的到底是自己的实力，还是外界的虚幻吹捧。若是没有对自己极为清醒的认知，身处政治的旋涡，太容易迷失自己。所谓“栖守道德者，寂寞一时；依阿权势者，凄凉万古”。

敌人在四周窥伺，形势依旧严峻，我还是决定干下去。首先是自己才刚刚上任，不能毫无建树地灰溜溜下场，那不是我李汝龙的作风；再者，华商协会成立的宗旨是对付摩洛哥抢劫犯，不是对付华人自己，很多人并没有看清楚这一点，只有我在这个位置上，才能让更多人明白这个道理，也才能协商一致对外御敌。

我决定从根源上解决问题。我先是带着大儿子李存萜找到了马德里移民局的局长，以华商协会的名义向他发出前往中国的邀请。中国人来到西班牙辛苦谋生，不是来乞食的，而是来求发展的；不是来抢夺西班牙人饭碗的，而是帮助西班牙一起进步的。我们希望获得移民局的支持和帮助，让华人能更安全安心地在这里发展，从而带动更多当地的就业和税收。为此，我想邀请他去中国看看，看看我们中国的经济发展，看看我们中国的治安状况，感受一下真正的中华文化。移民局局长欣然接受了我们的邀请。

接着，我又亲自去了与华商协会作对的那家华人协会，邀请他们的几位会长和我一起陪同移民局局长前往中国。这次行程，我还有一个特别的计划，想找机会与这几位会长一起坐坐，希望借此达成共识，把个人的称号荣誉摆在一边，把华侨华人的集体利益放在最前面。为此，我专门预订了一个包间并向他们发出邀请。不承想，约定的时间到了，我等了整整一晚，他们没有一个人出现。起身离开的时候，我对自己说了一句话：“我李汝龙已经先礼后兵，你们不识相就别怪老子不客气。”

那一晚我决定，不管前面是万丈深渊还是刀山火海，我李汝龙就一门心思为侨胞服务。我要的是侨胞的利益，别人要的是政治资本，既然道不同，那就不相为谋，历史会留下公正的评价。

大干一场

与移民局局长结束中国行，返回西班牙的当天，我就在华商协会召开了紧急会议，邀请几位真心为华商协会做事的副会长参会，分析了当下的形势并且共同做了决定。第一，改变华商协会人员架构安排，将协会成立以来的绊脚石直接除名，重新吸纳新成员；第二，直接通过媒体公布人员变更消息，等到对方得知自己已经不在华商协会的时候，木已成舟，连反抗的机会都没有了。

如今看来，也许当时的手段过于强硬，对于向来讲究人情的中国人，这样的做法未免过于激进、凉薄。尤其是大家都身在海外，非但没能团结一致，却还要搞分裂。这着实并非我本意，奈何在彼时的境遇之下，这是我能想到的最高效便捷的方法。唯一值得欣慰的是，那一刻我从未想过自己，只是一心为了集体的利益和整个侨胞的命运去抗争，这是我至今问心无愧的地方。

因为我的做法，很多被开除出会的人，背地里找黑道的人来找我麻烦，或者想尽办法损害我的名誉，甚至想把华商协会解散，再重新建立一个新的协会，但是都没有得逞。反倒是我，因为没了反对者的干扰，终于可以放开手脚大干一场。

我定期开会，号召大家献计献策，怎么能把华商协会办得更好。在所有人的努力下，华商协会先后办成了诸多大事：有了专门的文职宣传，但凡华商协会遇到大事件就写成文章，打印之后发传单，尤其是摩洛哥人抢劫未遂，更要大力宣传用来鼓舞士气；办图书馆，长城龙自己出资购买书籍，增加大家平日里文化休闲的项目和场所；请中医义诊，免费给当地华商看病；为避免出生在西班牙的华人小孩只会说家乡话或者西班牙语，而不会中文，我们又在街区成立华商中文学校，专门教导华商后代学习中文；同时又开办西班牙语学习班，为刚出国的华人补习西语，好让他们能正常做生意并融入当地。

因为华商协会的努力，华人的士气长进了不少，生活也着实丰富了很多，可是摩洛哥人的抢劫依旧还有。真正让事情扭转的，是我最后一次跟大儿子李存萜和华商协会的骨干去为被抢的华人讨说法。迄今为止，那段跟警察局局长的对话我还记忆犹新。

“先生，像今天这样的抢劫事件如果发生在中国，几分钟内警察就会解决。”

警察局局长说：“可这里是西班牙。”

我质问：“为什么西班牙的警察不作为？”

警察局局长回答：“你也知道，警察对犯罪者的惩罚是有限的。如果警察越界了，那就犯法了，不是我们不愿意帮助，而是我们的权力和能力都有限啊。”

我不依不饶：“这也不行，那也不行，你们警察就没有一点儿办法吗？”

警察局局长无奈地摆摆手：“我们真没有办法。更何况，警察也是普通人，也有家庭，也害怕被报复啊。”

我起身离开，却在心里说了一句：“那我有办法！”

几天后，Lavapies 街区疯传着一个消息，有摩洛哥抢劫犯在抢了华人之后，被七八个来自意大利的黑手党剁了。剁了手还是剁了脚没人清楚，剁了一个人还是两个人也不知道，只知道劫匪的命给留下来了。是谁在背后安排的一切，黑手党又是哪里来的，众说纷纭，却没人知道事实真相。这件事过后，抢劫案件大大减少，整个街区像是在浑水里放进了明矾，立刻清澈见底，华商们也终于过上了安稳日子。

摩洛哥人出事的当天，我接到警察局局长打来的电话，电话接通他只说了一句话:“这件事我们不追究，但是你们到此为止！”多年以后，中国驻西班牙大使离任前跟我吃饭，他送给我一份手写的临别赠言，又对我说了一句话:“李会长，你为华商做的事，我都知道的，谢谢你！”

那一刻，我的心里是温暖，是欣慰，也是感动。

2005 年春节晚会之后，我卸任了华商协会会长。完成交接，我独自一人回家，身上的担子终于卸下去，我松了一口气。但是眼看着自己亲手建立的一切，就这样转做他人嫁衣，我亦心有不甘。荣耀加身的时刻，那笼罩在身上的光环亮丽闪耀。等到众人散去，光环渐渐黯淡，剩下的，只是一个人的落寞和不过如此的怅然。

这种情绪反反复复，大概一个星期后，我突然理解了何谓无官一身轻。从此，再也不用西装领带去维护那份形象，再也不用操心张家长李家短，再也不用对付那些随时使绊子的小人。上任之初不就是为了付出吗？当我决定放开手脚去履行会长之职的时候，就已经抛弃了个人利益。因为自己曾经苦过，被骗过，被抢过，走过来了，有能力了，去为其他人尽一份力是应该的。

其实，一个人真的放下自己，也就已经得到了一切。因为所有的路都只是自己一个人在走，而众人不过是在观众席上或叫骂或赞叹，仅此而已。跌宕起伏与颠沛流离之后，真正停留在心底的，并非是得到时的欢悦，或是失去时的怅然，而是走过的那段路是否忠于自己的良心，是否利益了他人。如果答案是肯定的，那一段路一定会成为下一段路的垫脚石。

第十八章　涉足贸易

（2003 年）

没有什么能够阻挡
你对自由的向往
天马行空的生涯
你的心了无牵挂

——《蓝莲花》

一次谈话

2001 年始，在 Lavapies 街区经商的华人发现，每天除了要应对劫匪带来的恐慌，整个华人群体和街区的矛盾也在日益凸显。当地居委会不断找华商协会交涉，提出华人在这里经商带来的种种问题。

在华商进驻之前，Lavapies 街区有水果店、小商店、药店、餐厅，生活十分便利；之后，整个街区成了清一色的华人批发城，给当地民众的生活带来很大不便。街区狭窄多为单行道，车辆进出本就不方便，华商的小货车又经常停在路口装卸货物，给当地人出行造成障碍。而且，路边堆积成山的包装箱占据了人行道，清晨批发货物产生很大噪音。人们怨声载道，经常听到当地人在气头上大声叫骂中国人。

居委会要求华人不乱扔垃圾，减少运输噪音，限制装卸货时间。同时，马德里市政府也不断出台新措施，比如不允许单行道装卸货物、乱扔纸箱要受到处罚等，层出不穷的限制措施和接连不断的抢劫偷盗，让华商愈发难以施展手脚。要想继续扩大生意，必须找到更好的场地和经营方式，突破眼下的桎梏。

2001 年 9 月中旬，第六届世界华商大会在南京举行，包括我在内的 11 名华商协会骨干参加了此次会议。参会前，我们走访了浙江多个城市，我第一次见到了义乌小商品批发市场。

还没进市场大门，就看到街上车水马龙，南来北往的商贩络绎不绝。走进市场，陈列着各色货物的商铺一个挨一个，来自五湖四海的声音此起彼伏，商贩们忙着交易，真正是说不尽的花红柳绿，道不尽的满目繁华。从前只是听说它名声在外，待到亲见才知道果然名不虚传。相比国外，义乌市场虽然少了一些干净整洁，却处处透露着欣欣向荣。站在义乌批发市场，我心里只有一个想法，如果能把义乌市场搬到西班牙多好。哪怕只是搬一个小角落，也能养活西班牙十多万华人。

义乌模式让我看到了建立大宗贸易批发市场的空间。首先，批发市场能产生聚集效应，同行不是冤家而是帮手，共享信息能降低搜寻和交易成本，同类产品能产生活力与效益。义乌从不到 2 万人的小镇，发展成 80 万人的城市，靠的就是市场的吸引。

其次，筑巢才能引凤。义乌作为一个小县城，订单却能遍布世界各地，吸引世界各地的商人，靠的就是不断发展不断扩张，不断扩张再不断发展。如果西班牙也有大宗外贸批发区，辐射区域会更广。小到西班牙，大到整个南欧甚至南美，都可以到西班牙批发货物。

再次，批发市场跟批发中心和展示店的客户群不同。Lavapies 批发中心商品高度同质，如服装类、鞋类、箱包类、首饰类等相对集中，面对的是批量订购的次级商家。而大宗批发市场是以仓储式进口商品批发集散为主。一旦有了市场，未来会形成服装、电器、玩具等各具特色的专项商品经营区，而且人流量、车流量、货物吞吐量、资金流动量都远远超过街区批发，二者规模不可同日而语。

还有，建立批发城还能解决就业问题。哪怕每家店铺只有一两个人，数以千计的店铺就能带来成千上万的工作岗位，也能帮助更多来到西班牙的华人，以及带动西班牙的经济发展。而且，更好的经商环境也会减少抢劫案件的发生。

浙江考察结束后，我们一行人坐车从杭州去南京。其他华商都在打牌聊天，我却独自看着窗外陷入沉思：国内经济是实实在在进步了，国外这几年的发展势头也不错，一大批华侨在崛起。可是这么多年，海外华侨都是单打独斗各自为战，能不能借着这次出行的机会，将海外华商组织到一起，再联合国内的力量，一起建立一个更有生命力、更长久的华人产业呢？想到这里，我招呼大家一起来聊一聊。中巴车里有个小圆桌，刚好可以围坐开个小会，我先发言：

“我们出国的时候改革开放才刚开始，私营企业数量不多，还容易受到打压。这次回来大家都看到了，整个义乌几乎是家家开店户户有厂，私营企业变多了，规模变大了，还有政府各项政策的扶持。国内的房地产也在飞速发展，到处都有旧房在拆迁改造，高楼大厦在建造，道路在加宽，居住条件在改善。国内经济正在蓬勃发展，国内那么多企业都想跟我们海外侨商联合，现在到处都是机会，不知道大家有没有什么新的想法和计划啊？”

我多么希望大家看到我看到的一切，会有人拍着我的肩膀说：“哎呀，老李，我也想说现在正是国内外联手的好时机，咱们一起合作，到国内投资大干一场吧。”

只见大家都沉默了几分钟，突然有人抬头对我说：“老李啊，我们现在的生意这么好，你想这些问题干吗？”有人说：“好不容易苦日子熬过去了，你不好好享受，现在又想着怎么更辛苦吗？”还有人开玩笑：“难怪你头发掉得那么快，看来都是想太多想的。”

我一时语塞，想想大家说得也有几分道理。从前劳碌是为了吃饱肚子，现在好不容易过上好日子，却又为了发展得更好去劳碌，何苦呢？瑞安有句土话：“饭要给饿的人吃，水要给渴的人喝，话要给听得懂的人说。”在大家一无所有寻求机会的时候，我说出这番话，必然一呼百应，只是现在，很多华商都已经事业小有所成，日子都过得不错，有没有更大的商机，对他们并不会产生实质性的影响。既然他们并不需要，我也就不扫大家的兴了。

这次出行，让我看到了义乌模式的巨大潜力。这次谈话，让我知道未来若是想在西班牙继续扩张，虽然没有同伴，但是也不用担心对手。

20 世纪 90 年代末，欧洲的华人批发中心进入“圈地运动”阶段。著名的华商市场有匈牙利布达佩斯的四虎市场、罗马的维多利奥广场周边街区、巴黎第 11 区的中国服装区、莫斯科切尔基佐夫斯基大市场等。这些市场的共同特点是：急就型，密度高，客流量大，厚利且多销，具备资本原始积累的高速性。虽然 1998 年金融风暴对欧洲华商经济有所冲击，但是中国的经济在飞速发展，想做贸易的华商背靠着中国恰好能汲取更大能量。

幸运的是，此时西班牙的大宗批发市场还是空白，本地高端名牌产品市场稳定，可是中低档商品市场欠缺，急需充足的货源补充。一旦中国批发城开起来，华人批发中心就能大宗进口中国本土价廉物美的商品，与当地原有的高端商场形成有效互补，中低收入阶层也可以直接或间接受惠。市场的需求巨大，可是能看到这一点且具备经济实力的，在西班牙没有几个，长城龙却具备了天时、地利、人和的所有因素。

我知道，是时候涉足这一领域了。

“海盗中心”

1980 年春天，乐清市柳市镇里隆村的码头拐弯处站满了人，见到有人经过就问“手表要不要”。熟悉的人都知道，这些手表都是从台湾整麻袋偷运过来的。除了手表，还有布匹、电子表、收录两用机、录音带、尼龙折伞……至于货物的放置，有人用米筛，有人用凉席，有人拿在手上，有人扛在肩上，还有人直接摆在地上，小贩们操着南腔北调讨价还价，热闹非凡……这就是20世纪80年代浙江最出名的里隆走私市场。只是好景不长，1980年夏天，政府大力打击查处走私，在里隆村交易的商贩们纷纷逃窜，开始寻求新的市场。

与此同时，瑞安东门有个卖布的小市场正发展得如火如荼，里隆的部分走私货物流入瑞安，瑞安的布头市场逐渐演变成初具规模的小商品市场。可是没过多久，瑞安政府封锁了所有货物的进出关口，要求向外流通的货物必须缴税，不缴税就不能出去。渐渐地，瑞安市场也没落了。商贩们的目光又转向了义乌。义乌地处浙江中部，交通更为便利，也更好地吸纳了浙江各个地域的特色产业，如宁波的服装、东阳的木雕、安吉的白茶、永嘉的纽扣、瑞安的布匹和织带等。义乌政府顺势而为，给予多方支持，于是渐渐有了义乌小商品市场。

据我所知，这就是义乌小商品批发市场的前身。只是民间流传的另有版本，真真假假已经无从考证。但确定无疑的是，义乌小商品市场能成长为全世界批发市场的典范，并非仅仅依靠义乌本身的力量，而是兼有时代的推动、民众的需求、政府的主导等多方因素。

长城龙在西班牙建立中国批发中心，也借鉴了义乌小商品市场走过的路。可见，无论时代如何变化，商业的本质和发展并不会因为地域、环境和时间，而发生根本性的改变。

当我决定在西班牙建立批发中心的时候，我开始考察中国人在海外建立批发中心的模式。我发现，不外乎三种形式。一种是露天市场，跟义乌批发市场最初建立时一样，摊位相连，露天开放。莫斯科最著名的切尔基佐夫斯基大市场（当地华人习惯称之为“一只蚂蚁”大市场）就是这种类型。虽然条件简陋，许多所谓的商铺只是排列堆积在一起的大集装箱，但整个市场日成交额高达五千万美元；一种是类似于Lavapies这种类型的批发中心，位于市区，类似于唐人街。既是批发中心，也是华人生活区，除了批发货物的商铺，还有食品超市、中餐厅、机票代理机构等；还有一种就是工业区，一般位于城市近郊，面积大，商铺多，属于大型仓库和批发中心，商家只是工作在这里，却不在这里生活。我想要的就是第三种模式，这是最适合西班牙，也是当地华商最需要的模式。

几经周折，我们的场地最终定在 Fuenlabrada 地区的 Cobo Calleja 工业区。这个工业区由西班牙人 Cobo Calleja 创建于 20 世纪 60 年代，20 世纪 80 年代成为初具规模的工业区。在我们准备开发之前，工业区已经有一些西班牙人在做小型批发，只是货品单一，人流量并不大。我看中这里的原因有几个：第一，交通便利，这里距离市中心 30 公里，从市区出发，车程在半小时内；第二，面积足够大，作为老工业区，这里已经有了一部分修建成熟的仓库，未来就算不能做成中国城，退一步也能做长城龙自己的仓库；第三，这里原本就已经有西班牙商户在做批发，如果中国城开起来，规模会更大，原先的商户会成为中国城最早的宣传员；第四，一旦完工，吸引数以百计的商人来做批发，自然会带动周边的餐饮、住宿等服务业，不仅为华人提供便利，也能给当地政府做贡献，政府必然能给予支持；第五，相比地处市中心的 Lavapies 街区，Cobo Calleja 是工业区，周围没有住户，不管批发城几点开关门，都不用担心扰民问题，停车方便，货物装卸便利，商人找货也更方便，完全能避免 Lavapies 批发中心的所有问题。

之后，长城龙开始改造建设新的中国城，拆除旧设备，修建道路，装上安保消防设备，改装屋顶、水电设备，修建停车场等。半年后，原先的旧工厂变成焕然一新的批发城，其商业模式、商铺建造都跟义乌小商品市场一样。长城龙真的搬了义乌批发城的一个小角落到了马德里。

批发城是建立起来了，招商却遇到了困难。

先是马德里的华人不理解，认为我开批发城是为了抢 Lavapies 批发中心的生意，尤其是已经在 Lavapies 买了店铺的华商，更不愿意轻易尝试。此前答应我要来开店的葡萄牙华商，等到批发城建立起来，很多人也因为各种原因不来了。无奈之下，我只好发动身边的朋友来开店，让大家免费用半年。半年后如果生意好，把店铺装修费给我；生意不好，大家打包各自离开，也不会有任何损失。我打算先舍弃眼前的利益，换取未来更长远的利益。反倒是一些来自孟加拉、印度、西班牙的批发商看中了这里的便利和租金便宜，租了一部分店铺。在开业前，勉强招满了 80% 的商户，我们把长城龙自己店铺的包也都挪过去，将所有的店铺都塞满。

2003 年 4 月 28 日，命名为“China Center”的中国城正式开业。长城龙也从箱包公司转型成为进出口贸易公司。

中国城开业之初，因为顾客寥寥生意惨淡，很多人劝我早点儿收手，我却不为所动，义乌小商品市场在真正崛起之前，曾经历了漫长的蛰伏和等待。中国城也一样，大方向没错，只是需要一个合适的时机。

很快，这个时机来了。

2003 年 9 月，意大利出台针对中国商品的新海关政策，所有进口到意大利的中国商品都要经过严格检查，意大利的进出口贸易受到严厉打击。而在此之前，意大利一直是华人从事进口贸易最多的南欧国家，是中国商品销往欧洲的分销中心。因为这一政策，很多做批发业务的华商开始向欧洲其他国家转移。

渐渐地，有华商发现在中国城开店并不会影响市中心的批发生意，甚至还能弥补 Lavapies 批发中心的不足。有了新的批发城，位于市中心的店铺可以成为货物展示店，而中国城则成为商家进货地，给客户带来更多便利，还能扩大客源，二者能形成优势互补。其他国家的商贩也发现，伴随着品类的丰富，来中国城的客户越来越多，因为人气而带来的客流量也在增加自己的收益。批发城的经营渐渐有了起色。

真正让中国城翻身的机会出现在一年以后。

2004年7月4日，早上一起床我就接到大儿子李存萜打来的电话："爸爸，不好了，出事了。"

"什么事？"我问。

"中国城被西班牙最大的媒体报道了，说这里是'海盗中心'，是盗版商品的集散地。"儿子显得很紧张。

"你先别慌，给我把报道详细解释一下。"

儿子给我翻译了新闻内容："位于马德里 Fuenlabrada 的中国城是整个欧洲的'海盗中心'，这个中心就像一个巨大的10万平方英尺的商店，陈列着从内衣到电子产品的各类货物，种类繁多价格低廉，吸引了来自西班牙甚至整个欧洲的诸多商户前来。也有大量的盗版商品被运送过来，之后与其他小商品一起被输送到西班牙乃至欧洲的各个商店和街区。"

刊登文章的是西班牙最大的媒体 El País，整张报纸用了大篇幅报道了中国城，题目是《海盗帝国》。

听完儿子的描述，我哈哈大笑："放心，大好事来了，我们要发达了。"我知道，不管自己花多大力气去打广告营销，都比不上国家级媒体的宣传。在世界任何地方，商人逐利的本性不会变，他们最在意的是能不能赚到钱，而不是其他虚无缥缈的名声。自此，全西班牙都知道了中国城，只要是在这里的商家，都会跟着赚钱。

果然，经过媒体的报道渲染，大量客户蜂拥而至。越来越多的客户前来寻找货物，也带动了更多租户前来。之前是我不要租金给人用，之后是租户天天催我什么时候有空商铺。中国城的商铺出现了抢购热潮，有些商户只是转让店铺，转让费就涨到十几万欧元，开始有人把中国城叫作"欧洲的义乌商城"。

从20世纪90年代末到2008年，欧洲华人商城进入遍地开花的高速成长期。在这一阶段，欧洲到处都在建立中国批发中心。一如《欧洲时报》所述："从欧洲北部的英国、瑞典到最南端的西班牙、意大利，整个欧洲都掀起了一股兴办中国商城的热潮。"长城龙抓住这一热潮乘胜追击，2006年，和其他华商合股，完成中国城的第二期工程建设；2011年完成第三期建设，伴随着东方广场的建立，合计7万平方米，拥有近700家店铺的中国城正式建成。其中80%是华商，另外20%的商家来自西班牙、孟加拉、韩国、印度等一些国家。中国城的商品也远销法国、葡萄牙，非洲、南美洲等各个国家。

中国城的建立，对长城龙的发展是又一重突破。在中国城之前，长城龙还只是一个箱包公司。但是之后，长城龙的业务拓展到了国际贸易和房地产，不仅拓宽了经营领域，也带动西班牙华人商业进入新阶段。

中国城的发展离不开诸多因素，很多因素并非长城龙自身努力的结果，而是外部环境的推动和作用，有意无意之间成全了长城龙。可见，天时、地利、人和无论对于个人还是企业发展都缺一不可。于我而言，中国城的成功是我的又一次突破，也是自我价值的又一次证明和被认可，让我确定自己对商业的判断和嗅觉都没有错。我也相信，具备了更强实力的长城龙，未来还能做更大的事业。

第十九章　上海之殇

（2003—2008）

越过山丘

才发现无人等候

……

——《越过山丘》

重返中国

2002年年初，温州民间流传着这样一个故事：一个温州人，花150万元的首付，在上海买了20套商住房，每套约25平方米。配齐家具后将房屋出租，每套房月租金3500元，租金用来支付按揭之后，每月还能净赚2万元。三年后，上海房价暴涨一倍，他将房子全部脱手，获利近千万。他的做法，被称为“温州炒房”的标准动作。

与此同时，在西班牙马德里，从2002年年初，前来长城龙购买货物的商人，不再仅仅用比塞塔购物，而是开始使用一种全新的货币——欧元。2002年1月1日，欧元在欧洲12国正式流通。欧元升值美元贬值，对从事进出口贸易的华商来说着实是一大利好。这意味着起码在一两年内，欧洲央行不会升息，这将有利于华商投资置产，同时也激励他们贷款创业。

自2000年前后，海外华商的发展也出现了新的变化。一大批在20世纪八九十年代进入欧洲的华人，已经完成前期的资本积累，涌现了大批资金雄厚的商人。他们的生意不再局限于餐厅、商店、服装制作等小生意，而是开始涉猎贸易、批发、房地产、娱乐、文化等各个产业。大批华商手握资金寻找新的投资方向，期望实现财富增值。此时，国内房地产市场发展势头大好，商品房销售旺盛，各行各业欣欣向荣。况且欧元兑人民币升值，意味着有更多资金在手中，可以说正是回国投资的最佳时机。

身边有朋友找到了我，他们是老陈、老徐和阿强。老陈是西班牙华商，善良忠厚，为人诚实；老徐是意大利华商，年纪比我稍长，拥有一定的资产，一旦认定的事情不轻易改变；阿强是秀琴的表弟，也在意大利经商，做过贸易，为人直爽义气。他们都想到国内投资却苦于无处下手，大家一起找到了我。

彼时，长城龙在东莞的工厂和在西班牙的箱包公司都趋于稳定，中国城的建设也正在紧锣密鼓地进行，长城龙正处在飞速上升期。所谓“春风得意马蹄疾”，顺境更容易激发人的抱负和雄心，若再进军中国，恰好是让长城龙进一步飞跃。为此，我们一致决定去国内寻找商机。

考察的第一站是江苏无锡，项目由无锡当地的一位王姓华商介绍。无锡火车站广场改造会在 2002 年 9 月底竣工，车站改造完成后，附近商区亟待开发。无锡土地局希望有能力的企业接手投资完成商区改造，政府愿意全力配合。粗略估算，从前期购买地皮，到中期整体规划、开工建设、商铺装修出租，再到后期物业维护，战线会比较长。虽然烦琐，但如果顺利完成开发建设，项目后期的价值会超过五十亿，确实值得一做。大家一致决定放手一试。

第一步是成立公司。经大家共同商议，老陈、阿强、老徐和我，我们四个人投 100% 的资金，占 80% 的股份，公司的所有决策由我们四人来做，王姓华商不投资金，占 20% 的股份，由他负责跟当地政府的沟通和任务执行。考察结束后我们就回到欧洲，没想到短短几天，王姓华商单独成立了一家公司，要求我们把钱全部打到他公司名下，用他的公司去运营这个项目。他的做法跟我们的初衷完全背离，事还没做就已经开始了算计，我们当即断绝了与他的一切合作。

无锡土地局邀请我们四人再过去沟通，并且在会面时提出愿意踢开王姓商人，直接跟我们合作。如果我同意了这个提议，也就不会有之后的上海失利，怪只怪我太感性，这是我的致命弱点，也为后来的生意埋下隐患。

如果踢开王姓商人，多少有过河拆桥之嫌，我并不愿意这样做。更重要的是，我们并不急于投资。2002年的中国，年生产总值突破10万亿元，经济增长率达到8%。南水北调东线工程、西气东输工程、长江三峡工程，三大工程全面实施，中国到处在开发建设，经济的发展可以用腾飞来形容，只要手里有钱，根本不缺投资机会。最终，我们拒绝了无锡土地局的提议。

此后，为了避免节外生枝，我们决定效仿温州人的炒房方式，购买房产再抛售。买卖房产有点儿像刀口舐血，只要够准够快，狠赚一把不是问题。而且这种方式还可复制，在这座城市收手就能立即进入下一座城市，收益会如滚雪球一般不断增加。中国房地产行业飞速发展，买到就一定能卖出去，只要手边闲钱足够多，就是稳赚不赔的买卖。确定了经营方式，我们要做的就是寻觅第一个目标城市。

进军上海

民达大厦，位于上海市虹口区四川北路和多伦路的交叉口，背靠内环高架、明珠轻轨线，旁边有鲁迅公园和虹口足球场，周围商铺林立，经济繁华，也颇具人文气息。沿着多伦路一路下去，每走几步就有一座名人雕像，鲁迅、茅盾、郭沫若、叶圣陶、丁玲……这些我熟悉的作家，都曾在这里生活。沿途建筑包括英国、法国、日本、荷兰、西班牙等多国样式。有人说“一条多伦路，百年上海滩”。上海从最初开埠时的小渔村到后来的十里洋场，又到日益重要的世界都市，历史在前进，人性却从未改变。上海滩曾有过的血雨腥风、尔虞我诈，也紧随商业社会而一直存在。

长城龙的命运，在走进多伦路的那一刻，就与它深深连在了一起。

2003 年，中国成立国资委，对国有资产进行重组，部分国有资产挂牌售卖。国内的亲戚阿得给我们送来一个消息，上海有一栋大楼要售卖，如果我们想购买，他可以从中牵线。阿得提到的楼盘就是民达大厦，从投资角度而言，大楼地理位置优越，又能满足商住两用的需求，按照大家之前的炒房计划，购买后只等升值抛售就有的赚，所有人都同意购买。

在决定收购大楼之前，我们必须找到可购买的途径。这时，大家才发现阿得认识的人并没有任何实际权力。只是从放出消息那一刻开始，阿得就介入进来，也导致后来的一系列闹剧。

我通过上海侨办联系到虹口区的领导，向对方陈述了自己的经营想法：购买民达大厦后我们会进行简单装修，之后会利用海外资源把办公楼卖给欧洲的华商们，将其作为欧洲华人公司驻国内的上海办公室，既解决了华商的办公场地问题，还能为虹口区带来高税收。虹口区领导当即拍板："李会长，这栋楼是你的，我现在就派人解决你们需要的手续问题。"

在真正完成收购前，我找老陈推心置腹聊了一次。对老陈我摊出了底牌："老陈啊，阿得虽然是我亲戚，但是我有必要跟你说说他的为人。阿得骗过我两次，48 万一次，200 多万一次，他还曾经支招儿让我去赊欠瓷砖骗人，细节我都告诉过你。这次让他加入公司，我不能确保他还会不会骗人。这次投资我把自己的权力交给你，如果你说能投，那我就投；如果你说不投，我就不投。"

老陈思考良久，说道："老李啊，阿得跟你是最近的亲戚，阿强跟他也是亲戚，老徐跟你岳父又是好朋友，无论从哪个角度来看，阿得都没有理由再骗人。咱们国内需要一个负责人，阿得毕竟是自己人，找他总比找一个不知底细的人要强。更何况，当下的条件已经很成熟，区里已经同意把楼卖给我们。如果耽误久了，我怕夜长梦多，咱们还是让他加入吧。"

后来，我听说老徐专门找到阿得，对他撂下了话：“你以前什么样儿我不在意，但未来要是大家一起做事，你就好好做，不能做任何有损祖先颜面的事情。”既然几位股东都没有意见，阿得就正式成了我们团队的一分子。

2002年10月，上海南杰房地产开发有限公司成立，老陈、阿强、老徐，加上我，我们四人每人出资2000万人民币，每人占股20%。因为消息是阿得提供的，他出资1200万，也占股20%。2002年年底，南杰完成了对民达大厦的收购，只等着按计划完成翻新装修就能售卖。

所有人的目光都聚焦到我们身上，虹口区的领导希望借着我们的投资，增加虹口区在海外招商引资的影响力。老陈、老徐和阿强希望借此在国内来个开门红，从此所向披靡。我希望借此能让长城龙再上一个台阶，实现人生的一个突破。所有人都摩拳擦掌准备干出一番成绩，只是谁也没有想到，我们欢喜的美梦，其实是噩梦的开始。

大楼刚刚买到手，“非典”来了。

2003年年初，广东最先暴发“非典”疫情，之后波及香港、北上广等一些大城市，到处停工停学，经济受到不小的影响。没有人知道疫情什么时候结束，大家都担心刚买到手的大楼就这样被搁置。

那时，我正在西班牙忙着中国城的建设，同时还要兼顾华商协会的工作和广州的工厂。老徐、阿强和老陈也各自在海外忙着自己的生意，南杰在国内的经营，全权交给阿得。

一天，阿得给了我们一个消息，说国内有一家房产销售代理公司能帮忙销售大楼。代理公司会预先支付南杰1000万作为销售押金，目的是获得优先销售权。

因为不知道“非典”何时结束，大家又都在海外，如果有代理商帮忙销售，确实能为我们节省不少时间和精力，也能让资金快速回笼。大家一致认为可行，但是签订合同时必须加上一个附加条件：“同等条件下，该代理公司具有优先销售权，1000万只是意向押金，并不具备实质意义。”决定做出后，后续交给阿得处理。

半个月后，阿得送来合同，之前附加的那句话不见了，变成“只有该代理公司有销售权，若南杰违约将支付相应赔偿”。

看到合同的一刹那，大家都有些意外，但是并没在意，南杰跟代理公司的合作就这样稀里糊涂开始了。我隐隐觉得哪里不对劲儿，私底下打听，才从别人口中得知，合同签订前阿得拿了代理公司的好处费，数额不详。

我私下去找阿得，在我的层层追问之下他说了实话：“老李啊，代理公司说只要我把合同改成这样，他们就给我600万好处费。600万啊，我怎么能错过，所以就答应了。谁都不知道这事，现在你知道了，咱俩就把这600万分了吧？”

我脑袋“嗡”的一下，麻烦来了。

很快，南杰公司又收到一份合同，是阿得和代理公司在上一份合同的基础上签订的补充合同，增加了几项内容：1. 在代理公司正式销售民达大厦之前，南杰有义务将民达大厦改造为4星级标准的酒店公寓，否则，代理公司不予销售；2. 公寓改造完成后，代理公司将其销售给单个自然人，再帮业主将房间出租，承诺给予业主7%的年回报率；3. 南杰给代理公司的销售价为基础价，代理公司实际销售之后，溢价收益归代理公司和南杰共同所有，代理公司拿80%，南杰拿20%。

看到附加合同的时候，我主张立即终止合同，哪怕违约赔偿1000万也行，不能为后续合作带来更多麻烦。但是由于股东之间的分歧，合同没有终止。

连环套

6000万，这是民达大厦装修改造之前南杰追加的投资。

按照我们最初的计划，民达大厦是老办公楼，再改造为办公楼只需要简单翻新，成本只有数百万。但是改为酒店，装修费用每平米达到2000元，4万平米的大楼装修费就要几千万，成本陡然增加了十几倍。

任谁也没有想到，民达大厦这个无底洞，6000万只是个开始。

当第一批装修好的房屋终于卖出去的时候，款项并没有打到南杰的账户，却都打到了代理公司的账户。我觉得事有蹊跷，开会问起大家，老陈和阿强表示不知情，阿得和老徐却顾左右而言他。

调查后我才知道，原来代理公司私底下早就收买了阿得和老徐，让他们默许代理公司把钱打到自己的账户，好处是代理公司帮阿得、老徐和他的朋友以原价买到两层楼。我还发现，早在大厦装修期间，阿得就私自去银行拿南杰做抵押，贷款1200万，自己拿走700万用来挥霍。

这样的行径接二连三，若是换了旁人，我早就痛下决心将其扫地出门，可偏偏这个人是自己的亲戚，是妻子的亲人。想当初秀琴在我一无所有的时候嫁给我，单凭这一点，都足以让我一直铭记在心，遑论她一路跟着我颠沛流离吃过诸多的苦，承担了生儿育女、照顾家庭和企业的责任。我早就知道，从成为夫妻的那一刻，我就不只是跟她一个人生活，更是跟她的家人紧密联系在了一起。我内心纵有万般愤恨，又如何下得了手?

人啊，认识自己是一辈子也走不完的路。都说五十而知天命，人到这个年纪，原本应该完成对人生、对自我的认知。上海一系列突如其来的变故，我才发现自己可以面对竞争对手冷酷，面对困难强硬，唯独面对家人，我会变得软弱。因为家是唯一不能讲理的地方，在家人面前，情胜过理。旁人显然也看到了这一点，所以才屡屡做出让人瞠目结舌的事情，而我却只能不断容忍和退让。

我打算退出南杰。

大家却不同意，说应该是阿得和老徐退出。南杰重组后，占股比例为老陈 34%，我 33%，阿强 33%。后来我才知道，阿强私底下跟老徐又签订了一份协议，他们共持这 33% 的股份。

当南杰公司和代理公司的销售合同到期，我们松了一口气。不承想，波澜再起。2004 年年底，代理公司申请仲裁，认为南杰拖延装修进度，导致装修时间超过合同约定的期限，影响代理公司的正常销售，要求南杰赔偿 1000 万的违约金。

一切来得猝不及防。自此，南杰陷入了跟代理公司无休止的拉锯战。

合同上写了有纠纷找仲裁委解决，而非当地法院。彼时，我们并不清楚在国内仲裁委和法院是两个系统，仲裁委员会是民间裁决机构，法院是国家司法机关；仲裁委是一裁终局，法院诉讼是两审终审；而且仲裁费高，不能缓交、免交、减交，一旦选择了仲裁，就不能到法院诉讼。最要命的是，法院是国家的司法审判机关，而仲裁员大多是律师和政府机构人员兼职。其实，早在合同签订之前，代理公司在仲裁委就有自己人，所以他们特意在合同上写了仲裁委而非法院。原来，这张网早在一开始就已经织好，我们居然毫无悬念地钻了进去，变成自投罗网的鱼。

我曾在欧洲某日报看到一个“世界第四富有国家”的概念。报道称，如果海外华人全都加起来算一个国家，其财富积累在全世界排名第四位。在任何一个国家，海外华人的经商能力都排在前列，可是这群人一旦到了国内，生意经就不怎么灵光了。所谓“橘生淮南则为橘，橘生淮北则为枳”，海外华人虽然生于中国，等到在外打拼后再重新回来，却发现已经不适应水土。

我听说过一位住在伦敦的福清（福建省福清市）华侨，他的生意几乎遍布世界各地，却偏偏没有回中国投资。用他的话说：“在中国，如果你赚了很多钱，你会遭人妒忌；可如果你没有钱，你又会被人看不起。为了做生意，你得花很多时间去出差、社交、建立关系……在世界其他地方却没有这么复杂。”这几乎代表了所有海外华侨的心声。

华人在海外奋斗多年，已经适应了海外的经商模式。在国外做生意难免也会用到关系，但是西方人习惯秉承规矩做事，经商环境相对单纯，各项制度相对完备，对于一心做生意的商人确实有诸多便利。可是国内的环境大为不同，这让许多想要回国投资的华侨望而却步，尤其是对于那些在海外打工，好不容易攒下一些积蓄的小餐厅、小商店老板更为不易。虽然经过多年打拼，他们也获得了远远高于国内的收入，却是最不敢回家乡的一群人。且不说尚未做到自己期待中的衣锦还乡，加之又听说太多华人回国投资失败，最后不得不重新出国，从头操持老营生的例子。海外华人的钱，都是一分一分攒下来的血汗钱，有谁愿意半生积累的财富，转瞬之间就化为乌有呢？重新出国再从头打拼的能力和胆量，并不是每个人都具有。

除了经商环境和思路的不同，更让那些中小店主担忧的，阔别家乡几十年，中国的变化日新月异，中国人的思想和赚钱方式也早已不同往日，自己在海外获得的那点儿谋生技能，回国以后并无用武之地。他们担忧的是自己回去能干吗，自己会干的国内人都会干，而国内人会干的自己并不会。所以，对他们而言，最好的生存方式就是利用在海外的时间努力赚钱，等到孩子已经能够安身立命，自己也到了养老的年纪，便带着足够颐养天年的养老费回到中国，在家乡买一所大房子，完成此生落叶归根的使命与梦想。只是，有些人在这漫长的等待中将自己的激情消耗殆尽，有些人在等待的过程中因为意外而殒命他乡，也有人固然等来了这一天，背后却是日复一日的千篇一律和被错过的时光。

从2003年到2008年，五年的时间，我同时兼顾西班牙的生意、东莞的工厂、菲律宾的投资，西班牙华商协会、上海侨商会的事务，国内其他地方的投资，以及上海的烂摊子。为了解决跟代理公司的纠纷，我做了各种各样的尝试，找上海市委、市侨办、国务院侨办，打电话、写信、联络会面。只要是能说上话的地方，我都去；只要是能说上话的人，我都去找，却一无所获。

时间越拖越久，问题越来越多，最后，我找遍各种关系都解决不了。仲裁委员会裁定南杰支付4000万给代理公司，我不服，打算继续找法院申诉。其他股东说大家都累了，还是早点儿了结吧。最终，从违约金到仲裁费，以及中间出现的各种名目繁多的开支，南杰赔付代理公司3900多万，这一场官司才算了结。

之后，南杰又陷入了与小业主无尽的纠纷当中，再度涉及代理公司、股东以及股东的家人。你方唱罢我登场，好一通热闹，每个人都想为自己谋私利，却没有一个人想到公司，到头来都是为他人做了嫁衣裳。2008年年底，南杰公司进行清算，南杰仅仅拥有民达大厦的6、8、9三层楼，其他一切都成了一笔糊涂账，公司所有的投资血本无归。

2003年到2008年，上海的投资轰轰烈烈地开始，却凄凄惨惨地结束。这五年多，我眼看着老陈从一个意气风发的华商变成干瘪瘦小的老头，阿强从义薄云天的汉子变得小心翼翼甚至斤斤计较，老徐与大家也渐行渐远，阿得更是走上了妻离子散的路，我自己也元气大伤，长城龙因此损失惨重，我好几年不曾睡过一个好觉，时常从噩梦中惊醒。

上海的惨败让我见识了人性的复杂。如果上海投资不曾失败，与我一起合伙的股东都是难得的好伙伴，我与亲人的关系也不会横生嫌隙。人性其实经不起考验，有时候我很羡慕那些生活一直平平淡淡的人，因为他们不曾有机会触碰人性的善良与邪恶、高尚与卑鄙、真挚与做作。而我一生起伏跌宕，在无数的变故中去直面那惨烈的真相，除了接纳毫无办法。

上海的惨败也让我更加看清自己，我不配称为一个企业家，我空有企业家的眼光，却不具备企业家的果断。我甚至算不上一个合格的商人，商人重利不重情，商人的目标就应该是利益最大化，不被情感困住手脚，可是我做不到。我被亲情死死绑住，蒙蔽了双眼，听不到周围的声音，看不到别的机遇，最终在这个泥淖里越陷越深。如果能早点儿放开，我的其他生意也会做得更大，无奈当时我的眼里只有南杰解决不尽的麻烦，忽略了身边的良人良机，从而错失几年的大好时光。

如果要恨，我是应该恨别人的无情，还是恨自己的软弱呢？我这一生苦苦求索，得到了又失去，失去了再获得，到底在忙活什么？上海的投资失败，我没有找到答案，却意外地因为一场病痛，看清了人生的去处。

第二十章　归去来兮

（2009—2022）

春去秋来
岁月如流
游子伤漂泊
回忆儿时
家居嬉戏
光景宛如昨

——《忆儿时》

患病

2009年4月9日，我被诊断出癌症。

做检查的前几天，我带着一家人去给父亲的坟头封龙门。

封龙门是温州的传统，逝者棺柩入塘之后，匠人会将坟塘外口用砖砌好，在对着棺柩的正中处，留一寸见方的一个洞口叫“龙门”。封龙门有吉时，时辰一到要烧火、奏乐、发炮，孝子伏地。当泥土工人用一块细小砖头砌塞龙门，才算逝者真正安厝完毕。封龙门通常在葬礼当日进行，若是遇到先人过世时子女还小，家庭条件不好，可以等子女成年后再挑一个吉日。封龙门也像是对祖坟的修缮，谁家的后代有出息，谁家的封龙门就办得更隆重，祖坟就修得更气派。

父亲坟头的龙门我一直没封，因为总想等事业做得更好一些，把规格办得更大一些，这样是对先人的交代，也让后人安心。这一等，就等到了2009年。那时，我常常感到浑身无力，有时夜里睡觉都会痛醒，我预感自己的健康出了大问题，如果再不去给父亲封龙门，怕再也等不了了。处理完南杰的所有事务，我就带着两个儿子和儿媳去给父亲封龙门。

从父亲过世到封龙门，中间整整隔了四十年的时光。这四十年，我们兄弟姐妹都已经长大成人，又各自有了自己的儿孙。父亲定然想不到，他这个最淘气的二儿子居然会抛下机械技术远走他乡，最终子孙也都扎根到了海外。他也想不到，自己的子孙后代未来有可能再也不回河口塘，回穗丰村。这封龙门的传统，也许往后都不会再有。

封完龙门，儿子儿媳陪我去上海的医院检查身体。

检查从早上 8 点做到中午 12 点，从抽血化验到全身扫描，把我完完整整查了一个遍。按理说，12 点医院下班前结果就出来了，却没有人来通知我。儿子儿媳只是张罗让我回去休息，说下午还有检查。下午 2 点半，医院通知我再做一次 PTCT 扫描，我注意到自己是唯一做两次检查的人。

我隐隐觉得不对劲儿，当给我做检查的护士长进来，我直接问她："你能告诉我部位在哪里吗？"

护士长一惊："你知道了吗？"

听到这话，我就知道自己的猜测没错。我顺着她的话说："对啊，我知道了。"

护士长满脸惊讶："那你受得了啊？"

我笑笑："有什么受不了的！"

护士长说："是结肠癌，在升结肠。"

我的脑袋"轰"的一声，一颗炸弹炸开了。这辈子就这么完了吗？

死，是我们很少去思考的一件事。常人总是觉得死亡距离自己很远，虽然没有理由与证据，却固执地认定死亡不会在当下发生。我们忌讳谈论死亡的话题，似乎不去谈论，死亡就不会到来一样。可是我们也忽略了，其实这世间，恰恰只有死亡，才是最不可预料又最无法避免的。生，不过是弹指一挥间的几十年光阴；而死，却是无法逃避的永恒的归宿。死亡像是一个永不消失的客人，也许会蓦然而至，也许会姗姗来迟，但是从不会缺席，我们永远不知道它会在何时叩响自己的门，或者牵起挚爱之人的手。死亡只是在该出现的时候出现，从不关心人们是否做好了准备。

有那么一刻，我脑子里有一个声音说："不要做手术了，就这样离开吧。”倒是善良的护士长开导我：“咱们先安心做完所有检查，毕竟现在还没确定是良性还是恶性，等到所有结果都出来再决定。”

回家后，我对着电脑开始查资料，什么是结肠癌，升结肠、降结肠、横结肠，肿瘤位于不同位置有哪些区别，会出现怎样的症状，如何治疗，等等。资料显示：如果是初期，寿命差不多是四五年；中期是两三年；如果是晚期，大概也就一两年。

楼下小区有个门，可以直接通到上海的长寿公园，查完资料我就一个人去公园转悠。有人说人在死亡来临的那一刻，这一生经历的所有事情会像电影一样在脑中回放。在最接近死亡的那个下午，我的大脑像是飞速运转的电脑 CPU，开始快速回顾自己的一生。

我想到了家人。这些年的拼搏，我为子孙后代挣下了一份家业，为他们建起了一个遮风避雨的家。就算即刻离开，我的子孙后代也不会再吃我吃过的苦，不会承受我因为失去父亲而经历的凄楚。如今秀琴生活安逸，有子女有保姆照顾，两个儿子都已经成家立业安稳妥当，六个孙子也都有健康富足的生活。曾因买烧鹅脖子愧对秀琴，一颗桂圆愧对大儿子，还在巴黎期间把小儿子赶出家门，这些经历让我对孙辈分外疼惜，他们的需求只要不过分的我都满足，我尽到了为人夫、为人父的责任。我想，自己对得起家人。

我想到了母亲。母亲操劳大半生，在她 60 多岁的时候我就请了保姆来照顾她的生活起居，不再让她辛苦劳累。这些年，但凡是母亲的需求我都满足，她周围的朋友有什么需要我也帮着母亲做到，为她结下善缘。只是因为工作忙碌，以及种种身不由己，我对母亲的孝更多是通过金钱来表达，却少了子女本该给予的陪伴。好在母亲还健在，余生若是还有时间，我定要加倍回报母亲的恩情。

我想到了生命中帮助过我的那些人。当我被摁在水稻田里，劝阻对方收手的穗丰老乡；借给我两毛钱让我坐船去跑生意的工友；在我造房子的时候借钱给我的兄弟朋友；带着我在巴黎一家家推销包的好朋友；在我身无分文之时还愿意赊欠货物给我的箱包供应商；在西班牙帮助我建立生意的合伙人和塞内加尔人……这些在我苦难的生命里闪现光亮的人，有些我曾有机会感激，有些我却已经没有机会去报答，但是他们的善意都被我记在了心底。我想，我对得起帮助过自己的人。

我想到了朋友。那些结拜兄弟，年轻的时候一起玩乐，造房子的时候他们出钱出力，我出国了照应我、鼓励我，我回国了还能跟我像少年时一样吃饭、聊天、开玩笑。我曾在自己发达后，特意摆了最好的酒席感谢他们的帮助。迄今为止，他们之中只要有人遇到困难，我也总是能给的都给，能帮的就帮，不管出钱还是出力，只要有需要我从不推辞。我想，我对得起朋友。

我想到了祖国。我的孙女曾给过我一幅画，画里一个年过半百的老头，横眉怒目，手里拿着一面五星红旗，一副随时要与人搏斗的模样，她说那是爷爷的画像，容不得别人欺负，容不得别人说祖国不好。人在海外20多年，我没有说过祖国一句坏话。就算是初到海外，只要说自己在国内受到迫害，就能拿到难民证换得一段时间的合法居留，我都没有说过，因为我不想自己的祖国蒙羞。后来做了侨领，只要祖国有需要，我总是号召组织海外华侨捐款捐物，在海外华人有困难的时候，我也总是伸出援手，想尽办法去帮助自己的同胞。我的国籍从来没有换过，因为我为身为中国人而骄傲。我想，我对得起自己的祖国。

我想到了自己。从13岁父亲过世，到56岁查出癌症，半个世纪的时光，我从寂寂无名的乡野村童成长为西班牙著名的华商侨领。穷困的时候想突破苦难，富有的时候想突破能力，事业有成的时候想突破商业版图，失败的时候想突破桎梏。我这一生，哭过笑过，也苦过乐过，被人相助过也扶持过别人，被人欺辱过也报仇雪恨过，身无分文过也家财万贯过，抵达过巅峰也跌落过谷底，体味过人性的善良也见识过人性的邪恶。如今，我该付出的付出了，该承担的承担了，该拼搏的拼搏了，该放下的也该放下了，我对得起自己的良心。

不知道在公园走了多久，当我回顾完一生，突然感觉一身轻松。既然这一生可以死而无憾，管它是恶性还是良性，管它还有几年时间，有几年我就好好活几年。

回家后，我召集一家人开会。我说："准备去医院做手术吧。"

小儿子说："去美国吧，那里有熟人，医疗条件好。"

大儿子说："还是去西班牙吧，毕竟是熟悉的环境，条件也不差。"

我说："哪儿都不去，就在中国。"

儿媳们着急了，一起劝说我："爸，毕竟西方的医疗条件好些，做手术还是那里放心些。"

"我不懂英语，西班牙语也不好，我不想在自己没有任何反抗能力的时候，躺在手术台上被一群洋人宰割。"末了，我又强调一句，"手术必须在中国做，就在上海。"

很快，我们在上海办理了住院手续。我给几个好朋友打电话告知病情，老朋友阿祥接到消息，就请假过来看我。

"老李，你怕不怕？"

"不怕啊。"

"真的一点儿都不怕吗？"

"真的啊。"

"为啥？"

我把那天在长寿公园想到的一切告诉了他。阿祥沉默了一会儿，接着问我："你这几天睡得好不好？"

我一惊，自从父亲过世，我几乎没睡过几个安稳觉，尤其是进入上海投资的这些年，更被烦躁焦虑缠绕不得安宁。这么多年，睡得最好的居然就是在知道自己生病的这些天。我说："我睡得好啊，自从知道生病以后，我睡了这辈子最安稳的觉。"

阿祥拍拍我的肩膀："老李啊，我要重新认识你。"

4 月 12 日，医院再次通过切片检查，确诊肿瘤是良性，尺寸是 37mm × 42mm，鸭蛋大小，需要切除的长度是 170mm。

我一听结果，哎呀，妈呀，命大，这次死不了了。

手术很成功，术后的正常住院时间是十五天，我却在医院待了二十多天。住院期间，上海市的几位领导还专门来看我，嘱咐我好好养病。起初我不明白这是为何，后来才知道，原来是因为我在担任上海侨商会常务副会长期间，为商会和侨胞贡献过自己的一份力。领导们特意嘱咐医院，要让我完全疗愈后再出院。这让我感动，也让我欣慰，当我挺身而出为侨团做事的时候，又何曾想过有一天会收到这样的回馈。直到现在，我都认为华人不管身在哪里，只要同胞和祖国有需要，都应该义不容辞地担起一份责任，尽一份自己的力。回报一定会在未曾期待中悄然到来，而那欣喜和感动远远大于曾经付出时的辛苦。

出院那天，当我从医院的电梯下来，重新踩到地上的一刻，我告诉自己："这一次，我得好好活。"

分家

"爸，我想分家。"大儿子说出这句话，是我做完手术回家一个月以后。

这句话带给我的冲击，绝不亚于一个月前听到自己得了癌症。

我的儿子居然想到分家？这怎么可能？

我和秀琴面面相觑，不知道怎么回答。

我沉住气问道：“怎么分？”

儿子肯定是准备了很久，他一口气说道：“我要求占公司 60% 的股份，中国城第二期、第三期的获利都归我所有。”

这几乎是长城龙 80% 的利润，我恨不得脱口而出：“你这么算计老子，胃口不小啊！”可是我忍住了，没有作声。

倒是秀琴问了一句：“你为什么要分家？”

“我那么早进入公司，从来到西班牙就跟着你们扛包卖包，后来又做外贸建中国城，跑前跑后没少付出心血，当然应该有我一份家产，况且……”他欲言又止。

“况且什么？”秀琴接着问。

“况且上海投资，因为爸爸的失误损失那么惨重。现在爸爸年纪也大了，早点儿分家，我们都可以经营各自的生意，对所有人都好。”他一口气说完了。

空气像是静止了，我强忍着怒火没有吭声，秀琴也陷入沉默。儿子不再多说，起身离开了。我不知道秀琴心里怎么想，我只觉得万箭穿心。

父亲过世以后，分家的画面再度出现在我眼前。当初大哥大嫂提出分家，担心一大家子绑在一起未必能过好，不如分开了各自奔个前程。那时候我才 18 岁，最小的弟弟只有 10 岁。分家那晚，我是哭着离开米厂的，第一次离开家庭的庇护独自去寻生路，那种凄凉的感觉我这辈子都无法忘却。以至于后来有了家，总是千方百计维护家的完整，不想子女再去体验那种被迫分离的痛，也不想一个好端端的家因为任何事情分崩离析。

如今儿子提出分家，我不明白为什么会这样？父亲过世后，大哥分家是因为家里真的一贫如洗，若不分开，未必会有后来的我。而现在，长城龙家大业大，我又刚刚从鬼门关回来，正是一家人相亲相爱的时候，没想到，我最亲的人却提出了分家。儿子盯着的不是我的伤痛，而是我手里的钱财。他看重的并非这个家的完整，而是自己的利益。如果我年少时的分家是因为穷困，为何如今还会因为富足而分离？如果我努力逃离生活的苦难，是为了让孩子们幸福，那为何在生活不曾给予苦难的时候，亲人之间还要彼此制造痛苦？如果曾经的打拼是真的，付出是真的，为何到头来得到的却是空？

检查出癌症的时候我没想死，儿子提出分家，我却想死了。那些天，我几乎日日以泪洗面，夜夜难以入眠，后来才知道自己已经得了很严重的抑郁症。但是我不想去治疗，自己一生波折，沟沟坎坎都走过来了，心里的抑郁我也能走出来，不过就是时间早晚而已。

自从儿子提出分家，家里的气氛像是凝滞了一般，大家维持着表面的和气宁静，底下的暗流涌动却都假装看不见。我们的家庭氛围一向宽松开明，但是遇到这种事，我亦不知如何开口。最终，我给儿子写了一封信：

儿子：

你好！

在今天，一个电话就可以隔洋跨海瞬间表达无数信息，而且我们又经常在一起工作，并不缺乏沟通的机会。可现在爸妈还是给你写这封信，是因为这样才更显郑重。况且，这一年多来我们家庭也积累了不少问题，有些甚至日趋严重，希望通过这封信，能把我们身为父母的想法及情感带给我儿知道。

一、端正态度，注意言行，处理好人际关系，特别是处理好上下级之间的关系。我知道这些日子，我们家里发生了不少矛盾和争执，前些天你对我说了一句“爸爸好无能”。也许你只是一时气话，却着实伤到了我的心，也直接影响了我们父子之间的感情。古人言：“孝子之至，莫大乎尊亲。”父母一生辛劳，为的就是能给你们一个安稳的未来，能让你们有更好的生活，这是爸爸一生努力的希望和动力。我知道在上海投资的事情上，爸爸处理得并不是很好，给我们企业带来了很大损失。但是长城龙还在，其他产业也都在，我们的生活并未受到根本性的影响，你却因为这一件事而否定我一生的付出，爸爸真的很伤心。你也知道在西班牙，我们是受当地华人关注的一个家庭，所以，我们更应该注意自己的言行，否则很容易成为人们茶余饭后讨论的焦点。

还有，你现在所用的下属，全都是迎合奉承之辈，做事都按照你的意思，没有一个人能像唐朝魏徵那样直言相谏，一片忠诚之心待你。长此以往，这对于你的事业将是极大的损害，你将很难听到真实的声音，也很难做出正确的决定。我们长城龙的企业不小，员工有中国人也有老外，这对于管理者本身就不容易。你身为领导，须知兼听则明，选择下属应该择贤才而用之，平日更应该谨言慎行，凡事三思而后行才是明智之举。

二、父母之爱从无偏颇。近些日子，因为我们的沟通不畅，爆发了不少矛盾，但是也反映了诸多问题。你总认为我们偏袒弟弟忽略了你，这着实是你误会了我们。一直以来，我们对两个儿子的关心是一样的，更没有任何私心。自你进入公司以来，工作一直勤勤恳恳、任劳任怨，做出了大哥的榜样，很多事情你都能独当一面，需要我们费心的事确实很少。老二之前在工作中确实不那么认真积极，甚至有些懒惰，也走了一些弯路，现在他浪子回头步入正轨了，作为父母，我们就多提醒他一下，多过问一下，仅此而已。

三、古有孔融让梨的故事，身处物质丰富的现代，你更应该懂得谦让自己的同胞弟弟。去年你弟弟接了一些订单，总量有105万欧元，在广州进货大概用掉600万人民币，这原本是一笔赚钱的生意。可是经你清算后根本就没赚钱，这对他的信心打击很大。你应该根据实际产生的费用（提关费用、海关费等）合理预算，帮他建立自信心（这根本就是有钱可赚的）。赚钱出效益是我们办公司的根本目的，如果提高老二的自信心，能让他也像你一样工作，你的烦恼是不是会减少？你的工作压力是不是会减弱？大处着眼，才能成就大事。凡事要抓大放小，不要斤斤计较，要有大度量、大手笔，人生才会海阔天空，企业才会做大做强。

四、打造团队理念。公司无论大小，团队都很重要。虽然目前我们还是家族化的经营方式，但我们现在也是一个团队，而你作为这个团队中最重要的一分子，理应富有大思路、进取心，充满自信，充满热情。热情可以感染别人，使别人的热情更加高涨，使我们的企业能够持久发展。你不能一味地想分离，这是在削弱企业的竞争力啊！毕竟，你在做手袋，老二也做手袋，爸妈也没到七老八十的时候，也需要工作，也要继续做手袋。行业竞争本就激烈，我们自家还搞内部竞争，那不是让别人看笑话了吗？我们现在已经是股份制，权责分明。凭借今日的自身条件，我们有理由相信长城龙有更广阔的前景，大家能一起创造更加美好的家业。纵然你真的感觉大家拖累了你，你可以出去单干，但是其他一切资源都是公司的，并不是你个人的私有财产，你无权拿走带走。

前些年爸爸在上海搞房地产很受打击，性格变化很大，况且我一向脾气火爆，这才导致有时候无法跟你平心静气地交谈，也请你体谅我。今天你有脱离家庭的念头，这的确让爸爸难以接受，希望有机会大家能坐下来心平气和、推心置腹地谈谈。今天我们跟你说了这么多，希望你能理解爸妈的良苦用心，若你有其他想法，也请你及时、真实地告诉我们。以前我们都能沟通得很好，也常常沟通，为何现在越来越少了呢？爸妈最大的心愿是我们的家庭和谐幸福。家和万事兴！希望你能明白爸妈的一片苦心。

爱你的爸妈

2009 年夏

给儿子留下这封信，我独自回到中国。我希望用自己最后的努力，为子女再多蹚出一条路来。

把根留住

我的孙女倍仪给我讲过一件事。

一天，她和表姐在商场的洗手间用西语聊天，她们都是在西班牙出生长大的孩子，从小就接受的是西班牙文化，西语几乎是她们的母语，所以，平日用西语是最自然的事情。

当她们聊得正欢，洗手间进来一位西班牙妇女，听到她们流利的西语，问："你们是哪里人？"

她们回答："我们的父母是中国人，但是我们在西班牙出生成长，所以我们是西班牙人。"

对方说："不，你们是中国人！"

这就是华人在欧洲的生存现状。中国人在海外做生意，在自己的公司你是西班牙人口中的señor（西语尊称先生），可是只要出了公司大门，走在大街上，别人的称呼只有一个——chino（中国人）。这句称呼，没有恶意也没有友善，更不会有理解和认同感。它与身份无关，与社会地位无关，与价值无关，与语言能力无关。区别只是我们是黄头发白皮肤的欧洲人，你们是黄皮肤黑头发的中国人，你们是外来人。

而这种区别，因为西班牙政府的一系列行动和媒体报道，又变得越来越明显，也让华人的生活越来越艰难。

在西班牙生活的华人都知道，当地媒体对华人的报道很少有正面内容，一方面是因为西方社会对华人生活不了解，另一方面也因为华人当中确实存在一些从事不法行为的人。随着西班牙政府针对华人盘查搜索的加剧，当地人对华人的误解也不断加深。影响最大的有2009年的"Wei行动”（发生在西班牙巴塞罗那，750 名荷枪实弹的西班牙警察对当地 72 家华人制衣厂进行搜查，抓捕 77 人，3 人获刑，罪名是“华人黑帮剥削劳工、偷渡人蛇、伪造证件、买卖人口和组织非法团伙”等）和 2012 年的“帝王行动”（西班牙全国范围内展开，有 84 人被捕，其中 58 人为华人，17 人为西班牙人，剩下的有 9 人为其他国籍。西班牙《国家报》称，在搜查中，警方已经没收 1150 万欧元现金，并且签发了 108 个逮捕令），后续还有发生在 2015 年的“毒蛇行动”（逮捕 27 人，指控 47 人，并且对另外 65 人记录在案）、2018 年的“苏门答腊行动”（西班牙警方和税务局联合对西班牙全境共约 30 处的华人商铺、仓库进行搜查，总计价值约为 700 万欧元的电子产品被警方收缴，共 28 人因洗钱、有组织犯罪和偷漏税等罪名遭到逮捕和起诉，其中大部分为华人）等。

据我了解，从 2009 年到 2018 年，西班牙总共发生了 8 次大规模的针对华人的“扫黑”行动，几乎每隔一两年就有一次。而每一次的“扫黑”行动之后，伴随的就是西班牙媒体对华人群体的负面报道，“中国人正在用低劣的百元店占领我们的市场”“中国企业只赚钱不缴税”“中国人从事毒品、色情、洗钱交易”等言论，在西班牙社会流传。

被媒体曝光的不法分子只有一个代号——中国人。走在欧洲大街上，守法经营努力谋生的华人也只有一个代号——中国人。欧洲人不会区分这两种中国人，华人在当地的待遇便也不会有区别。都说“有海水的地方，就有中国人”，可是离开了中国的中国人，又有谁活得容易呢？背井离乡走出来的华人，到了当地不能融入，回到家乡却又已经是天翻地覆的变化。故乡与他乡，一个回不去，一个进不去。两边都觉得自己是外人，最后连自己都搞不清楚自己到底是哪里人。

正因为此，我的心里才总是有一个愿望，希望我的后代有一天能重新回到中国，在自己的土地上生根发芽，再也不用忍受外人的排斥和不理解。于是，依靠自己的力量为子孙在国内建立一个根据地，让他们拥有随时回来的自由，就成了我的心病。

2008 年年底，上海的摊子快要收尾的时候，有人建议我去吉林投资。成本低，模式简单，政府也支持，只需要投资 300 万。如果一切运转顺利，我的愿望兴许就能实现。

也许是病急乱投医，也许是我想让子女回国的愿望太迫切，人在被强烈的念头裹挟的时候，便容易失去理智。吉林投资我匆忙入局，因为抱恙在身不能亲自前往，于是派了两个跟随自己多年的下属去负责项目。不承想，我再次因为用人不善落得个一败涂地，最终打到账面的钱已经远远不止 300 万，甚至超过了 3000 万，换来的结局却是公司车子被抵押，房子被抵债，资产被抵押。吉林投资再次以失败告终。这一次，我不但没有给子孙挣出一条回国回家的路，也彻底放下了对未来的期许和幻想。

生命是一条有去无回的路，越是接近尽头，拥有的时光和能力就越是有限。我知道，此时的自己不管是身还是心，都无法再有新的突破，那就不如止步于此吧。晚年，我应该留给自己一点儿时间。

2009 年 12 月 30 日，我对长城龙和家中的资产进行了分割，全部归到秀琴和两个儿子名下，我名下没有一分钱的财产。之后，我辞去上海侨商会常务副会长、中国侨商会副会长等诸多社会职务，落得无财无官一身轻。

2019 年春天，我立下一份家训。

家规家训

敬祖宗，敦孝悌，端伦常，睦族系。

昆仲亲，仁义信，夫妇和，幸福多。

教子孙，尚勤俭，顺逆境，当稳健。

恤孤寡，戒唆讼，安生理，勿妄动。

忌毒染，远酗酒，洁自身，驱污垢。

勉诵读，重交游，思负重，能致远。

知得失，贵以宽，求至善，无杂念。

积厚德，永心安，铭家训，天下行。

（李氏，西班牙系，己亥年春立）

归来

2020年年初，新冠疫情肆虐全球。3月，疫情在西班牙暴发，跟在我身边二十年的西班牙老员工Mario因为疫情离世。陆续有消息传来，还有其他人因疫情离开或感染。我听说法国有华人去世后被拉去殡仪馆，家人想找骨灰却找不到，因为逝者太多了，火化的遗体一具接着一具。当一个个活生生的人最终都变成一堆堆的灰，谁也分不清楚到底哪堆灰对应哪个人。

疫情最严重的2020年，想要回国的华人挤破了头。有人扬言，就算死也要死在自己的国家自己的家乡。2020年10月，我历经重重关卡顺利回到中国。之后，我在家乡河口塘买了一所房子用来养老。从那所房子穿过塘河，步行到穗丰村，走到杨府山，去到大罗山，不过10多分钟的路程。只有在穗丰村、在塘河边，还能找到从前的记忆，还能遇到一起聊天说话的人。这里有我的兄弟姐妹，有儿时的伙伴，有青年时期的兄弟，闲来无事大家一起吃饭喝茶聊天，聊聊穗丰村的变化，聊聊年轻时的荒唐，聊聊大家共同的过往，日子似乎并没有变。

少小离家老大回，乡音无改鬓毛衰。河口塘已经不是从前的河口塘，经济的发展为乡村改造建设带来了无数变化，河口塘变得越来越年轻，可是那曾经的少年，如今已然是饱经沧桑的老人。好在家乡的山水始终还是一个模样，塘河的水还是一如既往地由东向西流着，大罗山的雾气依旧会时常笼罩村庄。那亘古不变的画面，就像我改不掉的乡音和放不下的乡情。不管走得多远，也始终还要回来。只是归来的时刻，儿童相见不相识，笑问客从何处来。

故聊以此记，是以为答。

感恩生命里帮助过我的那些人

陈孟春老师，他的严格教会我，人应该把聪明用在正道上。

大伯父，父亲每次打我他都护着我。分家那天我一无所有，他给了我20斤粮票，让我挨过最难的时光。

朱学增父子，父亲之外，他们是我在机械技术上的师父，帮助我技术提升非常多。

陈式康，在仙岩排灌站，当我被他人不公平对待的时候，他总是为我出头，据理力争。在我造房子的时候，他借给我60块钱。

刘日玉，在工厂管理方面包容我、鼓励我，是我企业管理的启蒙老师。

钱永勤，他对我的鼓励和认可帮助我更好地成长。我和妻子的婚姻，因为他才顺利促成。

王成佐、王志雄、吉建辉、莫孔权，在东莞开工厂期间，他们都帮助我很多，是事业上非常好的合作伙伴。

周依锚，从东莞开工厂起，所有的事情都帮我处理妥帖，是我工作上的好帮手。

闵慧芬父女，在上海、东莞、吉林的诸多事务中，帮助公司减少了很多损失，是我在事业上的得力助手。

蒋和平，帮我在长沙办理护照顺利出国，后来我办工厂时，他也来工厂做经理，给了我很多支持和帮助。

张月凤，阿卫的妻子。我在法国做好包以后，是她带着我一家家去推销，像亲人一样帮助我、照顾我。

刘若申，在法国每次有了苦难，他都给我精神上的支持和帮助，我在法国赊欠货物，他陪着我进货，给我担保。

花弟，儿时的伙伴。我去法国进货没钱，他二话不说拿出 12000 法郎借给我。

张东山，在中国做生意，因为不了解政策国情，他给予很多指点让我及时止损。

我的妻子苏秀琴，倾其所有为了整个家庭付出；大儿子李存萜，在事业尚未步入正轨的时候，他跟着我推销、翻译，帮助家庭迅速建立基业；小儿子李存哲，从宏观上指点，建议开设阿里坎特、马拉加分公司，帮助企业找到更大的商机，把家族事业做得更大。

除了他们，还有我的父母，我的兄弟姐妹，我的一帮好兄弟给予我的支持、包容和帮助。因为他们，我才能一路走到今天。

最后，也感谢我生命中遭遇的那些苦难，以及曾给予我伤害的人。因为有他们，我才能成为现在的我。

感恩你的阅读，感恩我们的相遇……

图书在版编目（CIP）数据

客从何处来 / 李汝龙口述 ； 赵嘉怡撰稿. — 北京 ： 世界知识出版社， 2023.7

ISBN 978-7-5012-6624-1

Ⅰ. ①客… Ⅱ. ①李… ②赵… Ⅲ. ①传记文学—中国—当代 Ⅳ. ①I25

中国国家版本馆CIP数据核字（2023）第005302号

客从何处来

Ke Cong Hechu Lai

作　　者　李汝龙　赵嘉怡

责任编辑　薛　乾　　　　特邀编辑　杨　娟　李　倩

责任出版　王勇刚

装帧设计　周周设计局

内文制作　宁春江

出版发行　世界知识出版社

地　　址　北京市东城区干面胡同51号（100010）

网　　址　www.ishizhi.cn

联系电话　010-65265919

经　　销　新华书店

印　　刷　廊坊市海涛印刷有限公司

开本印张　710×1000毫米　1/16　17印张

字　　数　218千字

版次印次　2023年7月第一版　2023年7月第一次印刷

标准书号　ISBN 978-7-5012-6624-1

定　　价　30.00元